愛される花嫁に

ウエディング・ロマンス・ベリーベスト

東京・ロンドン・トロント・パリ・ニューヨーク・アテネ・アムステルダム
ハンブルク・ストックホルム・ミラノ・シドニー・マドリッド・ワルシャワ
ブダペスト・リオデジャネイロ・ルクセンブルク・フリブール・ムンバイ

Published by Harlequin K.K., Tokyo, 2012

目次

運命の招待状

ペニー・ジョーダン 作
寺尾なつ子 訳

ペニー・ジョーダン

1946年にイギリスのランカシャーに生まれ、10代で引っ越したチェシャーに生涯暮らした。学校を卒業して銀行に勤めていた頃に夫からタイプライターを贈られ、執筆をスタート。以前から大ファンだったハーレクインに原稿を送ったところ、1作目にして編集者の目に留まり、デビューが決まったという天性の作家だった。2011年12月、がんのため65歳の若さで生涯を閉じる。晩年は病にあっても果敢に執筆を続け、同年10月に書き上げた『A Secret Disgrace』が遺作となった。

主要登場人物

イザベル……………………投資顧問。愛称ベル。
ルーシャス・クロフォード……ベルの元夫。数学者。愛称ルーク。
キャロル……………………ベルの姉。
ジョイ………………………キャロルの娘。
アンディ……………………ジョイの夫。ルークのいとこ。
アリス大伯母………………ジョイの大伯母。
リンド教授…………………ルークの恩師。

1

「ベル叔母様！　なんてすてきなの。まさに光り輝いてるわ……」

「それは、私があなたに言うせりふじゃない？」イザベルはほほえみ、結婚式を挙げたばかりの姪《めい》を抱きしめてから一歩あとずさり、ほれぼれとウエディングドレス姿を眺めた。

「招待状の手違いの件、ごめんなさいね」ジョイはあやまった。「でも、アリス大伯母様がどうしてもママを手伝って招待状の宛名《あてな》書きをしたいっておっしゃるから。それで、大伯母様はあの調子でしょう？」ジョイは顔をしかめて苦笑いをした。「ベル叔母様と〝すてきなルーシャス〟がとっくの昔に離婚したことをすっかり忘れて、彼の住所に連名の招待状を出してしまって……」

「すてきなルーシャス――彼のこと、まだそんなふうに呼んでいるのね？」イザベルはからかうように姪に言い、新郎に温かな笑みを向けた。

「あら、アンディは気にしないわ」ジョイは笑いながら言った。「いずれにしても、ルークは彼のいとこなんだし、それに……」そう言って、新郎をにらむまねをする。「アンディだって以前からずっと、叔母様のことをたまらなくセクシーだって思っているのよ。年上の女性にしては……」

　新郎が真っ赤になってネクタイを引っ張っているのを見て、イザベルは眉を上げた。私は三十五歳を目前にした三十四歳で、ジョイは二十三歳だ――ということは、まだまだ私だって捨てたものじゃないということ？

　ジョイの年齢のとき、ベルはもう二年近くルークと結婚生活を送っていた。二人にとって、あまりに早すぎる結婚だった——少女だったベルは、結婚という経験を通して急速に大人の女性になった。そして、ルークは、結婚したときの少女は愛していたとしても、大人の女性になった彼女を愛することはやめてしまった。

当時、ルークに言ったように、ベルは仕事のうえでのしかかってくるストレスや、自分のほうが家計を支えていることへの気づかいを彼が理解しようとせず、評価もしてくれないことをひどく不公平だと感じていた。しかも、ベルは彼女なりに気をつかっていたのに、ちっとも家にいないとか、僕より仕事のほうが大事なんだろうとルークに文句を言われては、黙っていられなかった。そのうち激しい口論がたび重なるようになって、結局は離婚につながってしまった。

「ルーク、私には自分の時間なんてこれっぽっちもないのよ」言い争いの最中に、ベルは指摘した。「家にいるときは家事をしなければならないし、買い物にも行かなければならない——この家だって、勝手にきれいになるわけじゃないのよ。ローンの支払いや家計のことを心配しなければならないのは、すべてこの私。あなたはただ、気高いお勉強のことを心配していればいいのよね。ときどき思うわ、私。あなたって勉強のことしか頭にないし、気にかけていないんじゃないかって！」

その瞬間、少しうつむくようにして、顔をそむけたルークの暗い表情と、みるみる影の差した目を、ベルは今でもはっきり覚えている。

百八十センチを超えるルークは、ベルよりはるかに背が高かったが、そのとき彼女の前から立ち去っていった彼は、妙に小さく、はかなげで、自尊心のかけらさえなくしているように見えた。ベルは怒りと同時に悲しみと胸の痛みを感じて、一瞬、言いようのない恐怖心に襲われたが、あわててそれを抑えこんだ。

結婚する前に、そういった問題について考えたとしても、ベルは、結婚生活を夢物語のようなロマンチックな暮らしに違いないと無邪気に想像していただろう。ルークと出会ってから二人が過ごした時間や日々、なんとかスケジュールをやりくりして二人きりで過ごした週末の延長のようなものだろうと思っていたのだ。

大学を卒業してすぐ、運よく大手投資顧問会社に就職したベルは、翌年の初め、友人から優秀な若い数学者、ルークを紹介された。彼は利益の多い商業や金融の世界に背を向けて、最終的には大学講師になることをめざして勉学と研究に打ちこむ理想主義者だった。

出会ってまだまもないころは、ベルが給料をたっぷりもらって会社の車を乗りまわしているのに対し、ルークは奨学金でなんとか食いつないでいる状態だったが、そのことも二人の間では笑い話の種だった。それでも、ベルのルークへの思慕と愛はゆるがず、勉強に専念して理想主義をつらぬく彼を心から崇拝していた。

「君と結婚したいんだ……」付き合いはじめて数カ月たったころ、ルークは熱いまなざしでベルに言った。「いつも君といっしょにいたい。でも、僕は、妻どころか、自分を養うだけでもやっとという状態だから……」

「私のお給料で、二人の生活ぐらいまかなえるわ」ベルはほがらかに応じた。深くルークを愛するあまり、二人で人生を分かち合いながら金銭面で折り合っていくのがどういうことか、考える余裕はなかった。

あのとき、二人がいっしょになることを可能にしたベルの仕事や収入が、いつの日か破局の原因になるとだれかに言われたとしても、彼女は、そんなことはありえないと即座に笑いとばしていただろう。自分のルークへの愛も、彼の自分への愛もあまりに強く、その結びつきは運命的なものであり、二人を引き離せるものはこの世のどこにもないとベルは信じきっていた。

ベルは、パートナーとの生活費をまかなううえで女性のほうが大きな役割を果たすという傾向の先駆者だったかもしれない。

けれども、結婚して二、三年たったころ、私たちは結婚しているのだから、このままあなたが借りている狭い寮に住みつづけずに、自分たちの家を買うべきだとルークを説得したとき、たがいに平等な立場を確立しようという思いは、ベルの頭の中にみじんもなかった。いずれにしても、ローンを組むことは可能だった。ベルは昇格したばかりで、給料の額もぐんとはねあがっていたのだから。

「僕たちではなく、君がローンを組めるんだよ」ルークは穏やかに訂正したが、ベルはろくに聞いていなかった。

ベルは持ち帰ってきた家の見取り図をくい入るように見つめて、あれこれ検討したり、新しい家の部屋の中をどんなふうに装飾しようかと早くも思いをめぐらせたりするのに夢中だった。

結局、ルークはベルの望みを受け入れた。

そして、当時はまだ未開発だった小さな村に、二人とも一目で気にいった田園風の瀟洒《しようしや》な家を購入した。ロンドンへの通勤にもさほど無理はなく、いつの日かルークが大学で職を得たいと望んでいるケンブリッジの町にも近かった。

「自転車で大学へ通えなくなってしまう」二人で初めて家を見に行ったとき、ルークは不満そうに言った。

「私みたいに電車で通えばいいのよ」ベルは言った。「駅までは、私といっしょに車で行くの」
「君が朝六時に家を出て、夜の九時か十時まで帰ってこない日はどうする?」ルークはやんわりときいた。

しかしベルは、その家は自分たちにまさにうってつけだと、すでにどうしようもないほど惚《ほ》れこんでいた。そして結局、ルークが折れることになった――きっとそうなるだろうと、ベルにはわかっていた。

家を手に入れた最初の夜、二人は広い寝室の暖炉の前に羽毛入りのキルトを敷いて横たわり、お祝いをした。

ふだんからロマンチックなルークが暖炉に火を入れると言い張ったので、部屋には薪《まき》の煙とろうそくのにおいが満ちていた。電気会社との連絡に不備があって電気が使えず、ベルがなんとかしようと出かけている間に、ルークが何百本と思えるほどのろうそくを買ってきたのだ。ろうそくは階段にも並べられ、その明かりに照らされながら、ルークは注意深く、儀式でもしているようにまじめぶって、ベルを寝室へと導いていった。

ろうそくの淡い明かりを受けたルークの顔はどことなくいかめしく、大人っぽく見え、ベルは少し驚くと同時に興奮を覚えた。なにを言ってもおとなしく受け入れてくれるルークに慣れっこになっていたベルは、きっぱりと心になにか決めて毅然《きぜん》としている彼を見て、体の奥深いところにある女らしい部分をくすぐられ、痛いほど彼が欲しくてたまらなくなった。

「この家は僕たちの我が家だよ」ルークはそう言いながら、ベルの服を脱がせはじめた。「僕たちの家庭なんだ、ベル。二人で手を加えて、住みやすくして、仲よく暮らしていこう。この家を自分たちのものにできたのは、君の稼ぎのおかげだとわかっているけれど、家庭をつくるにはお金以上のものが必要だし、僕たちの家庭は二人が努力してかかわるものであってほしいんだ……」

ルークの言葉には、ベルが耳を傾けるべき警告がこめられていたが、彼女はそれを聞くのを怠った。

ルークが暖炉におこした煙くさい火は暖かいとはいえ、まだひんやりと冷たい夜気に肌をさらされて、ベルはぶるっと身を震わせた。そして、二人が身につけていた服の最後の一枚をルークがはぎ取っている間も、ベルは彼の体にぴったりと身をすり寄せ、彼がキスを始めると、その貪欲《どんよく》な熱情をさらにかきたてるように唇を開いた。

初めて結ばれたときから、二人は肉体的にも深く激しく惹《ひ》かれ合った。

ベルより四歳近く年上のルークは、少なくともテクニックの面では彼女より熟達していた。けれども、ルークが感動のあまり思わず打ち明けたように、ベルの影響で、二人の肉体的結びつきはより熱烈になり、ルーク本人も包み隠さず感情を表した。そのおかげで、彼はこれまでに経験したことも、自分が知っていると思っていたこともすべて、二人が分かち合っている現実に比べたら、ぼんやりした影にすぎないと感じるようになった。

二人のキスはさらに深まり、ベルの貪欲な体をまさぐるルークの、シルクのようでありながら、どこかざらついたてのひらはますます熱をおびた。

それにつれてベルは、寒さや、家具一つないがらんとした部屋のわびしさを忘れた。電気が使えないことをめぐって言い争ったこと、勉強に没頭するあまり、引っ越しの日までに電気が使えるように電気会社に手配するのを忘れたルークへのいらだちを忘れた。二人の間には全世界に供給できそうなほど強烈な電気が生じているというのに、そんなつまらない電気の問題がなんだというのだろう？

キルトはやわらかく、うっとりするほど肌触りがよかった。それでもベルは、これからルークを説得して買おうとしている新しいベッドにかける前に、キルトはきれいに洗わなければ、と頭の片隅で考えていた。

ろうそくの淡い明かりに照らし出され、ベルとルークの体のやわらかな曲線がくっきりと浮きあがる。ルークの目があやしげに輝き、ベルの体は彼を求めて熱く燃えあがった。苦しげにあえいでいるようにも聞こえる彼女の震える息で、二人のそばに並んでいるろうそくさえ吹き消されてしまいそうだ。

「ルーク……」

ベルはみだらにルークの体を手でまさぐり、開いた唇を押しつけて、ろうそくの明かりを受けて陰影の際だつ体のありとあらゆるくぼみやカーブをたどった。その一方で、彼女のなまめかしい愛撫《あいぶ》に敏感に反応して、ルークが体をこわばらせたり震わせたりするのを感じていた。

ベルは舌先で、ルークのぞくぞくするほど男らしく、実り豊かな場所をくすぐった。そこが期待に恥じない収穫をもたらすことは、ベルにはすでにわかりすぎるほどわかっていた。いかにも理想主義者らしく、ルークはなにをするときも真剣だったが、とりわけベルに対する愛情は徹底していた。

ベルは、ルークにとって初めての本物の恋人だった。付き合いはじめてまもないころ、君は僕にとって永遠に、ただ一人の真の恋人だ、とベルに告げたこともある。

ベルもルークに劣らず熱烈に彼を愛していたが、生まれつき現実的なところがあり、たまにルークの理想主義や、形のあるものにまったく無関心なことに少々じれったさを感じることもあった。

もちろんベルは、どんなに金銭的に恵まれていても、たくさんものを持っていても、愛情の不足を補うことはできない、というルークの考えには賛成だった。二人が今持っているものや、分かち合っているものは、〝捕虜になった王の身代金〟いや、百人の〝王の身代金〟にも勝るとわかっていた。

それでも……それでも、今夜、真新しいあのとびきりのベッドで愛を交わしていたら、どんなにすてきだっただろうと思わずにはいられない。ケンブリッジ郊外の、小さな高級手作り家具の店で見つけたキングサイズのベッドは、ヘッドボードにみごとな手彫りの彫刻がほどこされていた。あのヘッドボードに二人の頭文字と、二人の愛を表す特別なシンボルを彫ってもらったら……。

やがて、やさしくさまようルークの手がベルの体のもっとも奥まった神聖な部分に触れると、彼女は新しいベッドのことも、埃《ほこり》だらけの床に敷いたキルトがだいなしになってしまうことも忘れて、唇の間から至福のうめきを小さくもらした。

それでも、翌日にはまた思い出して、キルトが埃だらけになったうえに、ろうそくのろうまで落ちている、とルークに文句を言った。

「ただのキルトじゃないか。単なる布切れだ。洗えばすむことさ」ルークも負けずに返した。

「あら、そうね。洗えばすむことだわ」ベルはきゅっと唇を結んで同意した。「でも、この家では無理よ。私には洗えないわ。だいいち、うちには洗濯機がないもの。それに、たとえあったとしても、電気が通じてないから使えないわ」

「だから、そのことは申し訳なかったと思ってるよ。言ったじゃないか。リンド教授が僕の意見を聞きたいとおっしゃって……」

ルークにとってリンド教授はあこがれの人で、いつの日か教授にひけをとらないくらいの学問的功績をあげたい、というのがルークの心からの願いだっが、どこの店でベッドを見たか言ったとたん、予想どおり、彼はベルの意見に反対した。

「僕たちにはあまりに高価すぎる買い物だよ」いつになくぶっきらぼうな声で、ルークはぴしゃりと言ってのけた。

「でも、ルーク……私、二人でなにか特別なものを持ちたいのよ。私たちの両親から受け継いだものではなく、なにか、二人だけのものを……」ベルはささやくように言って、ルークに近づき、その胸にすり寄ろうとした。

ところが、ルークはベルから顔をそむけて彼女をがっかりさせ、思いもよらないけわしい表情ではねつけるように言った。「僕たちはもう、特別なものを持っていると思っていたよ」

「家ね……」ベルは同意した。「それはそうだわ。でも、二人にとって特別な家だからこそ、それにふさわしい家具を置きたいのよ。それに――」

だ。

ベルは何度か教授に会ったことがあるが、ルークと同じように教授も、学者とは比べ物にならないほど世俗的なベルの仕事や暮らしを軽蔑《けいべつ》しているように感じられた。そのうえ、ルークがベルと結婚したのは過ちだと思っているような印象さえ受け、そのことを彼女が問いつめると、ルークはちょっとばつの悪そうな顔をしてから、実は結婚することを教授に反対されていたと打ち明けた。

「教授は、男はみんな三十歳を過ぎるまで結婚するべきではないと思っているんだ」ルークは悲しそうに言ってから、かすれた声で言い添えた。「でも、それはつまり、教授は君のような女性と出会っていないということだ……恋をしたことがないから……」

キルトのことで言い争いをしたベルは、以前見たベッドのことを思い出して、ルークに話をした。だ

「違うよ、ベル、家じゃない」ルークは冷ややかにさえぎった。「僕が言ったのは、二人の愛そのもののことだ……」

そのときの意見のくい違いは修復できたものの、新しいベッドの問題は未解決のまま先に持ち越された。しかし、そのうちベルは、自分の思いどおりに問題を解決する理想的な方法を思いついた。

クリスマスまで六週間を切り、ベルが欲しくてたまらないベッドは、彼女が最初に見かけたケンブリッジシャーの小さな家具店のショーウインドーに、これみよがしに飾られていた。

ある晩、愛を交わしたあと、ベルの両親から贈られたコンパクトサイズのベッドの狭苦しいスペースでぐったりとルークとからみ合って横たわったまま、ベルはおずおずとまた新しいベッドの話を切り出した。

「前に話したあのベッド、私、ほんとうに気にいっているの」ベルは声をひそめてルークに言った。「この家に……この部屋に置いたら……きっとすてきだと思うわ」

二人の家は十八世紀に建てられた古めかしい田舎家風の家で、その風格に見合うどっしりした手作りの家具を置けば、さぞかし立派に見えるはずだった。しかし、もちろん、そんな条件を満たす家具の値段はびっくりするほど高い。

「二人にとって、すばらしいクリスマスプレゼントになると思うの」ベルはルークの耳元に唇を寄せ、そっと誘うように言った。

近ごろ、ベルが生活費の大部分を負担することをますますよしとしなくなったルークは、彼女のボーナスが予想以上に高額だったとしても、それで家具を買うことには反対だった。だって、それは君のお金なのだから、と彼は言った。僕たちのお金じゃない。

「君にはわからないのか？　気がついていないのか？　僕は気がついているよ。君の友達や家族がこの家にやってきたときの表情を。みんな、わかっているんだ。こんなところに住んだり、こんな家を買ったりできるのも、君のおかげだって。なぜなら、僕はまだ実質的に奨学金で食べていくしかなくて……」

「あなただって、家庭教師をして副収入を得てるじゃないの」ベルは言い返した。

ルークは耳ざわりな笑い声をあげた。

「副収入！　君の収入に比べたら……微々たるものさ。いいかい、君がそのベッドを気にいっていることはわかるし、君の気持ちもわかる。でも、ベル、お願いだから、今回だけは僕の言うとおりにしてくれないか。うまく言えないが、そうするべきなんだ……僕を信用して、そうしてくれ、ベル」


「あなたがそんなに言うなら」ベルは聞き入れたが、心の中ではもう、クリスマスイブに新しいベッドとヘッドボードを届けさせてルークを驚かそうと心に決めていた。そして、これは二人へのプレゼントだと言おう――実際にそうなのだから。そうすれば、彼はわかってくれる。きっとわかってくれる、とベルは決めつけていた。

一週間後、家具店に出かけていってベッドを注文したベルは、こう自分に言い聞かせて、良心の痛みをやわらげた。今回のことでルークがかたくなになっているのは、男のプライドとかいうばかばかしいものにこだわっているせいだわ。彼だって、家とみごとに調和するベッドを見たらすぐに、そんなプライドのことなど忘れてしまうはずよ、と。

クリスマスが近づくにつれ、ベルの仕事はますます忙しくなり、締め切りの合間に顧客たちの金に糸目をつけないパーティが続いて、目がまわるほどのあわただしさだった。

　ルークの通うケンブリッジの大学はクリスマス休暇に入って学生たちはほとんどいなくなり、ルークは図書館やほかの施設を思う存分使って、自分の研究に没頭できるはずだった。しかし、家のローン返済のたしにしようと、できる限り家庭教師の仕事を増やしたせいで、研究にあてる時間は減る一方だった。

「純粋数学もルークのレベルになると、かつての聖職者並みの献身と専心が求められます」ルークの無言の圧力に負けて、ベルがリンド教授のクリスマス前のドリンクパーティに同行したとき、教授はおごそかに言った。

　パーティといっても、修道院を思わせるがらんとして肌寒い大学の教室で行われた地味な催しだった。出された料理と飲み物は、教授の家政婦ミセス・オークス手作りの、お世辞にもおいしいとは言えないミンスパイとシェリーだけで、ベルはうんざりして歯をくいしばった。

「私がシャンパンしか飲まないこと、あなただって知ってるはずだわ」ベルは哀れな声でルークに訴えた。裕福な顧客から極上のシャンパンとおいしいつまみでもてなされてきたベルは、ミセス・オークスのミンスパイも、教授がふるまうシェリーも、高尚な学問の会話と同じようにまったく好みではなかった。

　それでもベルは、教授の教え子の一人で、人を見さげるような冷たいブルーの目をした、もの静かな若い女性のようすには気づいていた。その女性は、ベルではなく、ルークが話しかけたときには、別人のように温かい笑みを浮かべて受け答えをするのだ。

　その女性、ハリエット・パリシュがベルの夫、ルークに惹かれていることは間違いなかった。だが、ベルは脅威に思うことも、嫉妬《しっと》することもまったくなかった。どうしてそんな必要があるの？　ベルは思った。ルークは私を愛しているのよ。あのすてきなヘッドボード付きの新しいベッドでぬくぬくと身を寄せ合って眠るようになれば、もっと私を愛してくれるに違いないわ。そして、ベッドの代金を記した小切手にサインをしている自分の姿を想像して、ベルは幸福感にひたった。

勤め先のクリスマスイブの懇親会を欠席する了承を得るために、ベルは上司をさんざんなだめたりすかしたりした。懇親会を欠席すれば、ベッドが配達されるときにはルークといっしょに家にいられる。

この一カ月、ベルはルークとろくに顔を合わせていなかった。あるいは、そんな気がするだけかもしれなかったが、いずれにしても、めったにとれない貴重な休暇を彼と二人きりで過ごすのを心待ちにしていた。

二人は、クリスマスにはルークの両親の家、翌日のボクシングデーにはベルの両親の家で食事をする予定だったが、少なくとも一晩は、新しいベッドで過ごせるはずだった。

クリスマスイブの朝、ベルは目を覚ましたときから興奮気味で、朝食が喉を通らないほどだった。

二人が買った家、二人の我が家こそ、ベルが望んでいるすべてだった。この家がすばらしい我が家になる可能性はじゅうぶんにあり、乳母を雇う日が来たら、ガレージの上のロフトをバスキッチン付きの個室に改装する話さえ持ちあがっていた。

もちろん、二人は子供が欲しかったが、まだ若すぎるということで意見は一致していた。ルークは、子供を持つのは自分が大学で教えられるようになってからと考えていて、そのときの話しぶりから、子供ができたら仕事はやめてほしいと言われるのだろうとベルは感じていた。自分がそうすることを望んでいるのかどうか、彼女にはよくわからなかった。

だが、いずれにしても時間はまだたっぷりあるから、自分の考え方はじっくり話して理解してもらおうと思っていた。

ベッドが桁《けた》はずれに高価なのは残念だ、とベルは思った。そうでなければ、二人そろって一月のバーゲンセールに出かけて、買い物を楽しめたかもしれない……。

なによりも、家にはまともなソファが必要だった。そして、ソファ一つと肘掛け椅子が二脚という昔ながらの組み合わせではなく、ソファを二つ置きたい、とベルは思っていた。

この田舎家風の家には、客間と居間を兼ねた大きめの部屋と、広いキッチン兼ダイニングルームがある。そして玄関ホールの反対側には、家の奥行きいっぱいに広々として趣味のいい応接室があり、ベルはどこよりもこの部屋が気にいっていた。ベルにとっては、内装や家具のコーディネートについて、あれこれ工夫のしがいのある家だった。しかも、以前の持ち主が老人だったので、家が建てられたときの魅力的な特徴はそっくりそのまま残されていた。

「なんだかとてもうれしそうだね」ルークは身をかがめてベルの頭のてっぺんにキスをし、彼女の向こうにあるコーヒーポットに手を伸ばした。

「そうよ……」ベルはけだるそうに同意して頭を傾け、首筋のやわらかくて温かい肌に鼻を押しつけてほしいとルークを無言のまま誘った。「私へのクリスマスの贈り物はなに？　すごく特別なものであってほしいわ」ベルはからかうように言った。なによりも欲しくてたまらない贈り物をすでにもらっているのは、わかりすぎるほどわかっていた。それは、ルークの愛と献身だ。

「ええと、僕からの贈り物は……」いったん言いかけてからわざとらしく口をつぐみ、ルークは愛と幸福感に目をきらきらさせながら、今度はベルをからかった。「〝あてっこ〟はなしだよ。明日まで待たなければだめだ」

「明日ね」ベルは口をとがらせた。「でも、明日は私たち……私は今日、あなたにプレゼントをあげるつもりよ。だって、明日はあなたのご両親の家へ……」

「ランチの時間までに行けばいいんだから」ルークはベルに言った。

「忙しくなりそうね」ベルはため息をついた。「まず、あなたのご家族と食事をして、ボクシングデーにはうちの両親のところへ行かなければならないわ」

ルークとベルが付き合うようになってから知り合った二つの家族はすぐに親しくなり、家が近くて楽に行き来できることもあって、クリスマスなど特別な日には、どちらかの家に両方の家族が集まることも珍しくなかった。

この年のクリスマスの夜も、ベルの両親と、姉夫婦とまだ小さいその二人の子供がルークの両親の家を訪れ、彼のほかの家族とともに過ごすことになっている。

教区牧師であるルークの父親は、やってきた全員を泊めてもまだ余裕のあるほど広い牧師館に住んでいたが、聖職給が乏しく、広々としたヴィクトリア朝風の教会をじゅうぶんに暖めることもできないありさまだった。

ベルはルークの家族が好きだったが、彼女が仕事のうえで付き合っている人たちに比べて、少々野暮ったいと感じることもたまにあった。もちろん、彼らの価値観も信条も、ベルの両親のそれとほとんど変わりない。ベルはとくにルークの叔父夫婦とその十三歳の息子アンディに好感を持っていた。いとこどうしにあたるルークとアンディはよく似ていて、ルークの母親からアンディはルークが十三歳だったころにそっくりだと言われても、ベルは驚きはしなかった。

ルークの父親はケンブリッジ大学で神学を学び、一家の男性は代々ケンブリッジ大学に進学するのが伝統になっていた。

ルークもベルも、クリスマス前後はめったに家で過ごすことがなかったので、本物のクリスマスツリーを飾るのは無駄だという結論にともに達していた。以前ベルは、とても芸術的で高価なクリスマスの飾りを顧客から贈られたことがあった。ロンドンでも一流の花屋が手がけたという、枯れ枝とガラス玉で作られたその飾りを見て、ルークはかすかに眉を上げた。

「気にいらないの？」ベルはルークに尋ねた。

「これは……なんだかとても芸術的だね」ルークは言葉を選んで言ってから、残念そうに認めた。「うちではいつも、大きな樅《もみ》の木に山ほど飾りをつけていたんだ。僕が思うに、芸術的ではなかったけれど、これが……正しい、という気はしていたよ。牧師の奥さんたちは、どんなものでもリサイクルに努めなければならないんだ。それで小さいころ僕は、母からよく、自分で飾りを作るように言われたものだ……。たしかに、あまり趣味はよくなかったけれど、クリスマスの真の精神は贈り物の背後にある気持ちであって、物質的な値打ちじゃないと僕は思うんだ」

もちろん、ルークの考え方は正しい。ベルにもそれはわかっていた。クリスマスについても彼と同じように感じていたが、どういうわけかベルは、自分の価値観が見かけ倒しでくだらないと言われているような気がした。それと同時に、自分そのものが見かけ倒しでくだらない人間のような気がして、情けなくなった。

でも、今日はクリスマスイブで、もうすぐ二人への特別のプレゼントが届くのよ、とベルは思った。これから毎年、クリスマスを迎えるたびに、二人の特別なベッドで目覚めるたびに、そのベッドで愛を交わすたびに、私たちは新しい家で初めて迎えたクリスマスのことを思い出すんだわ。ベルは、すばらしいヘッドボード付きのベッドを早く見たくてたまらなかった。ぴかぴかに磨いて、うっとりと眺めるのだ。

昼近くになってようやく、家の外の細い田舎道をトラックがやってきた。

「なんだろう？」運転手がトラックから降りてくるのを見て、ルークは眉をひそめた。「おそらく家を間違えたんだろう。僕たちはなにも注文していないから……」

「したのよ、注文したの」

ベルはうわずった声で訂正し、窓の外が見えるように首を伸ばして、配送係がトラックのうしろにまわるのを見つめた。

「つまり、私が注文したの。私たちへのクリスマスプレゼントよ……ええと、私からあなたへの……私たちへの……この家へのプレゼントなの。ベッドよ、ルーク。前に話したあのベッド……すてきなヘッドボード付きの」ベルは早口で言った。

「高価すぎるから買うのはよそうと二人で決めた、あのベッドかい？」ルークは静かに尋ねた。

けれども、くい入るように窓の外のようすを見つめていたベルは、ルークの声がどことなく冷ややかなことに気づかないまま、軽々しく言った。「そのベッドよ」

とたんにルークの目は悲しげに陰ったが、ベルはそのことにも気づかなかった。

「二人で買わないことに決めたのに、君は勝手に話を進めて、僕になにも言わずに買ってしまったんだね……」

その声の険悪な響きから、ルークが気を悪くしたことに気がつき、ベルはようやくまともに彼を見つめた。

「喜んでくれると思ったのに」ベルは言った。「プレゼントよ……あなたを驚かせたかったの。ルーク……どういうこと？　どこへ行くの？」ルークがくるりと背中を向け、裏口に向かって歩きだすと、ベルは我を忘れて声を張りあげた。「ルーク、戻ってきて」彼女は懇願したが、すでに遅かった。そのうえ、配送係の男たちが新しいベッドを運んで小道をやってくるのが見えて、彼のあとを追うこともできなかった。

みごとなヘッドボード付きのベッドを置いて、こんなにすてきになった寝室を見たら、ルークだって機嫌を直してくれるだろう。

二時間後、配送係が帰ってから寝室の戸口に立ち、新しいベッドをほれぼれと眺めながら、ベルは思った。そういえば、寝具一式も新しくしたほうがよさそうだ。そう気づいて、ベルはちょっと眉をひそめ、結婚祝いにもらった花模様のかわいらしい寝具を見つめた。今のままでは、新しいベッドのすばらしさがじゅうぶんに生きてこない。

寝室の古い床板は、引っ越してきてすぐにルークがやすりをかけて磨きあげていたので、ベッドはとても引きたって見えた。このベッドには、ラベンダーの香りがする分厚くてきめの細かいアイリッシュリネンのシーツや、古風な枕《まくら》カバーなど、伝統的な雰囲気のあるものしか似合わない、とベルにはわかっていた。

ラベンダーの香りに包まれて目覚めるのは、ルークもきっと気にいるだろう、とベルは思った。ルーク……どこへ行ってしまったの？　もうずいぶんたつのに、まだ戻ってこない。早く帰ってきてくれればいいのに……。

　それから三十分近くたって、新しいベッドを運んできたトラックよりもずっと古くてくたびれたトラックが家の前にとまった。驚いたことに、運転席から降りてきたのはルークだった。

「ルーク」ベルは正面玄関へ行って扉を開け、心配そうに声をかけた。「いったいどこへ行っていたの?」

「クリスマスプレゼントをとりに行ってきた」ルークは突き放すように答えた。

　私へのクリスマスプレゼントだ。古いトラックの中に……いったいなにが?　ベルは慎重に正面の門に歩いていき、それを開けると、ルークがシャッターを上げたトラックの荷台をのぞきこんだ。

「なに?　なにが入っているの?」ベルはおそるおそる尋ねた。

「さっき言っただろう。君へのクリスマスプレゼントだ」

　暮れかけた日の光が荷台の中を満たし、そこにあるものが見えたとたん、ベルの心臓はショックではねあがった。荷台には、分解された古めかしいベッドの枠と、買ったばかりに違いない新品のマットレスが積んであり、荷台の一方に古いシーツにくるまれて立てかけてあるのは、その形から、木のヘッドボードに間違いないと思われた。

「ルーク……あなたはなにを……」ベルはききかけたが、振り返ったルークの顔を見て、思わず言葉をのみこんだ。

　これほど冷たくてよそよそしい顔をしているルークを見るのは初めてだった。

「君とまるで同じことをしたんだ。僕たちのためにクリスマスプレゼントを買った。新しいベッドだ。僕たちへの……君への……」ぞっとするほど他人行儀で冷ややかな声だった。

「新しくないわ……枠は古いし……」ベルは異議を唱えはじめた。「まるで……」

「まるで、なんだい？」ルークは挑むように言った。「君の仕事仲間やお得意さんが……あざ笑ったり、ブランド好きの鼻をふんと鳴らしてばかにしたりしそうな代物に見えるかい？　教えてあげよう。このベッドは僕の祖父母のものだった。二人はこのベッドで眠り……これを大事に使い……誇りに思っていた。そして、僕の両親も同じように、このベッドを大切にしてきたんだ」

「これは……これは……」なにを言っていいのかわからず、ベルは口ごもった。

その間にルークはトラックの荷台によじのぼり、はずみでヘッドボードにかけてあったシーツがずり落ちた。

ベルの顔からさっと血の気が引いた。ベッドの枠とは違って、ヘッドボードは真新しかった。二人のイニシャルと結婚した日付がからみ合うような飾り文字で美しく彫られているのを見て、ベルにはすぐにわかった。

「ルーク……あなた、ベッドを買ったの……」

ベルの問いかけをさえぎるように、ルークは首を横に振った。

「マットレス以外、なに一つ買っていない」ルークははねつけるように言った。「ヘッドボードの木材は良質の硬い楢《なら》材で、僕が家庭教師をしている生徒の父親から授業料のかわりにもらったんだ。彫刻は僕が自分でやった。凝った造りではないし、おそらく、君が買ったベッドほど魅力的でもないだろう。でも――」

「あなたが彫った」ベルはルークをさえぎった。「あなたが彫ったの……」

「そうだ」ルークはそっけなく答え、ずり落ちたシーツをヘッドボードにかけ直した。「でも、もちろん、わかっているよ。僕がどんなにがんばったところで、君が買ったベッドの足元にもおよばないことは。そう、僕が買ってあげられなかったベッドだ。どうでもいいんだ……僕がなにをしようが、なにを言おうが、なにを君に贈ろうが……どんなに君を愛していようが。しょせん、僕たち二人を養い、支えているのは君なんだから……」

「ルーク、そんなの、どうでもいいことでしょう？」ベルは言い返した。「それに、この状態は一時的なものだわ。あなたが研究員になったら……あ、ルーク、あなたを心から愛しているし、あなたが作ったヘッドボードも大好きよ」ベルは思いをこめてささやいた――ほんとうに、心からの言葉だった。

ルークが彫刻をほどこしてベルに贈ったベッドは二人の寝室におさまり、ベルが買ったベッドは客用の寝室に追いやられた。

二人は仲直りし、その後も喧嘩《けんか》をしては仲直りをするという繰り返しだった。そのたびに結婚生活という布は少しずつすり減っていき、やがてついに、二人ともぼろぼろにすり切れた布をつくろう気にもなれない日がやってきた。

決定的瞬間は、ある週末、海外の会議に出席していたベルが予定より早く家に戻ったときに訪れた。ベルは、前の晩にケンブリッジのディナーパーティに出席していたルークが、ハリエット・パリシュの部屋に泊まったことを知ってしまったのだ。

ルークは必死になって弁解した。なにもやましいことはなかった、飲みすぎたので車を運転するのは危ないと思っただけだ、僕が愛しているのは君で、ハリエットはただの研究仲間だ――友達なんだと言い張ったが、無駄だった。

二人は言い争いを始め、悪意をこめてさんざんののしり合い、傷つけ合った。ベルにはもう以前の二人には戻れないとわかった。今度こそ、もう無理だ……。

「君は救いようのない物質主義者で、金のことばかり考えているものだから、もののほんとうの価値がわからないんだ」喧嘩の間ずっと、ルークはその一点でベルを責めつづけた。「金、金、金――君にとって大事なのは、それだけだ」

「あなただってお金を稼いでいたら、もっとお金を大事に思うはずだわ」ベルは言い返した。「さぞかし楽なことでしょうね、ルーク。あなたみたいに象《ぞう》牙《げ》の塔に閉じこもって、現実社会に生きている私たちを見下しているのは。でも、忘れているんじゃない？　私の稼ぎがなければ、あなたの象牙の塔なんか消えてなくなってしまうのよ……」

こうして言い争いは続き、二人は危うくてかけがえのない結婚生活という布につかみかかり、苦々しさと狭量な敵意に我を忘れてそれを引きちぎって、びりびりに破り捨ててしまった。

その週末、ベルは家を出て二度と戻らなかった。

六週間後、ベルは離婚訴訟を起こし、二人の関係の修復の可能性についてルークと話し合うことさえ拒んだ。

皮肉なことに、ベルが二人の家から引き取ったのは、ベッドとヘッドボード――彼女が買ったほうではないもの――だけだった。ベルが買ったベッドは、ルークが彼女の持ち分も買い取って住みつづけている、かつての二人の家に今もまだ置いてあるようだった。

そう、ベルが暮らしているロンドンの小さな家で、ベッドの頭を飾っているのは、ルークが彫刻をほどこしたヘッドボードだ。ベルが意図して引き取ったわけではない。客用の寝室に置かれたもう一方のヘッドボードとベッドを持ってくるように依頼した運送業者が、間違って持ってきてしまったのだ。それをどういうわけか、ベルはあえて取り替えようとはしなかった。

2

「叔母様のところに、ルークが直接、招待状を届けに来たって聞いて、ママはほんとうにびっくりしていたのよ」幸せな新婦、ジョイは言った。「だって、私たち、手違いがあったことは早くから気づいていたんですもの。それでいったい、ルークはなんて言ったの？　扉を開けたら彼が立っているなんて、叔母様もさぞかし驚いたでしょうね……」

「そうね……」

「ルーク、今、あなたのことを叔母様と話していたところよ。玄関の扉を開けたらあなたが立っているなんて、どんなにか驚いたでしょうって」新郎のいとこが突然、ベルの隣に現れると、ジョイはうれしそうに繰り返した。ベルとルークが親しげに並んで立っていることに、結婚式のほかの参列者が好奇心をかきたてられていることには、明らかに気づいていないようだった。

ルークの青みがかった濃い緑色の目と、ベルの蜂《はち》蜜《みつ》のような金色の目が見つめ合い、無言のメッセージが行き来した。

「それでいったい、あなたは叔母様になんて言ったの？　だって、二人はもう何年も口をきいていなかったんでしょう」

「ジョイ……」アンディは新妻をたしなめ、ベルとルークに説明した。「すきっ腹にシャンパンを飲んだせいだと思うんだ。教会の通路を歩いているときに聞いたんだけど、彼女は今朝、結婚式の支度をしている間に、シャンパンを三杯も飲んだらしくて……」

「違うわ、四杯よ」ジョイは訂正し、けらけら笑いだした。

「ダーリン、カメラマンが呼んでいるわ」ジョイの母親が告げ、結婚したばかりの二人に近づいてきて、いっしょに来るようにとせきたてた。

「ああ、もう写真はたくさんよ」文句を言いながら、ジョイは母親に引っ張られていった。

「カメラのフラッシュに救われたな」三人が行ってしまうと、ルークはおどけて言った。

「そうね……ほんとうはどんな状況だったか、とてもあの子には話せなかったんでしょう？」

「なにを？　一目僕を見たとたん、真っ青になった君が、文字どおり気を失って僕の腕の中に倒れかかってきたことを？」ルークが言った。

「私はインフルエンザにかかって寝こんでいたのよ。三日間、なにも食べていなくて……」ベルは言い訳をした。「それに」いたずらっぽく言い添える。「あなたが私をかかえて二階のベッドまで運んで、服を脱がせはじめたことは、あなただって私からアンディに言ってほしくなかったはずよ……」

「僕はそんなことはしていない」

「あら、したわ。私のローブを……」

「君がベルトを締めていなかったから、抱きあげたときにベルトを踏んでしまって、ローブの前がはだけたんだ。僕はそのまま君を二階まで運ばなければならなかった。一階にはガレージと玄関ホールがあるだけだから。それに、ローブの下はまったくの裸だってわかったし……あれは二月の凍えるくらい寒い日だったからね。君を暖かいところに運びたかっただけだ。それにしても、あんなふうに気を失ってしまうなんて、僕は死ぬほど驚いたよ。いや、驚きはしなかったな。君はがりがりにやせ細っていて、弱々しくて……」

「言ったでしょう、病気だったのよ。だから……」

「おやまあ、あなた方、ほんとうに仲がよさそうだこと。結婚して何年になるの？　たしか、もう十年以上になるのに、まだ子供がいなかったわね！　だけど、笑わせてくれる子供がいなければ、泣かせられることもないって言うけれどね」

　アリス大伯母様……。

　年老いた大伯母の頭ごしに、ベルはルークに目配せした。大伯母が勘違いをしていることをわからせようとしても、とくにこんな状況ではなんの意味もない……。

「アリス伯母様……ここにいらしたの……」ベルの姉で、花嫁の母親のキャロルが足早に戻ってきて、年老いた大伯母の肩をいらだたしげに抱いた。「ダーリン、いろいろとほんとうにごめんなさいね。伯母様ったら、とんでもないことを引き起こしてばかりなの」キャロルは歯の間から絞り出すようにしてささやいた。

　だが、キャロルが具体的に説明する間もなく、夫のデヴィッドが、ケータリング業者が至急話したいことがあるそうだ、と伝えに急いでやってきた。

「残念だな」ルークは言い、元義姉のキャロルが去っていくのを見送りながら、ちらりとベルにほほえみかけた。「これで、アリス大伯母様がなにをしでかしたか、僕らが知ることはなくなった……」

「つまり、私たちにしたこと以外になにをしでかしたか、ということね」ベルはいたずらっぽく訂正し、ルークに笑みを返した。

そのときのベルの目の表情を見て、二人が離婚したことを知らない、通りがかりのウエイトレスはしんみりとこう思った。自分にとっては日に日におぼろげになっていくばかりの思い出だけれど、世の中には夫婦間の情熱をいつまでも持ちつづけられるうらやましいカップルがいるものだ、と。しかし、そのウエイトレスは気づくべきだった。ルークほど魅力的な男性を見て、官能のうずきを感じない女性はどうかしているのだ。ウエイトレスの夫はやさしい男性ではあっても、カリスマ性まで備えているとは言いがたかった。

「まあね……たしかに、結婚式の招待状が君と僕の連名で届いたときには、びっくりしたよ」ルークが言った。

「わざわざうちまで招待状を届けていただいて、ほんとうに感謝していますわ」わざとまじめぶって言うベルの、蜂蜜のような金色の目が笑いを含んできらきら輝いている。

そして、笑いのほかにも、もっと深く、もっと温かいなにかを感じて、ルークは小さく息をのんだ。温かさやエネルギー、はじけるような活気など、ベルにはいつも特別ななにかがあった。初めて出会ったときから、ルークは彼女のそんなところに気づいていた。

「どのみち、ロンドンにいたからね」ルークはベルに思い出させ、たいしたことではないと伝えようとした。だが、ベルの目と同じように、忘れがたい感情に熱っぽく輝いている目が、彼の本心を明かしていた。「ここはずいぶん暑いね。披露宴の前に、ちょっと新鮮な空気を吸いに外に出ないか?」ルークは持ちかけた。

「みんなが噂するわ」ベルは指摘した。「どういうことだろうって、あれこれ想像して……」

「そうだね……」ルークは同意しながら、一方の手をベルの腰にあてて、ホテルの庭園へ出る扉に向かってそっと導いた。「よかったよ。いくらか体重が戻ったみたいで」

「病気だったのよ」ベルはふたたび言った。

「まるで骨と皮だった」ルークはなおも続けた。

「僕はてっきり君が……」

「別れてからずっと、あなたを思って嘆き暮らしていたと思った?」

ルークはまっすぐベルを見つめた。

「そうじゃない。そんなふうには思っていなかったよ、ベル。僕にだって欠点はある。それはわかっているが、妄想癖という欠点は持ち合わせていないよ」

「妄想だなんて、だれが言ったかしら?」ちょっと怒ったように言って、ベルはルークを驚かせると同時に、自分も驚いた。「別れてすぐは、そんなときもあったわ……」いったん言葉を切り、ベルはみるみる表情を曇らせながら続けた。「ああ、ルーク……私、あのころは死ぬほど不幸せで、それに……」

突然、ベルは口をつぐんだ。どんなことであれ、弱さを認めるのは自分らしくなかったし、認めてしまったことで、自分に劣らずルークも驚いていることに気づいたのだ。

「僕たちがいるのがこの場でなかったら……」ルー

クが言いかけると、ベルはたしなめるように首を振った。しかし、そんなことをしても、背筋を駆けおりる危険な興奮と、ぞくぞくするような感覚を抑えることはできなかった。

あの日、玄関の扉を開けて、望みもしない訪問者がほかならぬルークだと、七年前に離婚してから口をきいたことも会ったこともない元夫だとわかったときには、ベルはほんとうにショックを受けたのだった。

目の前に立っていたルークはすらりと背が高く、こわいくらいハンサムで、うっとりしてしまうほど男らしく成熟して見えた。その姿は、病気のためにすでに弱っているベルの防御システムをまたたく間に大混乱におとしいれた。

玄関の扉にしがみつくようにして立ちながら、ベルは文字どおり全身から血の気が引いていくのを感じていた。それと同時に、体がたちまち渦巻きに吸いこまれていくようなめまいと脱力感に襲われた。

なにが起こるのか、ベルにはわかっていた。気を失ってしまうという自覚はあっても、それを阻む体力や精神力がないこともわかっていた。さっと腕を伸ばしたルークに支えられ、軽々と抱きあげられたとき、彼はなんていい香りなのだろう、なんていい感触なのだろう、しっかりと守られるように彼の腕に抱かれるのはなんて心地よいのだろう、とベルは思った。そしてそれを最後に、彼女は気を失ってしまった。

ベルが気を失っていたのはほんの二、三分だったが、ルークはその間に玄関の扉を閉め、彼女をかかえて二階に上がり、馬屋を改造した小さな家の居間を抜けて、寝室に入っていった。

意識を取り戻したベルは、自分が全裸でベッドに寝かされ、心配そうに身を乗り出したルークに名前を呼ばれていることに気づいた。

それから三カ月以上たった今でも、ベルはそのときの自分の反応やエロチックな衝動、矛盾するさまざまな感情をうまく説明できなかった。

とにかく、ルークはきちんと服を着ているのに自分はなにも身につけていないと思ったとたん、それまで知らなかった女らしくてひどくみだらな感覚をかきたてられたのだ。まったく自分らしくない、我ながらまさかと思えるような反応だった。それに驚いて、しばらくの間、ベルは目の前にいるルークに声さえかけられず、ただ横たわったまま、大きく見開いた金色の目で彼を見つめていた。

あとになってルークがベルに言ったように、怒って拒絶されたり、辛辣《しんらつ》な言葉を投げつけられたりするとばかり思っていたルークは、ベルが驚いてぼんやりしているだけだったので、かえって素直な気持ちで心配や気づかいを示すことができた。

「ルーク……」ベルは、いつになく弱々しく、くぐもった声でそうつぶやくのが精いっぱいだった。

「君は気を失ったんだよ」ルークは小声で言い、そっとなだめるように指先でベルの額をなでた。

「わかってるわ……私、具合が悪かったの」ベルは言葉を返した。「インフルエンザのウイルスかなにかにやられちゃったみたい……」

「それがわかっているのに認めようとしないで、とことん具合が悪くなるまで無理をしたんだろう」ルークはちょっと怒ったような声で応じた。

一瞬、ベルはルークが言ったことを否定したくなった。だが、結婚に失敗して以来、自分に正直になることの大切さは身にしみていたので、否定しなかった。

「大事なお客様との打ち合わせがあって、どうしても休むわけにはいかなかったの」ベルは認めた。

「キャンセルするべきだったのはわかっているけれど、きびしい業界だし、それはできないと思って……」

五年前、ベルはもともと勤めていた会社をやめて、独立していた。収入面では、破格の給料を得ていた以前ほど恵まれてはいなかったし、拘束時間や疲労の度合いも比べようもないほど大きくなったのはたしかだが、自分で自分のボスになれるという満足感も同じくらい大きかった。

それでも、ごく最近になってベルは、ビジネスの規模を広げたり、顧客を増やしたりする機会を意識的に無視して、以前はとてもできなかったことだが、仕事以外のことを生活に取り入れるようになっていた。自分の人生には欠けているものがあって、ある種の感情的要求が満たされていないようだと自覚するようにもなった。

しかし、当然のことながら、それをルークに対して認めるわけにはいかなかった。何年も前に、君は結婚生活より仕事を優先している、いつの日か一人ぼっちになって寂しい思いをするだろうと言って、ベルを責めたルークには。

「君はいつだって、応《こた》えきれないほどの要求を自分に課していたからね」ルークは皮肉をこめて言った。

しかし、ベルが急にがたがた震えはじめると、非難がましい思いはたちまち心配に変わった。「凍えているじゃないか」不安のあまり、とがめるように言う。

そう言われたとたん、ベルは熱にうるんだ目できっとルークをにらみつけた。「そうなったのはだれのせい？　私、自分でローブを脱いだ覚えはないわよ」

言葉が口をついて出たとたん、ベルはしまったと思った。さっきまで彼女の顔と目に釘《くぎ》づけだったルークの視線が、すっと体へ向けられたのだ。

ベルは反射的に筋肉を緊張させた。

ルークと出会ったころ、ベルはまだ若い娘だった。

今は大人の女性だ。若いころ、ベルは自分の体がみずみずしく女らしいのも、肌がぴんと張ってつややかなのも、どこに触れてもふんわりとやわらかいのも、当然だと思っていた。年月を経て、彼女の体は変化していた。

ベルには、自分を見ているルークが眉をひそめているのがわかった。彼が今ベッドをともにしている女性と比べて、よほどみっともないのだろうと思った。いずれにしても、ルークほどの社会的立場にあり、数学界でも大きな影響力があるのはもちろん、見るからにセクシーで、カリスマ性も備え、容貌《ようぼう》にも恵まれた男性なら、どんなに優秀で美しい女子学生でもよりどりみどりだろう。

それに比べて、私は……。いいえ、とベルは思い直した。自分の人生がどんなにわびしく、離婚して以来、どんなに寂しい思いをしているか、考えるのはよそう……。どうして考える必要があるの？　自分で選んだことなのに。そばに男性がいないわけではなく、付き合ってほしいという申し出も、ロマンチックな思いをする機会もあった。ただ、私のえり好みが激しいから、なにもなかっただけのことだ。

ルークはまだ眉をひそめている。

「やせすぎだよ」ルークはいきなり言った。「ちゃんと食べているのかい？」

「やせているっておしゃれだわ」ベルは鋭く言い返したが、ふだんより三キロ以上体重が落ちているのはよくわかっていたし、今回のインフルエンザのせいでやせてしまう前でも、自分は少々やせ気味だとは思っていた。

「おしゃれだって！」ルークは眉を上げた。

「そうよ」ベルはあくまでも言い張った。「あなたが私の体を魅力的だと思わないからって、それが――」

「魅力的じゃないとは言っていない。やせすぎていると言っただけだ」ルークは穏やかな声でさえぎった。「実を言うと――」

ルークが急に口をつぐまなければ、どういうことになっていたのか、ベルにはわからなかった。だが、彼は妙にかすれた声で言い添えた。

「なにか食べたほうがいい。ベッドに横になって、じっとしているんだ。階下《した》でなにかさがしてくるから」

けれども、ルークが部屋を出て扉を閉じると、ベルは、彼が口をつぐまなければどうなっていたかわかるような気がする、と率直に思った。最後の喧嘩《けんか》の理由がなんであろうと、プライドの高さゆえに自分から結婚生活を放棄したとしても、ルークの肉体的魅力に惹《ひ》かれ、彼を……一人の男性として……求める思いは抑えようがないのだから。

顔をほてらせながら、ベルは自分が三十代なかばの女性であり、一人で暮らしている間は、その肉体も、感情も、もっとも個人的な肉体的欲求も、人に明かした覚えがないことを思い出した。

こんなふうに無防備なのは、病気をして心細くなっていたからだわ、とベルは自分に言い聞かせた。そうよ。それと、思いもかけずルークと再会し、突然、危険なほど親密な状況に置かれてしまったショックのせいだわ。

そういえば、私のローブはいったいどこへいってしまったの？

ベルが寝室の扉にたどり着いたちょうどそのとき、反対側からルークが扉を開け、自分の言いつけが守られていなかったと知って、こわい顔で彼女をにらみつけた。

「ベッドを出てはだめじゃないか。一度、気を失っているんだぞ」ルークはきつい口調でたしなめた。

「ローブをさがしていたの」取り乱すまいと必死になりながら、ベルは言った。しかし、自分の肉体に少しも魅力を感じていない相手を目の前にして一糸まとわぬ姿で震えているのだから、取り乱すなというほうが無理な話だ。

「ベッドに戻りなさい。ローブは僕がさがしてきてあげるから」意外なことに、ルークはいたわるように言った。「いずれにしても、君は部屋を暖める分別はあっても、きちんと食事をとることはできないようだね。いったいなにを食べて暮らしているんだ、ベル？　冷蔵庫にも戸棚にも、ほとんどなにもないも同然じゃないか」

「食料品は、買い置きをするよりも新鮮なものを手に入れる主義なの」ベルはすかさずぴしゃりと言い返した。「それに、体の調子が悪くて、この何日かは買い物に出かける気力もなかったから」

「なるほど……いずれにしても、スープの缶詰めと卵をいくつか、なんとかさがしあてたよ。スープをのみなさい。僕は階下でオムレツを作ってくるから」

なんてえらそうな態度なの。ルークがキッチンに戻っていったとき、ベルは夢中になってスープを胃に流しこみながら思った。

でも、私たちが喧嘩をする理由はいつもそんなことではなかったかしら？　私のほうが稼ぎがいいことで、ルークは男のプライドを傷つけられ、うんざりしていたのよ。でも、彼は私を抑えつけようとはしなかった。とんでもない。ルークがそんな男性だったら、私はあれほど愛せなかっただろう。けれども、私は自分が無力でないことや、金銭的にルークを頼りにしないせいで、なんとなく彼から罰を受けているような気がいつもしていたんだわ。

キルトにくるまってもぐりこんだベッドが暖まり、熱いスープのおかげで胃もすっかり落ち着くと、ベルはほっとすると同時に眠くなってきた。そんな状態だったから、ルークが約束どおりオムレツを作って戻ってきたときには、もう半分眠りかけていた。ところが、ルークが皿に盛りつけた料理のあまりの多さに気づいたとたん、眠気は吹っ飛んだ。ベルは怒ったように皿をにらみつけた。

「こんなにたくさん食べきれないわ」ベルは抗議した。「どうかしてるわよ。卵を一ダース以上使ったとしか思えない……」

「そんなに使っちゃいない」後悔したそぶりはみじんも見せず、ルークはうれしそうに言った。「だいたい、これは二人で食べるんだから。君は食事を抜いてもかまわないかもしれないが、僕はそうはいかないんだ」彼はまじめな声で告げた。「それに、皿が一つしか見つからなかったから、二人でいっしょに食べなければならない」

「ほかのお皿は食器洗い機の中よ」ベルは言ってから、弁解するように言い添えた。「私は一人暮らしの独身女性なのよ、ルーク。十二人分そろった正餐《せいさん》用の食器セットは、しまう場所も、持つ必要もないの」

「でも、たまには人を招くんだろう?」

「そうでもないわ。仕事上のお得意様とは外で食事をするほうが好きなの。ずっと楽だし、いかにもプロという感じでしょう。それに……」ベルはちょっと言いにくそうに下唇を軽く噛《か》んだ。「男性のお客様を自宅に招くのは、場合によって問題もあるし……」

「問題というと、男性の客が……君になにか失礼なことをしたのか?」ルークは強い口調で尋ねた。

「あの……もうずっと昔の、私たちが離婚してすぐのころの話だし、きっと私が悪かったのよ。お得意様を自宅に招いたりしたら、誤解されかねないって気づくべきだったわ」

「こわい思いをさせられたのか? けがをさせられたのか? いったいだれが?」

「そんなことじゃないの」ベルはあわててルークをなだめた。「ただちょっと……ばつの悪い出来事があっただけ。ちょっとした誤解よ、ほんとうに、それだけのこと」

「でも、君の顧客が……」

「言ったでしょう、ルーク。もうずっと前のことなのよ。それに幸いなことに、彼も誤解があったとわかってくれたわ。でも、そのことがあってから、お客様を自宅に招くのはやめようって決めたの。だけど、私生活でも、仕事のうえでも、私がどんな人生を送っていようと、あなたにはどうでもいいことよね」

「一人で暮らしていて、寂しいと思うことはないのかい？」いきなりルークにきかれて、ベルはぎくりとした。ところが、そんなことはないとベルが弁解しようとしたとき、ルークは静かにこう認めて、さらに彼女を驚かせた。「僕は寂しいと感じている……」

「あなた……あなたは一人で暮らしているの？」ベルは視線を上げ、ルークの顔を見つめた。

「君が出ていってからずっと一人暮らしだよ」ルークはさらりと言った。

ベルの食欲はすっかりうせ、不思議なことに、ルークもそれほどおなかがすいているようには見えなかった。

「ベル……」

「ルーク……」

「今もこのヘッドボードを使っていてくれて、うれしいよ」ルークはかすれた声で言い、片手を上げてベルの背後に伸ばし、自分が彫った二人のイニシャルと結婚した日付を指先でたどった。「しかし、どう見ても、君が買ったベッドほど立派じゃないということは認めざるをえないな」

「それに、高くもなかったわ」ベルは静かに言って、ルークの顔から視線を落とした。そうすれば、高いというのはヘッドボードの値段が高かったという意味ではなく、不注意な無駄づかいだったという意味で言ったのだとわかってもらえるだろう。

事実、破れた夢と失った愛と引き替えに、ベルは今も、増えるばかりの利息とともに高額なベッド代を返済しつづけているのだ。

「ベル……」

ルークはヘッドボードから手を引っこめ、前かがみになっていた体を起こし、ベルはベッドから頭を上げた。

ルークの目がベルの目をじっと見つめた。彼女の全身が震えはじめ、心臓が狂ったような速さで打ちだした。

ルークの頭が少しずつ下がって、ベルの顔に近づいてきた。彼はキスをしようとしている。ベルにはそれがわかった。早鐘を打つ心臓が破裂してしまいそうだ。ベルは反射的に目を閉じた。自分の唇に重なるルークの唇の温かさも、キスのなつかしい味も、独特の香りも、感触も……すでにもう感じられるような気さえした。

「帰らなければ……」

ベルはぱっちり目を開けた。結局、ルークはキスをするつもりはなかったのだ。

「訪ねてきてくれてありがとう」ベルはぎくしゃくと言った。「姉に連絡して、アリス大伯母様の失敗のこと、話しておくわ」

「君の姪《めい》と僕のいとこが結婚するなんて、ほんとうに不思議なめぐり合わせだ……」

「そうね……そう思うわ」

「この前会ったときにアンディから聞いたよ。彼は、ジョイが研修医として勤めることになった病院のある町で、最後の実習を受ける手続きをとったそうだね」

ルークがそう言ったとたん、ベルには彼の言いたいことがわかるような気がした。

「それで、もちろん、あなたは気にいらないのね。ジョイのほうがアンディに従うべきだと思っているんでしょう?」

「とんでもない」ルークはさらりと言った。「アンディはほんとうに運のいい若者だと思っているよ。彼を愛しているからこそ、彼が正式に資格をとるまでは、自分の収入で二人が生活できるように準備するような女性と結ばれたのだから。それにしても、もしアンディが最初に決めたとおり、医者になる道をめざしていれば、今ごろはもう正式な資格をとっていたはずなんだ。いまだに妙な話だとは思っているよ。医者になるより獣医になるほうが実習期間が長いなんて。しかし、アンディにはジョイと彼女の愛を大切にしてほしいものだね。男のプライドなど無視して——」

ルークは急に言葉を切り、ベルから目をそらした。

「幸いなことに、彼らの世代は僕たちに比べると、はるかに自然に、そして柔軟に、伝統的な男女の役割交代を受け入れているようだ」

ベルはなにか言おうとしたが、喉の奥にこみあげるものがあって、一言も発せられなかった。

ルークが自分も間違っていたかもしれないと認めたのは初めてだった。ベルは自分が間違っていたのはわかっていた。いろいろな面で誤った道を突き進み、ルークの男としてのプライドに対して無神経だったと自覚していた。

しかし、こう感じたのは初めてだった——ルークも後悔していたのかもしれない、自分のしたことやそのやり方や……応じ方に、疑問を感じていたのかもしれない、と。

もしあのときそれに気づいていたら……今のように向き合って座り、話し合っていたら……。

だが、ルークはもう座ってはいなかった。立ちあがって――ベルを残して――立ち去ろうとしていた。

〝哀れみ深い隣人〟の務めは終わったのだ。

ベルは、扉に向かって歩いていくルークを見つめた。

「ありがとう。あの……あの、スープを」扉を開けるルークにぶっきらぼうに言うと、ベルは顔をそむけて目を閉じた。彼が――ふたたび――自分の人生から立ち去っていくのをとても見てはいられなかった。

それから数秒たっても扉がぱたんと閉まる音がしないので、ベルは目を開けた。そして、ルークがベッドのすぐそばにいるのを見て、さらに目を見開いた。彼がこんなに私の近くにいる。

「君は僕に感謝する必要なんてないんだ、ベル。ぜったいに。僕がなにをしたとしても」ルークは言い、さっきしなかったことをした。頭を下げて、ベルにキスをしたのだ。

それは一瞬の、性的な意味はかけらもない、好意を示すだけの軽いキスだった。そのつもりだった、とあとになって、ルークはベルに言った。だが、どういうわけか二人の唇も、口も、感覚もそうは受けとめなかったらしく、ベルの唇に触れたルークの冷たい唇は、熱く、深く、長いキスを始め、ぴったり重なり合った二人の唇はさらに熱烈に求め合った。

「こんなことをしてはいけないんだ。君は病気なんだから」ルークはうめいたが、なおもベルを腕に抱き、自分の胸にしっかりと引き寄せたので、ベルには彼の激しい鼓動が感じられた。ルークは両手でベルの顔をはさんで、その目の奥をじっとのぞきこんだ。

「ルークは唇でそっとやさしくベルの唇に触れた。ベルは、どこか遠くから聞こえる、甲高く、押しつけがましく、不愉快な音を聞いていた。電話が鳴っているのだ。ベルはしぶしぶキスをやめた。

「キャロル姉さんからよ」電話のディスプレーに姉の電話番号が表示されているのを見て、ベルはルークに言った。

受話器を耳にあてると、姉が勢いこんで言うのが聞こえた。「ベル、ひどいことになってしまったの。アリス大伯母様が……」

ベルは、ルークが扉に向かって歩きだすのを見ていた。ここにいて、と叫びたかった。行かないで……私を置いていかないで。しかし、彼女は大人の女性であり、大人の女性はそんな愚かな衝動やばかげた感情に押し流されはしない。

受話器をてのひらでおおって、ベルは声をかけた。「お見送りもできなくて申し訳ないわ……」

「ベル？　ベル？　だれかいるの？」キャロルが好奇心をむきだしにして尋ねているのが聞こえる。

「単なる……予期せぬ訪問者よ」ルークがそっとうしろ手に扉を閉めるのを見ながら、ベルはできるだけ平静を装って言った。

いずれにしても、ほんとうのことだった。

とにかく、キャロルは早く説明したくてうずうずしているらしく、早口で続けた。「あなたにどう伝えるべきか見当もつかないんだけれど、アリス大伯母様があなたへの結婚式の招待状をルークのところに送ってしまったんですって。ベル！　ベル、聞いているの？」

「聞いているわ」ベルは答えた。

十分後、姉からの電話を切ったベルは、自分をきびしくいましめた。姉から電話がかかってこなければ、なにが起こっていただろうかとか、ルークがキスを続けていたら、どうなっていただろうとか、私がどっと押し寄せてきた感情に身をまかせていたら、どうだっただろうとか、あれこれ考えたり想像をめぐらせたりしても、なんの意味もない、と。

ルークの唇にそっと唇をなぞられていると、結婚していたころの数々の喧嘩のことも、結婚生活の断末魔とも言うべき最後の喧嘩で、たがいにぶつけ合ったとげとげしい言葉も、簡単に忘れることができ、楽々と、ほんとうに楽々と、かつて分かち合った愛を思い出すことができた。

かつて分かち合った？

ベルは身を震わせながら目を閉じた。こんな気持ちになって、いろいろ思い出したり……後悔したり……願ったりするのは、インフルエンザで体が弱っているからよ。でも、たった今、ルークにキスをされたときに私が感じたのは、現在の私という女性の、現在の彼という男性に対する反応だ、とベルは痛いほど率直に認めていた。私は今のルークという男性を求め、彼がそばにいることや彼との触れ合いに、年齢を重ねた女性として、以前より成熟した一人の女性として、反応したんだわ。

そんな危険な思いにいつまでもひたっていたくなくて、ベルは枕《まくら》の形を整え、自分に言い聞かせた。早く眠って、病気を治さなければ。

数時間後、ルークがベルの小さな家に戻ってきたとき、彼女は眠っていた。最初に訪ねたときに、ルークは、きちんとラベルをつけてキッチンのフックにかけてあったスペアキーを持ち帰っていた。ほんとうに具合が悪そうなベルを一人で残していくのは気が進まなかった。がりがりにやせて、紙のように白い顔をした彼女は、仕事で無理を重ねて、自分の体のことなど少しも考えていなかったに違いないのだ。

ルークは唇をゆがめて苦笑いをした。以前も、あれこれ心配しすぎだとベルに文句を言われたものだった。

「おなかがすいたら食べるからいいの」かつて結婚

していたころ、食事の時間が不規則だとルークが訴えると、彼女はいつもそう応じた。

最近ではルークも、そういう考え方もあるかもしれないと思えるようになっていた。だれもいないがらんとした家に戻り、自分のために料理を作るのはほんとうにむなしく、いつの間にか、講義や会議の合間に大急ぎで食べ物をかきこむのが習慣になっていた。

それでも、少なくともルークは、その気になれば大学の大食堂で食事をすることができた。ビジネスマンの〝ビジネスランチ〟の学者版だな、と情けない思いで認めながら、彼は階段をのぼり、ベルの家のキッチンに入って、買ってきた食料品を袋から取り出した。

こんなことをしても、いわれのない干渉だとベルは決めつけ、腹を立てるのは間違いなかった。しかし、彼女は否定するかもしれないが、少なくともルークには、二人の間にはまだなんらかの絆《きずな》というか、結びつきがあると思えてならなかった。だから、学者仲間との打ち合わせが終わってから、もう一度ベルを訪ねて、以前より少しでも具合がよくなっているのを確認しなければ、ケンブリッジに戻る気にはなれなかった。

数年前、初めて離婚を持ちかけられたショックがおさまると、ルークは本能的に自分が置かれている状況を否定しようとした。だが、ベルとの喧嘩の回数も激しさも増す一方で、関係もぎくしゃくしているのであれば、離婚したいというベルの決断を受け入れないわけにはいかなかった。もちろん、当時の二人には、広がる一方の溝をうめるのは不可能だと思われたが、その後数年の間に、ルークは仕事上、男女のかかわり方や、関係の進め方に生じる変化を観察したり、考察したりする機会がいくらでもあった。

今では、女子学生が経済的負担を引き受けてパートナーを支え、男子学生が勉強を続ける道を選べば、女性がそのまま生活費を稼ぐ役割を担いつづけるというパターンは珍しくもなんともない。ルークの同僚の女性研究員の中には、あけすけにこう語る者もいた。自分たちのように、高い給料を稼ぐのに向いている女性は、受動的な立場をとることに幸せを感じ、女性をやさしく支えてくれるようなパートナーを進んで選ぶ傾向があるのだ、と。

「くたびれるだけなのよ。自我の強い者どうしで折り合いをつけようと闘うのは」男女の役割分担について話し合っているとき、同僚のある女性研究員はルークに言った。「正直なところ、私の中にも、エネルギッシュで、生物学的に言う〝ボス的な〟男性に惹かれる部分はあるわ。でも、冷静に考えると、私に主導権を握らせてくれる男性と暮らすほうが幸せになれる可能性は高いし、ずっと楽しい人生を送れるってわかるの」

ルークとベルの関係がそんなふうだったわけではない。

ルークは自分ではいつも、ベルとはあらゆる面で平等だと考えていたが、少なくとも二人の関係が始まってまもないころのベッドでの関係については、ベルはルークに主導権を握ってほしいと期待していた。

正直なところ、ルークは、二人の結婚生活の土台が少しずつすり減っていった原因は、金銭に対する自分の意固地で保守的な態度だったと認めないわけにはいかなかった。これまで男としてのプライドゆえにベルに認めたことはなかったが、生活費の大部分を彼女がまかなっているという事実に悩み、傷ついていた。だからこそ、ベルが二人の家や……彼のためになにかを買って得る喜びを少しも分かち合おうとはしなかったのだ。

そう、どちらの側にも悪いところはあった。しかし……。

しかし、過去に戻って、起こってしまったことをやり直すにはもう遅すぎる。いや、過去は無理だとしても、まだ現在がある……未来だってある。一瞬、ルークは冷蔵庫のドアを閉める手をとめた。

さっきベルを腕に抱いたとき、ルークはもっと先に進みたいという衝動と欲求に圧倒されていた。そして今、さまざまな思いにとらわれながら、彼はベルの寝室に入っていった。小さな子供のように体をまるめて眠っているベルは、大きなベッドの上でいっそう孤独に見える。ルークは、ベルがついうっかり、このベッドをほかのだれかと分かち合ったことはないとほのめかしたのを思い出した。

つまり、僕たちは同じ立場だ。

ルークは、パートナーがいないから性的に満たされないと文句を言う男が、手あたりしだいに女性と関係を結んだり、不適切な関係を持ったりするのは知っていた。しかし、どんなにベルや二人の親密な愛の営みが恋しくても、彼女のかわりにほかの女性と付き合いたいとは一度も感じなかったし、彼女がいなくなったことで癒《いや》されなくなった性的欲求を満足させるためだけに、ほかの肉体を——たとえどんな肉体であろうと——求めたことはなかった。しかも、さっきベルを抱きしめたとき、ルークは、男性の性的衝動がどんなに強く、理性や理屈など平気でねじふせてしまうものか、ショックを受けるほどまざまざと思い知らされていた。

歳月を経て、かつてベルに抱いていた欲求や愛が薄れていたとしても、彼女と身を寄せ合ったことで、ルークはその激しさをはっきりと思い出していた。

ルークは、ベルが横たわっているベッドの端に腰かけ、彼女を見つめながら、昔を振り返っていた。

ルークが初めてほんとうの意味でベルを抱いたと

き、彼女は彼の腕の中で文字どおり、興奮のあまり身を震わせていた。彼女にキスをしたとたん、ルークはもう自分は人間ではなく、宇宙の支配者か神にでもなったような気分になった。信じられないほどの力と気力がこみあげてきて、望むものはすべて手に入れられるし、どんなものにもなれると感じた。

その一方で、耐えがたいほど心細かった。ベルがほほえむことをやめただけでも、彼の心はばらばらに砕け散っていたかもしれない。

それは、理性や理屈を超えた詩人や賢人の愛であり、もちろん、一介の数学者ごときに抑制できるものでもなかった。驚くべきことに、ベルも同じように感じていた。

二人がともに誓い合ったように、愛は永遠に続くはずだった。二人は魂の友であり、より完璧《かんぺき》な一つになれる、完璧な片割れどうしだった。だったら、どうして二人はそんな愛をあえて壊してしまったのだろう？　おそらく、原因は人としての弱さではなく、人間ゆえの強さや、プライドや、驕《おご》りや、自分のほうがぜったいに正しいという、たがいの誤った信念にあったのだろう。

二人の結婚を破局に追いやった問題はなんだったのか、今、こうしてあれこれ検討するのはいいことかもしれない、とルークは思った。ルークのいとことベルの姪が結婚する前夜ではないにせよ、その日はもう目前に迫っているのだ。しかし、いとこのアンディが結婚についてルークにアドバイスを求めたり、ルークがどこでなにを間違えたのか、打ち明けることを望んだりするとは思えなかった。

ベルが目を開けたとき、ルークはまだもの思いにふけっていた。最初、ベルは幻を見ているのだと思った。自分の目ではっきりとルークが去っていくのを見ていたのだから。しかし、たしかにルークはいて、ベルが横たわっているベッドの端に座って、窓のほうを見つめていた。ぴくりとも動かないその表情は、いかめしく、悲しげだった。

ベルは反射的に手を伸ばして、ルークに触れた。

そのとたん、ルークはベルのほうを見た。

「ベル、起きたんだね。気分はどう？」

「さっきよりいいわ」ベルは答えたが、自分の健康状態などどうでもよく、それよりもっとききたいことがあった。「ここでなにをしているの？　あなたは帰ったのだと思っていたわ」

「それは……つまり、出席しなければならない会議があって、そうでなければ……。君のことが心配だったんだ。健康管理をおろそかにしてはいけないよ。君は……」

「もう若くはない。わかっているわ」ベルはそっけなく同意した。

「食料を買ってきたんだ」ルークはベルに伝えた。

「おなかがすいているかもしれないと思って」

おなかはすいていないわ……。ベルはそう言いかけたが、思い直して――あとでほんとうにそうだったと気づいたのだが――小さな嘘《うそ》をついた。

「ええと、そうね、少しすいているけれど、起きて料理をする気分にはなれないわ。まだ頭が痛いし……」

「君はそのまま横になっていなさい」ルークはベルに命じ、立ちあがった。「料理は僕がする」

「本気なの？　家に帰らなくてもいいの？」

「いいとも言えるし、そうじゃないとも言える」ルークはすかさず答え、じっとベルの目を見つめながら言い添えた。「いずれにしても、帰ったところで、がらんとした家のほかになにがあるっていうんだい？　階下へ行って、なにかいっしょに食べられるものを作るよ。そして、食事のあと、君さえかまわなければ、ベル、二人で話し合いたいんだ」

「話し合う？」ベルはじっとルークの目を見つめ返

した。彼の目が伝えているメッセージを読み取るべルの視線は、少しもぐらつかなかった。「私はかまわないわ」かすれた声で応じた。

3

「ベル、そろそろ披露宴が始まるってキャロルが言っているわ。席順はキャロルが決めたから、それに従ってちょうだい。上座のテーブルに座ってもらえなくて申し訳ないんだけれど、でも……」

「ママ、私はちっとも気にしていないわ」ベルは母親を安心させた。「いずれにしたって、私は単なるジョイの叔母で、母親でも花嫁の付き添い人でもないんだし……」

「うちの家族の、この前の結婚式が、あなたとルークとの結婚式だったなんて信じられないわ。さっき、彼に会ったのよ。ちゃんとあちらから近づいてきて、あなたのお父さんと私に話しかけてくれて……」

ベルは笑みを浮かべ、辛抱強く待った。次になにを言われるかは百も承知だった。ベルの母親はルークが大のお気にいりで、そのことはだれもが知っていた。

「こんなことは言いたくないんだけれど、ベル」離婚が成立したあとで、母親は悲しそうに下の娘であるベルに言った。「でもね、女の人が夫より仕事を優先させるから、こういうことになるのよ」

「ママ……離婚を望んだのは私で、ルークじゃないわ」ベルはぴしゃりと母親に言った。「それから、仕事を優先させたって言うけれど――」

ベルは口をつぐんだ。母親と言い争って悲しませても、なんの意味もないとわかっていた。

母親は古い時代の女性であり、女性の役割については、ベルには時代遅れで保守的としか思えない考えが身に染みついていた。母親は秘書として働いていたが、キャロルを妊娠したのを機に仕事をやめ、それからずっと専業主婦として娘たちと夫の面倒を見つづけてきたのだ。そうしたのは義務感からではなく、彼女自身が望んだからだった。

「キャロルが決めた席順では、あなた――」

「アリス大伯母様といっしょのテーブルね。知ってるわ」ベルはうなずき、二人に近づいてきた父親に礼儀正しくほほえみかけた。

花嫁のジョイの希望で、披露宴会場には形式張らない円テーブルが並べられていた。ベルの席があるテーブルは会場のちょうど中央にあって、どの席の招待客からもよく見えたが、そのテーブルに近づきながら、ベルはおや、と思い、おもしろそうにちょっと眉を上げた。自分の席の隣には大伯母のアリスが座ることになっているのだが、その席のわきにルークが立っている。

ルークに近づきながら、ベルはちらりと座席札を見た。〝ミセス・イザベル・クロフォード〟と〝ミスター・ルーシャス・クロフォード〟とそこには書いてある。

「またアリス伯母様のやり口が明らかになったわね」二人がいっしょにいるのを見て、同じテーブルにつくことになっているほかの客たちが驚きやとまどいの反応をさまざまに見せているのを意識しながら、ベルはささやいた。

「まあね。ここは、伯母様の仕業に間違いないと言うだけにとどめておこう」ルークはおもしろがるように声をひそめて言った。

今にも笑いだしそうな目をして、ベルはルークを見た。「ところで、アリス伯母様はどこ？」

「ええと……僕は名づけ親の隣に座ることになっていたんだが……」

「ロジャーズ提督？」

「そう……」

「とにかく、ジョイが考えた席順をずる賢く変更したりして、あなたがあとで後悔しないことを祈っているわ」ベルはルークに警告した。「だって、私は後悔するに違いないもの。私たちがこうして仲むつまじく座っているのを見たら、みんな、不思議に思うでしょうし……」

「ああ……しかし、いずれにしたって、最近の僕たちが仲むつまじく食事をするのは、これが初めてじゃない。そうだろう？」ルークはベルに思い出させた。

「そうね」ベルは同意し、ルークの顔を見て首を振りながら、二人で謎《なぞ》めいた笑みを交わした。

ルークがようやく帰っていったときにはもう、夜はかなりふけていた。二人は話し合ったが、たがいに納得したうえで、今回は、離婚にまつわるつらい思い出をほじくり返すのは避けた。ルークは二人分の料理を作り、体にいいし、体力増進にも効果があるからと、赤ワインを二杯飲むようにベルを説得した。

「赤ワインは体にいいんだから」ベルが疑わしげに眉を上げると、ルークは言い張った。

「チョコレートもいいのよ」ベルはからかうように言い、大好物の手作りのおいしいトリュフをぽんと口にほうりこんだ。

「アステカ族はチョコレートを媚薬《びやく》だと考えていた」ルークはさりげなく言った。「僕としてはまったく異論はないね」

ベルは、あのとき自分がどんなに真っ赤になったか――そして、なぜ赤くなったか――覚えていた。

チョコレートのボディペイントは最近の流行だが、ずっと以前に二人は経験していたのだ。ある冬の夜、暖炉の前でのんびりくつろいでいたときのことだった。最初はベルが指先からたらした、とけたチョコレートの残りをなめたいと言いだしたルークが、そのうち、ローブの前をはだけてV字形に露出した肌にたらしたチョコレートをなめたいと言い張ったのだ。

ルークのゆっくりとした入念な舌の動きに肌を刺激されて、ベルは焼けつくような官能のうずきを覚え、狂ったように彼を求めた。そして肉体とありとあらゆる感覚をたっぷりじらされた仕返しとばかりに、指と唇を使ってルークに負けないほど丹念に、彼の体を探索した。

それ以降、二人の間で交わされるチョコレートの贈り物には、特別な親しみと意味が加わることになった。

しかし、その夜、ルークにチョコレートを差し出されたとき、ベルはまさか彼がそのことを覚えているとは思いもよらなかった。

そして今、ベルの唇から指先、ふたたび唇へと視線を動かしているルークを見ながら、彼女は思った。

彼はあの官能的な儀式を私に思い出させようとして、チョコレートを買ったのではないかもしれない。だって、どうして思い出させる必要があるの？　でも、私はびっくりするくらいまざまざと思い出してしまった。どんなにがんばっても自分でコントロールできなくなるほど身も心も影響を受けていて、私とルークの間の性的結びつきはそれはもう固く、魔法のようにすばらしかったのだと認めないわけにはいかない。ほんとうはこれまでずっと、心のどこかで認めていたのかもしれない。

それから一週間、毎日欠かさずルークは電話をかけてきて、ベルの体調を気づかった。

ルークがベルの家を訪ねてきた日から三日後には、ベルは仕事に復帰した。とはいっても正式な復帰ではなく、仕事は家でこなし、その間も電話が鳴るたびに、ルークからかもしれないと体をこわばらせた。そして七日が過ぎ、電話はぴたりとかかってこなくなった。

ベルは自分でも信じられないほど喪失感を味わい、とけたチョコレートのように温かくて深みのあるルークの声が恋しくてならなかった。彼の声にどれだけ感覚を刺激され、とっくの昔に消えてしまったと思っていた感情や、あこがれや、欲求を目覚めさせられたか、思わずにはいられなかった。

電話がかかってこなくなって二日目になると、ベルはルークからの電話を待ちこがれ、電話をかけてきた母親と姉には、彼ではなかったという理由で、ぞんざいな口をきいた。

「あなたもたまには休みをとらなければ」母親はたしなめた。「働きすぎだわ、ダーリン。それで思い出したわ。お父様と話していたのよ、私たちが旅行に出かけている間、あなたにうちの留守番をしてもらえないかって。キャロルに言えば、引き受けてくれるでしょうけど、結婚式も近いし……」

「留守番なら、私がするから、心配しないで」ベルは請け合った。

少し前からベルは、住まいも仕事場もロンドン郊外に移そうかと考えはじめていた。いずれにしても、両親ももう若くはない。ベルの家族はキャロルも含めて全員、ケンブリッジシャーに住んでいた。ベルが生まれたのもそこで、最新のテクノロジーを利用すれば、ケンブリッジシャーで仕事をすることになんの問題もなかった。それに……。

私はいったいいつごろから、朝、ベッドで目を開けるのもおっくうになったり、小さく切り取ったような青空しか見えないことにうんざりしたりするようになったのだろう。子供のころから見慣れた沼沢地の広々とした眺めや、果てしない空を、いつのころから恋しくてたまらなくなったのだろう。ベルは自分でもよくわからなかった。いずれにしても、都会暮らしに魅力を感じなくなったことだけはたしかだった。

こぢんまりした田舎家風の家を見つける以前、ロンドン大学社会科学部に転学してはどうかという話を断ったルークに、ベルはさんざん文句を言ったものだ。彼が転学すれば、二人ともロンドンに生活の基盤を置けると思ったのだ。そのことを考えれば、今のベルの心境の変化は皮肉としか言いようがなかった。

「僕は都会暮らしには向いていないんだ、ベル」ルークはじっとベルを見つめて、静かに言った。「それに、僕らの子供たちは、僕らが過ごしていたような田舎で育てたいと思っている」

僕らの子供たち……。

ベルは、今の自分には子供たちどころか、子供一人だって産んで育てることを考える時間的余裕すらないという言葉が喉まで出かかっていた。

しかし、そう言うかわりに、ベルはきびしい口調で問いかけた。「ちょっと先走りしすぎなんじゃない、ルーク？　あなたの学費に加えて、子守りを雇うような金銭的余裕は私にはないわ」

言ったとたん、ベルは苦々しい後悔の念を覚えずにはいられなかった。その一言にベルもルークも恥じ入り、ルークの目を見たベルは、彼にそんな表情をさせてしまった自分を憎んだ。

けれども、自分が仕事上、限られた時間で山のような責任を果たさなければならず、プレッシャーに押しつぶされそうになっているときに、早くもルークが家族について考えていたのかと思うと、ベルは頭の中が真っ白になって、つい思いやりのない言葉を投げかけてしまったのだ。

しかし、状況は変わった。

今のベルと同年代のキャリアウーマンは、生物学上の時計の進む速さをいやというほど感じている。だから、母親になる機会を逃すくらいなら、仕事上の負担が増えるのは覚悟のうえで、生涯の伴侶《はんりょ》を持たずに子供を産む道を選ぶ。ベルはそんな決断を下せる彼女たちのひたむきさがうらやましかった。ベルの中に深く根ざした、子供は両親の愛に包まれて成長するべきだという信念はおそらく、彼女が幸せを絵に描《か》いたような子供時代に愛情をたっぷり注がれた経験から生じているのだろう。

それでも、ベルはたまに、自分とルークの間に子供が——子供たちが——いれば、二人とも結婚生活を終わらせせないためにもう少し努力していたのではないか、と考えずにはいられなかった。あるいは逆に、ベルが一人で子供を育てる決心をして、仕事と子育ての両方に追われていたかもしれない。

二年前、ベルは仕事の規模を縮小し、長い間なじんできた熱病に浮かされたような日々を捨てて、自分一人で、慎重に選んだ一握りの顧客を相手にこぢんまりとした商売をしようと決断した。

そのときベルは、あまりにも簡単に決断を下したことに気づいて、我ながら驚いたものだった。

ベルが選んだ客は、彼女と同じように、富は持たざる人たちを裏切って得るものではなく、ある種の道徳的責任にともなって集まってくるものだと考える人たちだった。

ベルは、もうけを得るときの道徳的問題を考慮しつつ、貧しい人たちのことも念頭に入れて、顧客たちにアドバイスをして、確実な投資と財産管理に導いていく自分のやり方に誇りを持っていた。そして、そんな彼女の人道主義的信念と実績を耳にして、財産管理をまかせたいと言って近づいてくる将来の顧客は増える一方だった。

音沙汰《さた》がなくなって三日後、ようやくルークから電話がかかってきた。

「君が結婚のお祝い品のリストを受け取ったかどうか知らないけれど」ルークは切り出した。「ふと思ったんだ。二人で金を出し合えば、リストにある大型の品が一つ買えるんじゃないかってね」

「そうね、でも――」

「その件について、食事をしながら話し合わないか？」ルークはベルの言葉をさえぎって言った。

「私……」ベルは断ろうと口を開いたが、どういうわけか断りの言葉が出てこなかった。

「あさって、同僚に会いにロンドンに行かなければならないんだ。夜、君が暇なら、迎えに行くけれど……」

「私……ええ。いいわ」ベルは弱々しく同意した。

ルークに連れられて〈サン・ロレンツォ〉の店内に入ったベルは、驚きを隠せなかった。そこがロンドンでもっとも評判も値段も高い店だからというよりも、そんな注目を集める店を彼が好むとは思ってもいなかったせいだった。いずれにしても、数学学会の特別会員になったルークはもう、ベルが出会ったころのような若く貧しい大学生ではなかったけれど。しかし、ベルがもっと驚いたのは、従業員がルークを知っていて、彼の名前まで覚えていることだった。

ベルが驚いているのを感じたルークは、ソムリエが立ち去るのを待って、なにげなく説明した。「この店には、個別指導を希望する学生に何度も連れてこられてね」

「ほんとうに?」ベルはルークに冷ややかな笑みを向けた。「個別指導する場所を決めるのは、学生じゃなくて教師だと思っていたけれど」

「そうだね……でも、その学生は特別だったんだよ」

「まあ」ベルはさらに冷ややかな声をあげる。

「そうなんだ……」ルークはなつかしそうにほほえんだ。ベルのよそよそしい態度には明らかに気づいていない。「彼女は、ここのレストランのオーナーのいとこだか、またいとこで、社会人学生として学費を稼ぐため、ここで仕事を手伝っていて――」

「彼女、社会人学生だったの?」ベルは語気を強めてルークをさえぎった。

「ああ、そうだよ」

「社会人って、いくつくらいなの?」ベルはすかさず詰問した。

「うん……かなり年配だった……五十歳前後かな……」

とたんにベルは肩の力を抜いた。とまどいとやさしさの入りまじった表情でルークが見つめていることには、まるで気づいていなかった。

ベルは昔から情熱的で、ルークを束縛することはなかったが、二人の関係を守ろうとする気持ちは人一倍強かった。その一方で、ルークは自分でも公然と認めていたように、子供のように嫉妬《しっと》深かった。

ルークは椅子の角度を変えて、さっきからうっとりとベルを見つめているハンサムな若いウエイターの姿を彼女の視界に入れさせまいとじゃまをした。

夜遅くなってようやく、二人はレストランを出た。タクシーをとめようと手を上げながら、ルークは困ったような顔をして言った。「結婚のお祝いをなににするか、まだ決めていなかった」

「そうね」ベルはうなずいた。

二人はたがいのことを話すのに忙しく、洗濯機か自動食器洗い機のどちらかを贈ろうといちおうは絞りこんだものの、どちらの品のほうが喜ばれるだろうかなどと現実的な話し合いをする余裕はまったくなかった。

「私に対してひどく腹を立てたこともあったんでしょうね」その夜、結婚生活がうまくいかなくなったことについて話していたとき、ベルは言った。

「いや、腹は立てなかった」ルークはすぐに首を振って否定し、テーブルの上に手を伸ばして、両手でベルの手を握った。「傷つき、拒絶され、ときには誇りを踏みにじられたこともあった。それはたしかだ。でも、腹を立てたことはない！　僕は、君が欲しがっているものを買ってあげられず、ローンの支払いも君に頼りっぱなしで、君が欲しがっていたベッドを注文しにも出かけられないことがつらかった……」

「あなたには男性としての誇りがあったんだわ。私は、自分のしていることがどんなにあなたを傷つけていたか、気づくべきだったの」ベルは後悔のあまりうめき声をあげたが、またしてもルークは首を振った。

「そうじゃない。僕に誇りがあったとしたら、それは間違った誇りだ。僕は君を誇りに思うべきだった。僕たちのために君がしてくれていることや、僕たちがいっしょに働いて築きあげているものを誇らしく思うべきだった。僕は数えられないほど過ちを犯したけれど、ベル、僕にとって最大の過ちは、離婚したいという君の気持ちを受け入れてしまったことだ」

「私だって過ちを犯したわ」ベルはそうささやくのがやっとだった。

今、家に向かうタクシーの中で、ベルはレストランでルークが言ったことを思い返していた。不安な気持ちでルークに視線を向けると、彼は窓のほうに顔を向けていたので、横顔しか見えない。ベルは思った。彼は私と離婚したことを後悔していると言ったけれど、今も私を愛していると言ったわけじゃないわ。

「時間があるなら、中でコーヒーを一杯いかが?」家の前でタクシーがとまりかかると、ベルはおそるおそる尋ねた。「贈り物をどうするか、決めなければならないし」

「そう、そのとおりだ」ルークはすぐに同意した。ルークが迎えに来たときにくれた花束は、キッチンのシンクにためた水につけてあった。コーヒーがわくのを待ちながら、ベルは花の香りをかいで、指先でそっと花びらに触れた。

ベルが居間に入っていくと、ルークはちょうど上着を脱いでいるところだった。腕時計にちらりと目をやって、彼は思わず毒づいた。

「なに? どうかしたの?」ベルは尋ねた。

「今、気がついた。もう十二時半なんだ。僕はてっきりまだ十一時半だと思っていた」ルークはベルに言った。「つまり、終電に乗り遅れてしまったということだ。いや、いいんだ。ホテルに部屋をとるから」

「無理だわ」ベルは抗議した。「こんな時間だもの。あの……うちに泊まってもいいのよ……ソファはベッドになるし、それに……」不安になって、彼女は口ごもった。私の家に泊まるなんて、ルークがなによりしたくないことに違いないわ。

ところが、あと先かまわずつまらないことを言うのではなかったとベルが思ったちょうどそのとき、ルークが穏やかな声で言った。「ほんとうに君がかまわないと言うなら、ぜひそうさせてもらうよ」

五分後、二人でコーヒーを飲んでいると、ルークが切り出した。

「君が初めて僕の部屋に泊まったときのことを思い出すよ」

「大学のダンスパーティに連れていってくれた帰りに車が動かなくなって、二人であなたの部屋に泊まらざるをえなくなった夜のこと?」

「そう……その晩のことだ」ルークはなつかしそうに言った。

ベルはあわててルークから視線をそらした。両手でマグカップをきつく握り締めて指の震えをとめているることを、彼に気づかれなければいいけれど。

あれは、二人がほんとうの意味で恋人として過ごした初めての夜だった。もちろん、あのころのベルは、ルークへの思いを自覚し、彼も同じように思ってくれていると心から信じていた。しかし、ベルがそんな思いに身をまかせたのは、その夜が初めてだった。

ルークと彼の部屋に入っていったとき、自分がどんなに緊張していたか、ベルは今でもまざまざと思い出すことができる。

ルークが車が動かなくなるように細工したのは疑いようがなかった——問題の故障箇所が以前から少しずつすり減っていたのは、あとになってわかったことだ。

その日のルークはなにかが違っていた。いっしょに踊ったときも、キスをしたときも、パーティ会場でだれよりもきれいだ、世界で一番きれいだとささやいたときも、いつもとなにかが違っていた。そして、そんなルークの態度が、彼と二人きりになったら、どんな危険なことになるかわからないとベルに警告を発していた。

最初、ルークはベルに触れもせず、ベッドは一つしかないから、自分は床で寝ると堅苦しいほどきっぱり言いきった。しかし、寒さと緊張でベルが震えはじめると、ルークは彼女に近づいて、タキシードの上着を脱ぎ、彼女の肩にかけた。ルークの指先の温かさを肌に感じた瞬間、ベルはなにも考えられなくなった。

知り合ってまだまもない二人だったが、性的緊張感は、触れ合うたびに、キスをするたびに……息をするたびにも……高まりつづけて、無視できないほどになっていた。その夜も緊張感は高まる一方で、ルークの指に触れられて、どうしようもなく体を震わせているベルは、その緊張感に身をまかすときが来たのだと感じていた。

ベルがルークに体を向けると、タキシードの上着がばさりと床に落ちた。感極まって、ベルは涙ぐみながら顔を上げた。すると、ルークはベルの体と同じくらい激しく震えている手を伸ばし、彼女の顔を両手ではさんだ。それからそっとやさしくキスを始めたが、急に体を引いて、ベルの唇から唇を離した。

温かくて官能的な感触を突然に取りあげられ、ベルは目を開けて、問いかけるようにルークを見つめた。

「できない……」ルークはかすれた声で言いかけて、すぐに口をつぐんだ。「僕は……」

ルークは目を閉じ、体をそらすようにして、さらにベルから離れた。月明かりが、彼の喉のラインと、こわばった顎を照らし出している。目を閉じることで、ルークはある種の男の苦悩を封じこめていた。

やがて目を開けて、ルークはまっすぐにベルを見つめ、くぐもった声で告げた。「ベル、今、君に触れたら……キスをしたら……僕は……僕は……君にやさしくなれない」ようやくはっきりと言った。「君が欲しくてたまらないから、僕にはとても……」

ルークがなにを言っているのか、なにを伝えようとしているのか、ベルは本能的に理解した。彼女は大胆にもルークに歩み寄り、無垢《むく》な少女時代に別れを告げた。

「続けて」ベルはそっと命じた。そしてその場に立ちつくしたままルークを見つめ、待ちつづけた。

ルークに触れられた瞬間、ベルはこれまでとの明らかな違いを感じた。肌に触れるルークの指先は、彼のまなざしと同じくらい熱かった。けれども、キスされたときにルークから伝わってきた緊張感や、欲求や、渇望はさらに比べ物にならないほど激しかった。その激しさは、情熱のおもむくままにむさぼられたベルのやわらかな唇が傷つくかと思えるほどだった。

ルークはベルから唇を離し、指先で彼女の唇に触れながら、うわごとのように謝罪の言葉をつぶやいた。こんなに思いやりがなくて、自分勝手な僕は……。

「しゃべるのはやめて、もっとキスしてちょうだい」ベルはハスキーな声でルークの言葉をさえぎった。

それから、ルークと同じくらいの情熱をこめて、ベルはキスを返した。大胆にもルークの下唇を噛《か》み、舌先で彼の唇の輪郭をくすぐるようにたどってから、唇を開いて、彼が官能的なキスに反応して熱い舌を差しこむのを受け入れた。どのくらいの間、自分たちが向き合って立ち、たがいの欲求に身をまかせてキスを交わし、むさぼり合い、味わい合っていたのか、ベルには想像もつかなかった。

わかっていたのは、体の動きがすべて振りつけされていたかのように、二人が同時に体を離したことだった。

たがいの服を脱がせ合う間も、ベルは恥ずかしいとも思わず、迷いも感じなかった。ぎごちなさもとまどいもなく、二人の体からはぎ取られていく布がこすれ合うひそやかな音だけが聞こえていた。

そのうちに初々しく情熱的な瞬間が訪れ、ルークの部屋のやわらかな影だけをまとって立った二人は、向き合ったまま、たがいの体をまじまじと見つめた。

ルークが自分を見つめるようすに励まされ、ベルは誇らしげに顔を上げた。そして自分の女らしさのはかり知れない影響力を楽しみ、それに対するルークの反応に得意になって、彼の反応にこめられた喜びと力強さを味わった。ルークの目を見れば、自分はきれいで、魅力的で、そして愛されているのだと実感できた。

ベルもルークを同じように感じていた。そっと手を伸ばして彼に触れ、喉元のくぼみにやさしく唇を押しつけ、指を広げてたくましい胸板をなでた。

ベルはルークの肌のにおいを敏感にかぎ、じっくりと彼を味わった。

ベルに触れられたとたん、ルークは巨大なダムが決壊したような衝撃に我を忘れたが、ベルはみずから進んで体を開き、みだらなほど大胆に反応して、さらに彼の官能を刺激した。やがて高みにのぼりつめて、いっきに解放された二人は心地よい疲労感にひたりながらぐったりと横たわり、愛の余韻に気持ちだけ高ぶらせていた。そして、これは単なる始まりであり、愛という新たな宇宙における最初の爆発にすぎず、この宇宙を永遠に二人で分かち合っていこうと誓い合った。

翌朝、ベルは一糸まとわぬ姿でルークのタキシードの上着をかけたまま、彼のベッドで目覚めた。ルークの姿はなく、隣の、彼が使っていた枕《まくら》の上には、赤い薔薇《ばら》が一輪置いてあって、その茎に婚約指輪がはめられていた……。

そして今、ベルが反射的に自分の左手を見おろすと、腹立たしいことに、ルークも同じように彼女の手に視線を向けた。

「まだはめているんだね」ルークはささやくように言った。ベルの考えていたことがわかったわけではなく、ひょっとしたら彼女は指輪のことを考えていたのかもしれないと、あてずっぽうで言ってみただけだった。

「ちょっときつくなってしまって、はずすには指輪を切らなければならなくなってしまったから」ベルは口からでまかせを言った。

どうしてまだ婚約指輪をはめているのか、ほんとうの理由をベルはルークに言うつもりはなかった。

離婚手続きが終わって一年たらずのある晩のことだった。その日はルークに婚約指輪をもらった記念日で、感傷となつかしさにかられて、なにげなく指輪をはめて、そのままずっとはずさずにいたのだ。不安になったり、ストレスを感じたりしたときには、しょっちゅう触ったり、ひねったりしては、指輪の存在感と、いつのころからかなつかしく思えるようになった指輪にまつわる思い出に元気づけられている。でも、そのこともルークに話す必要はない。

「あなただって、まだ結婚指輪をはめているわ」ルークが左手にはめているシンプルな金の指輪を、ベルは身ぶりで示した。

「離婚を望んだのは僕じゃないからね」そう応じるルークの声は真剣だった。

「ずいぶん遅くなってしまったわ」ベルはあわててルークに言った。「そろそろベッドに入らないと……」彼女は言葉を切ってうつむき、はらりと落ちかかった髪で、みるみる赤くなっていく顔を隠した。

「あの……パジャマがわりにあなたに着てもらえるようなものがなにもないの。ごめんなさいね」彼女はあやまった。「きれいなタオルとシーツ類を持ってくるわ」

ソファベッド用のキルトは、ベルの寝室のたんすの一番上の棚にしまってあった。いずれにしても、めったに使うことはなかった。化粧台用のスツールの上に立ちあがり、ベルがキルトを下ろそうとしていると、それに気づいたルークが手伝おうと近づいてきた。

「僕が下ろそう。落ちたら大変だ」ルークはたしなめるように言った。

「落ちないわよ」ベルは言い返したが、そのとたんによろめき、キルトをかかえたまま、スツールから落ちた。ルークが急いで駆けつけてベルの体を受けとめたとたん、キルトがふわりと広がって二人を包みこんだ。

ベルはイタリアで買ったシルクのジャージーの黒いワンピースを着ていた。流れるようなラインがセクシーな、シンプルなデザインのものだ。スツールから落ちた拍子にその裾《すそ》がまくれあがって、やわらかそうな腿と、薄くて小さなパンティがあらわになった。

ベルを受けとめようと手を伸ばしたルークは、ウエストをかかえるはずだった手がむきだしの脚の上にあることに気づいた。

ルークの指先は、私に触れているのではなく、なでているの？　ベルはくらくらする頭で考えていた。それとも、私が想像しているだけ？　そうなることを私は求めているの？

「ベル」

ルークに名前をささやかれ、ベルは反射的に彼を見あげた。

「君は少しも変わっていない」ルークは声をひそめ

て言った。「君がなにをしても、まだ僕は……」小声でうめきながら、彼はベルの体に身を寄せた。

ルークはキスをしようとしている。そう思って、ベルはみぞおちの筋肉がきゅっと引き締まるのを感じた。けれども、彼をやめさせようとはしなかった。それどころか……。

「ベル……」

「うーん……」夢を見ているような気分で、ベルは目を開けると同時に、ルークの腕の中に体をすり寄せた。

「このままこうしていたらどんなことになるか、わかっているだろうね？」ルークは警告した。

「わからないわ」ベルは嘘《うそ》をつき、ルークの顎の少し下の、かぐわしい香りのする肌にそっと鼻をこすりつけた。「でも、どういうことになるのか見せてくれてもいいわよ、いつでも」万が一、ルークにメッセージが伝わっていない場合を思って、励ますように言い添えた。

「その気にさせないでくれ」ルークはかすれた声で言うと、ベルの甘くやわらかい唇をじらすように長長と味わい、唇の温かな輪郭に沿って小さなキスを繰り返し、くすぐった。

「その気になんてさせてないわ」ベルは神妙に同意しながらも唇を開き、そっとさぐるように侵入してきたルークの舌先を迎えた。

それからしばらくして、ベルを彼女のベッド――いや、二人のベッド――に運び、ルークはたしなめた。「嘘をつくのはいけないことだとお母さんに言われたことはないのかい？」

けれども、裸の体をベッドに横たえられたベルは、返事をするかわりに、歓喜に震えるため息をついただけだった。やがて、ルークは彼女の体におおいかぶさった。

「ああ、ルーク……ルーク……あなたが恋しくてたまらなかった」ルークにしがみつきながら、ベルはささやいた。

「その何倍も、僕は君が恋しかった」ルークはベルに言った。「その何倍も……」

4

「みんなの噂《うわさ》になっているわ、私たち。だから言ったじゃないの」ベルは言い、最後のプチフールを差し出したルークに向かってとがめるように首を振った。「この一時間ずっと、あなたのご両親はいぶかしそうに私たちのほうを見てらっしゃるわ」

「そうだな……」ルークは言った。「君のご両親も同じだ」

「あなただって、ふつうじゃないって認めないわけにはいかないはずよ。離婚したカップルがこんなに……」

「仲むつまじくしているのは?」ベルがようやく断るのをあきらめ、ルークが唇に近づけたプチフールを口に入れると、彼はあとを引き継いで言った。

「私は、仲がよさそうにしているって言おうとしたのよ」ベルは不満そうに訂正した。

「仲がよさそう！」ルークは精いっぱい意地の悪い顔をしてベルを見た。「ゆうべの君は、仲がよさそうなんてものじゃなかったよ……」

ベルはあわててルークの唇に指先を押しつけた。「やめて」ベルはルークをたしなめた。「やめてちょうだい」けれども、彼女の目には不満どころか温かな笑いがこもっていて、それはルークの目も同じだった。

「ダーリン、いったいどういうことなの？　つい今しがた、ルークのお母様にきかれたのよ。あなたとルークはいつから話をするようになったのかって。私はね……」

「そろそろ私たち、おたがいの意見の不一致には目をつぶるべきだって、そう思ったの」三十分後、ベルは穏やかに母親に言った。

「まあ、そうね……それはいいことだわ、ダーリン。でも、私はね……」

「キャロル姉さんが呼んでいるわ、ママ」姉が必死になって母親に手招きしているのを見て、ベルは言った。心配した親からの質問責めから首尾よく逃れられて、思わず笑みを浮かべずにはいられない。

ベルとルークがちょっとした騒ぎを引き起こしているのは疑いようがなかった。客たちが好奇心もあらわに二人を見ていることも、ベルは気づいていた。花嫁のジョイだけが、披露宴会場中に広がっている憶測や仮説に気づいていないようだった。

「ベル叔母様、ここにいらしたのね。すばらしい結婚祝いを贈っていただいて、アンディと私が叔母様とルークにどんなに感謝しているか、もう一度伝えたくて。私、夢にも思っていなかったのよ……」

「じゃあ、気にいってくれたのね？」ベルは笑みを浮かべて姪《めい》に尋ねた。

「気にいった？　私たち、飛びあがるほど喜んでいるのよ。まさかと思ったわ……私があれを欲しがっていることを叔母様がご存じってことさえ、私、知らなかったから……」

「たまたま、あなたのお母さんから聞いていたの。見た瞬間にあなたが夢中になってしまった話を」ベルは愛情をこめて姪に説明した。

「そうなの。私……私たち、一目で夢中になってしまったの。でも、叔母様とルークは……」

ジョイが急に口をつぐんだので、ベルは問いかけるように眉を上げた。

「そうよね、叔母様とルークが共同で贈り物をくださるのは、ある意味でなるほどと思えるわよね」ジョイは明るく認めた。「いずれにしたって、二人はかつて……あの、とにかく、私たち、あの贈り物に感激しているの。私、大好きだったの、叔母様とルークが使っていた……」ジョイはばつが悪そうに口ごもった。「やだ、私ったら！」

「いいのよ、ダーリン。あなたが言いたいことはよくわかるわ」ベルはジョイを安心させた。

「ああ、アンディ」結婚したばかりの夫が近づいてくると、ジョイはうれしそうに言った。「今、ベル叔母様に伝えていたところなのよ。叔母様とルークからの贈り物を私たちがどんなに喜んでいるか……」

「ベッドのこと？　喜ぶなんてものじゃありませんよ。ジョイはもう毎週のように、僕をあの店に引っ張っていっていたんですから」

「だから、お店の人から売れてしまったって聞いたときは、どうしていいのかわからなくて。私たちにはとても買えない品だってわかっていたんだけれど、どうしようもなかった。そのうち、ルークがうちに来て、私に……」

「なんの話だい？」テーブルに戻ってきたルークがベルに尋ねた。新婚の二人はもう場所を移り、ほかの客と話を始めている。

ルークがとってきた飲み物を受け取り、ベルは説明した。

「結婚のお祝いのことで、私……私たちに感謝してるって、お礼を言われていたの」

「ベッドのこと？」

「そう、ベッドよ」ベルはうなずいた。

ルークは身をかがめ、挑発するようにささやいた。

「そうだな。二人があのベッドを使って、最近の僕たちに負けないくらい喜びを味わったら……」

「ルーク」ベルはたしなめ、冷ややかに言い添えた。

「七年前に離婚したときは、とてもそんなふうには言えなかったはずだわ」

「あのときはあのときさ。あれ以来、僕は君が店で買ってきたあのベッドを違う目で見るようになったんだ」ルークはやさしい声で言った。「それまではまったく違う明かりをあてて見たというか……明かりといえば、君があの家に新しいカーテンを買ってきてからは、またがらりと明かりの具合が変わったね。古いカーテンのどこがいけなかったんだろう？」

「古びてよれよれだったからよ。私たちが離婚する前から、あそこにかかっていたカーテンなんだから……」

「あれを見ると、君のことを思い出した」ルークは穏やかに言った。「だから、はずさずにいた……」

「気をつけて。あなたのお母様が見えたわ」ベルは警告した。

「ルーク……それから、ベル。あなた、とてもすてきよ……」

ベルは身をかがめて、もとの義理の母にキスをしながら、最初は少しこわかったものの、彼女とはずっとうまく折り合っていたことをなつかしく思い出した。

「二人からジョイとアンディにベッドを贈るなんて、どういうことなんです？　しかも同じお店から……たしか、そうだったはずよ……でも、そういうことは……」

「そろそろベッドを悪者にするのはやめようと思ったんです」ルークはわざとまじめくさった顔をして母親に言った。「いずれにしても、悪いのはベッドじゃないんですから」

「まあ、ルーク、ふざけるのはやめてちょうだい。私はただ、あなた方がお祝い品のリストにないものを……それも共同で贈ったりするのはちょっとおかしいんじゃないかと、そう思っただけです」

「お金を出し合えば、少ししっかりした品を贈れるだろうと、二人で話し合って決めたんです」ベルがやさしく言った。

「そう、もちろん、それはそうね。でも、みんなにあれこれきかれるものだから」

「私たち、判断を間違えたのかもしれません」ベルはそれとなく自分たちの非を認めた。

一瞬のなごやかな沈黙のあと、ルークが横から口を出した。「そうかな、僕はそうは思わないけれど」

ベルは、二人でベッドを買おうと決めたときのことや、その何日か前にルークと電話で話したことを思い出した……。

「ベル、いいことを思いついたんだ……」

受話器を首と肩の間にはさみながら、ベルは喜びの小さなさざなみが全身に広がっていくのを感じていた。三日間の出張を終えて家に戻り、留守番電話に残されたルークからのメッセージを聞いたときは、飛びあがるほどうれしかった。そして今、そのルークが〝おかえり〟を言おうと電話をかけてきてくれたのだ。

「ええ」

「結婚のお祝いの品のことなんだけれど……」

「ええ」

「君は、この週末、ご両親の家の留守番をしに実家に戻ると言っていたよね？」

「ええ」

「それで……」

ルークが自分の考えていることを伝えおわると、ベルは声を張りあげた。「二人にベッドを買うっていうの？　私たちが……私が……買ったようなベッドを？　お祝い品のリストにベッドは含まれていなかったわ」

「そうだ。それは知っているんだが、ジョイが欲しがっていると、アンディが口をすべらせたのを聞いたんだ」

「ああ、そうなの。でも、ルーク、歴史は繰り返す……なんてことにならないかしら？」

一瞬の間をおいて、ルークは答えた。「ばかばかしい。君は賛成してくれると思ったのに」

「みんながいろいろ言うわ、きっと……それはわかるでしょう？　私とあなたが共同で贈り物をすることについては」

「僕は気にしないね。言いたいやつには言わせておけばいいんだ」ルークは静かに言い、さらに説得するように付け加えた。「アンディに言わせると、ジョイはそのベッドに夢中だそうだ。僕たちが買ってあげたら、彼女は思いがけない贈り物に大喜びするだろう。ジョイには黙っているとアンディも約束してくれたし」

「そう、そうね。あなたが言っていることはわかるし、そうやってジョイを驚かせるのはすてきだと思うわ」ベルはようやくルークの考えを受け入れた。

「そうさ、きっと喜んでくれる」ルークは同意し、ささやくように尋ねた。「この週末、実家には何時ごろ着く予定だい？」

「ベル、キャロルよ。あなた、来週はケンブリッジシャーに来るのよね。だから、土曜日の夜、うちでいっしょに食事をしないかと思って、電話をしたの。あなたが何時ごろ、こちらに来るのか知らないけれど、ママとパパは午後二時に空港へ向かう予定だそうよ。あなたがうちに来てくれたら、いろいろおしゃべりもできるわ。私はもう、結婚式の準備で忙しくて――」

「姉さん、私、出かけるところなの」ベルは姉のおしゃべりをきっぱりとさえぎった。「ママとパパの家の留守番をしている間に姉さんとも会いたいとは思うけれど、土曜日の夜には出かける約束があるのよ」

それ以上くわしい説明をするのは避け、ベルは姉があれこれ質問を始める前に電話を切った。招待を受けられないのは先約が――ルークとの先約があるせいだと伝えるつもりはなかった。

そして運のいいことに、姉はそのあとも目がまわるほど忙しく、ベルとルークが共同でジョイとアンディに結婚祝いの贈り物をしたという、まったく異例の出来事について、ベルに質問する余裕はなかった。

両親の家の居間にいたベルは、一台の車が私道に入ってくるのを窓ごしに認めた。車からルークが降りてきて、正面玄関に向かって歩きだしたのを見て、彼女ははっと息をのんだ。

「ここでなにをしているの？」ルークのために扉を開けて、ベルは強い調子で尋ねた。「今夜、八時に迎えに来てくれるって言っていたのに……」

「わかっているけれど、君に会いたくて待ちきれなかったんだ」家の中に入り、ルークは打ち明けた。

「ああ、ベル……」

こんなふうに情熱的にふるまうのは恋愛中だったとき以来だわ。そう思いながらベルは、玄関の扉を閉めるのももどかしげなルークに強引に胸に引き寄せられ、熱烈なキスを受けた。そして気づいたときには、自分も彼に負けないくらい情熱をこめてキスを返していた。

「前に会ったときから一週間もたっていないのに」ようやくしゃべれるようになると、ベルはなんとか筋の通ったことを言って、ルークをたしなめた。

「一生にも思えたよ」ルークはわざとまじめくさった顔をして言った。声も真剣だが、目だけはいかにもおもしろそうにきらきら輝いている。

ルークのこういう一面が、以前の私には見えていなかったんだわ。ベルはそう思いながら、ルークといっしょに声をあげて笑い、おもしろいことを楽しむ感覚や、しゃれたユーモアのセンスを分かち合った。たぶん、当時のベルはなにに対しても真剣だったから、ルークのそういう一面を受け入れる余裕もなかったのだろう。けれども、今、彼女はわかりつつあった。いっしょに笑うという行為は、非常に有効な媚薬《びやく》なのだ。

「この間、姉から電話があったの。今夜、彼女の家でいっしょに食事をしないかって」

「君はなんて答えたんだい？」ベルのあとについてキッチンに入りながら、ルークは尋ねた。

「先に約束《エンゲージメント》をしてしまったからって言ったわ」

ベルはかすかにほほえみを浮かべて答えた。

「先にエンゲージメントか……なるほど……」

ルークが〝エンゲージメント〟という言葉をことさら強調し、そのあと意味ありげにベルの左手を見つめたのが彼女にははっきりわかった。

「ルーク、冗談でしょう!」ベルは抗議するように言った。「私たちのこんなところを見たら……あなたの今の言葉を聞いたら……人はいったいどう思うかしら?」

「人がどう思おうと僕は気にしない。大事なことは……君がどう思い……なにを感じるかということだけだ」ルークは言葉に熱をこめた。

「ああ、ルーク……」かすかに震えながら、ベルはルークの腕の中に身を寄せた。「私たち、こんなことをしていていいのかしら? 一度、失敗しているのに……」

「いいかい、僕たちは誓い合ったはずだ。なにが起ころうと疑問に思わず、ありのままを受け入れ……たがいを受け入れ……信じ合おう、と」ルークはベルに思い出させた。

「ええ、わかっているわ」ベルは認めた。「私はただ……うーん……ルーク、だれかに見られてしまうわ」ルークがキスを始めると、彼女は夢心地で言った。

「うーん……でも、少なくとも今回は、君のお父さんに見られることはないよ」ルークはなつかしそうに言葉を返した。「お父さんが二階から下りてきた夜のこと、覚えているかい?」

「パパは、あなたが私といっしょに家に入ったことに気づかずに、キッチンにやってきたのよ。私はキッチンで、あなたと私のためにコーヒーをいれていた……」

「君を手伝おうと、僕もキッチンにいた」

「あら、手伝おうとなんてしていたかしらね?」ベルが意味ありげにきいた。

「まあ、いずれにしても今回は、君のお父さんがやってくる心配はない」ルークは言い、ふたたびベルを抱き寄せた。

至福に満ちた数秒が過ぎ、ベルがなおもルークの胸に身をすり寄せようとしたちょうどそのとき、突然、裏口の扉が開いた。

「ベル、私よ、ジェーンよ」母親の友人で、隣人のジェーンが、明るく呼ぶのが聞こえた。

見られる前にたがいに離れようとしたベルとルークの努力もむなしく、ジェーンがさっきとは別人のような声で、いかにも取り乱したようすであやまるのが聞こえた。

「あら、まあ、ごめんなさい。私、ちっとも知らなくて……」ベルといっしょにいるのがルークとわかり、ジェーンの声はふたたび変わった。「ルーク……でも、どうして？」

「ルークは父と母の顔を見に、ちょっと立ち寄ったんですって」ベルはすかさず取りつくろった。「二人が旅行に出かけたのを知らなくて」

必要に迫られると、人は事実を交えてなんと巧妙な作り話をでっちあげられるものだろう。ベルは顔色一つ変えていなかった。

「あら、そうだったの……」

ジェーンは疑わしげに、ベルからルーク、ふたたびベルへと視線を動かした。

「目の具合はどうだい、ベル？」ルークは心配そうに尋ねた。「彼女、目にまつげが入ってしまって」さらにまじめくさった顔で、彼はジェーンに言った。

「まあ……そうだったの……私はただ、挨拶《あいさつ》しに来ただけだから」ジェーンは説明した。「あの……私は、あの……帰りますから、どうぞ続けてちょうだい」

「あなたがここにいることが、ご近所中に知られてしまうわ」ジェーンが帰っていくと、ベルはうめくように言った。「ああ、ルーク……」

「ああ、ベル……」

「それで、あなたはなにをしているの？」ルークにふたたび抱き寄せられて、ベルはかすかに息を乱しながらきいた。

「まつげをさがしているのさ」ルークは答えた。

「私たちがいっしょに車で出かけるところをジェーンに見られなければいいんだけれど」

三十分後、ベルは心配そうに言った。ルークは、彼女の両親の家の私道からバックで車を出しているところだった。

「二人でいっしょにいるところを見られたって、僕たちには文句のつけようのない正当な理由があるじゃないか。ジョイとアンディへのお祝いの品を共同で買うつもりなんだから。そうだろう？」

「そうね。それはわかっているけれど、今は買い物に向かっているんじゃないんでしょう？」

「そう、買い物に向かっているわけじゃない」ルークはていねいに答えた。

「じゃあ、どこへ向かっているの？」十分後、ベルは不思議そうに尋ねた。「夕食にはまだ早いし……」

「行ってみればわかるよ」

ベルの姪が結婚式を挙げることになっている郊外の教会の前を通り過ぎると、ベルは座席から身を乗り出した。

「思い出すかい？」ルークは尋ねた。

「ええ」ベルは認めた。

二人が結婚式を挙げたのも、この教会だった。天にものぼるほど幸せで、ルークと結婚するのだと思っただけで、興奮と厳粛な気持ちに押しつぶされそうになっていた自分を思い出して、ベルは思わず目をうるませた。

もともとベルは、華やかで大がかりな結婚式は望んでいなかった。静かで、こぢんまりした式を望んでいた。

やはり式は大がかりなほうがいい、とベルを説得したのはルークだった。式をどこで挙げようと、大

「牧師様からキスを許されても、私の大きくふくらんだスカートにじゃまされて、あなた、満足にキスもできなかったわ。覚えている？」

ルークは声をあげて笑いだした。

「笑いごとじゃないわ」ベルはむっとして文句を言った。「新郎にキスもしてもらえない新婦だなんて、笑うに笑えないわよ」

「そのことで笑っているんじゃないんだ」ルークは言った。「小さなティミーの姿がどこをさがしても見つからなくて、みんなで大騒ぎしていたら、あの子、君のスカートの中からひょっこり這《は》い出てきた」

ベルも声をあげて笑った。

「そうだったわ。あの子、私があの子の両親と話をしている間、テーブルの下にいて、だれにも気づかれずに、いつの間にか私のスカートの下にもぐりこんだのよ」

「きれいだったよ」

「でも、実際は、親戚《しんせき》一同が集まって、メレンゲみたいなドレスを着た私には、付き添い人が八人もついていた」

「わかるよ」

「……」

切なのは二人がたがいの夫と妻になると誓い合うことで、そんな大事な機会に家族を同席させないのはフェアじゃない、というのがルークの言い分だった。

「君は屋外で、二人だけの式を挙げたいと言っていたね。覚えているかい？」

「ええ、覚えているわ」ベルは同意した。ルークが自分の思いを理解してくれていたことに感動して、その声は心なしかかすれていた。「どこかの島か、丘の上で挙げたいと思っていたわ。私たちの結婚式は、人とは違っていて、特別で……ロマンチックで、永遠に心に残る、二人だけの思い出にしたかったた」

なにも言わず、二人はなつかしそうに見つめ合った。そのとき、ベルの視界の端を見慣れた道路標識がかすめた。

「うちに向かっているの？」信じられない思いで、ベルは尋ねた。〝うち〟という言い方をするのは間違っていると気づいたときは、もう遅かった。

「うちに向かっているんだ」ルークはかすれた声で認めた。

このあとに続いた沈黙は、息苦しいほど重く、たがいが口にしない感情を映し出して、緊迫感に満ちていた。ルークの運転する車が村を通り抜け、二人で買った家に向かって狭い田舎道を進んでいくにつれ、ベルは驚くほど鼓動が速まるのを感じていた。

ベルが一目で恋に落ちた家だった。車がカーブを曲がり、こんもりと茂った木々のトンネルの向こうにその家が見えてきた。

とたんに、さまざまな感情がこみあげてきて、ベルは思わず嗚咽《おえつ》をもらしそうになり、唇をきつく結んで耐えた。二人であんなにも愛し、手に入れた家を、かかえきれないほどの悲しみを背負ってあとにしたベルは、そのときのことを思い出すのさえ耐えがたかった。

「変わっていないわ」ルークが車をとめると、ベルはささやいた。

もともと二軒の農夫の家だったのを壁を取り除いて一軒にして、全体を丹念に修復したものを、二人は買い取ったのだった。

家は広い庭園に囲まれ、前庭は細い田舎道を見おろし、裏庭の傾斜を下っていくと、小さな川に行きあたった。正面玄関から一歩中に入ると、板石を敷きつめた幅の狭い廊下と、急な階段がある。縦仕切りのある窓が家の個性を引きたて、時間を超越した重々しさをかもしだしていた。

「まあ、まだ同じカーテンを使っているのね」ルークに手を貸してもらって車を降りながら、ベルは言った。そのくらいしか、言うべき言葉が見つからなかった。

カーテンの生地は、ある雨の日の午後、ベルが衝動買いしたものだった。ルークは勉強中で、ベルは買い物をしようと思いたち、車でケンブリッジへ向かった。

そして、市場の露店で偶然、分厚いダマスク織物を見つけた。そもそもその布は大学にあったものだ、と露店主はベルに言った。

すぐには信用する気になれず、ベルは豪華でずっしりとした布を指でもてあそんだ。露店で売られているにもかかわらず、その値段は桁《けた》はずれだったが、自分たちの家にこれほどふさわしい布はほかにないとも思えた。

そのとき、ベルは思い出した。その前の週、お金の使い方をめぐって、彼女はルークと喧嘩《けんか》をしたばかりだった。自分たちはどう考えてもお金を使いすぎだと言い張るルークに、ベルはすかさず、あなただって研究に必要だと言って、本に大金をつぎこんでいるじゃないのと責めて、仕返しをしたのだ。

「本を買わなくてすむように、大学の図書室があるんだと思っていたわ」ベルは軽蔑《けいべつ》したように言ったが、それでもまだ、君は僕の一週間分の昼食代より高いタイツを買ったと言われたことが癪《しやく》にさわってしかたがなかった。

「それはそうだけど、図書館にはこういった全集は置いてないんだよ」ルークは静かに言い返した。

布はあきらめよう、とベルはきっぱりと心に決め、露店から離れた。しかし結局は、十分後に舞い戻ってきて、その布を買う、と目をつぶって露店の女主人に告げたのだった。

布は、ベルが自分でミシンをかけてカーテンにした。金銭感覚についてあれこれルークに言っておきながら、どうして人にお金を払って作ってもらえるだろう？

「すばらしいね」カーテンがつるしてあるのを見て、ルークは穏やかに言ったが、その気のない声に、ベルは傷つき、腹を立てた。

自分が一生懸命働いて稼いだお金なのだから、どんなに高価なカーテンでも、私には買う権利があるわ、とベルは思った。そして、そうルークにも告げた……。

今、そんな出来事を振り返り、自分が平気でルークの感情をないがしろにする、無分別で配慮に欠ける人間だったことを思い知って、ベルは顔をしかめた。

「あの店からカタログが送られてきたんだ。今作っているいろいろなデザインのベッドの写真が載っている」そう言いながら、ルークは玄関の鍵《かぎ》を開け、自分より先にベルを中に入れた。「デザインによっては店に在庫のないものもあるから、君もカタログを見たいだろうと思って」

「まだ、私たちのベッドと同じ型も作られているの？」

「〝私たち〟のベッド？」ルークはからかうように、にやりとしてベルを見た。「今は僕のベッドだよ。覚えているだろう？　君が引っ越していったとき、運送業者は僕が作ったベッドを運んでいってしまったんだ。もちろん、取り替えたいなら、今からでも……」

「いいえ、いいのよ。今のベッドをそのまま使うわ」ベルはすかさず言ってから、言い訳をするように付け加えた。「気にいっているし、もう慣れてしまっているから。あのベッドは……」

あのベッドはあなたの一部だから、とベルは言うこともできた。

ベルは意識してちらりとルークを見たが、彼はもう応接室へとベルをせきたてているところだった。

「さあ、入って、腰かけて。僕はお茶をいれてくるから、そのあとカタログを見るといい」

応接室は、ベルが出ていったときと少しも変わっていなかった。ソファのカバーは少し色あせ、錆色《さび》のカーペットも日に焼けて、初めのころの色鮮やかさを失っていたかもしれない。しかし、ベルがこの家にはこれしかないと感じて選んだ家具の、時間を超越した古典的な美しさは、時の流れをまったく感じさせなかった。

調度品は変えていなくても、ルークは必要に応じて部屋のペンキを塗り替えていたようだ、とベルは気づいた。どこを見ても埃《ほこり》一つなく、きれいに磨きあげられている。

「遅くなって申し訳ない」十分後、ルークが紅茶とカタログを持って現れた。「これが見つからなくてね。ミセス・レイトンが週に二、三度、掃除をしに村から来てくれているんだが、彼女がこれを〝片づけて〟しまっていたんだ」

かつては自分の住まいだった家、ルークと住んでいた家に、こうして自分がいて、その隣にルークがいて、そのルークのものであるこの家がこうして変わらずあると思うと、ベルの思いは複雑にからみ合って、彼女はルークが見せてくれたカタログにろくに集中できなかった。

以前は限られた種類の家具しか扱っていなかった店は、今やさまざまな家具を手がけるようになっていて、リストに新たに加わった天蓋《てんがい》付きの四柱式寝台はまさに芸術品と言ってよかった。もしも今、ベルが自分たちのために新しいベッドを選んでいるとしたら……。

けれども、二人はこの家の主寝室に置くベッドをさがしているのではなかった。ジョイとアンディに贈るベッドをさがしているのだ。しかも、二人がどんなベッドを欲しがっているのかは、もうわかっている……。

「もう一度、初めからカタログを見なくちゃ」ベルは早口に言って、カタログを閉じた。「でも、その前に、階上《うえ》に行って手を洗ってくるわ……」

この家の欠点の一つは、一階に化粧室がないことだった。続き部屋の寝室を増築するときに、化粧室を作ろうという計画も、以前はあった。家の中のことはよく知っていたから、ベルは迷うことなく二階へ向かい、ルークはお茶の道具をキッチンへ下げに行った。

二階も、以前と少しも変わっていないようだった。踊り場の張り出し窓にベルが飾ったドライフラワーはなくなっていたが、カーテンは以前のままだ。それから……化粧室へ向かう途中で、ベルは急に立ちどまり、あと戻りした。

主寝室の扉は閉ざされていた。そっと扉の取っ手をまわして、ベルは中に足を踏み入れた。

まるで別世界に入りこむような気がした。かつてルークと過ごした寝室に入ってしまうと、さまざまな思い出がいっきに押し寄せてきて、ベルは思わずよろめきそうになって扉にしがみついた。以前、二人が愛し合い、声をあげて笑い、喧嘩をした部屋だ。今となっては、二人の愛の親密な部分だけを知っているはずの部屋で喧嘩をしたという冒涜《ぼうとく》行為について考えるだけでも、ベルは耐えられなかった。

ベルはよろめきながら扉から手を離し、ベッドに近づいた。そして無意識のうちに、震える手でルークが寝ている側のキルトのしわを伸ばした。

ルークが寝ている側……。

望んでもいない熱い涙が思いもかけずあふれ、痛みと後悔とともに頬をつたって落ちた。ベルは声を押し殺し、体をゆらして泣きじゃくった。

「ベル？」

ベルはぎょっとして、からみついてきたルークの温かい腕にすがるまいと体をこわばらせた。彼が部屋に入ってきた物音は聞こえなかったし、今のような自分の姿を見られたくもなかった。

「泣いているんだね」ルークは言い、ベルの体をくるりと自分のほうに向かせて、恥も外聞もなく懇願した。「泣かないで……お願いだから、泣かないでくれ」

「ああ、ルーク、自分がしたことや……言ったことを思い出すと、恥ずかしくてたまらないの」感情を抑えきれず、ベルは泣きつづけた。「私は思いやりがなくて、自分勝手で……」

「たとえ君が思いやりがなくて、自分勝手だとしても、僕はそれに輪をかけた頑固者で、わからず屋だ」ルークはベルを慰めた。

「なにもかも無駄に終わってしまったんだわ」ベルが悲痛な泣き声をあげた。

「愛は決して無駄には終わらないよ」ルークは穏やかに言った。「愛が決して死なないのと同じように……」

ベルはルークの顔を見あげた。

「僕たちはまだ手遅れじゃないんだ、ベル。二人にはまだ将来がある……僕たちの将来だ。二人いっしょの将来――僕たちがその道を選びさえすれば……」

「なにを言っているの？」ベルは声をひそめて尋ねた。「二人で話し合ったはずよ。なにがあっても、あせらず、約束はせず、一日一日をありのままに受け入れていこうって……」

「わかっている。でも、僕には一日一日だけではたりないこともわかっているんだ。僕は君のすべての日々が欲しい。二人のすべての日々が……」そしてルークはいきなり尋ねた。「チェリンガム・ハウスを覚えているかい？」

ベルはこくりとうなずいた。壮麗なジョージ王朝風の建物は地元の議会の財産で、みごとに修復されて一般に公開されている。ベルは以前からその建物が大好きで、勉強中のルークを言葉巧みに引っ張り出しては、いっしょに見てまわったこともたびたびあった。

「新しい条例ができて、あそこで結婚式を執り行うことが許可されたんだ。敷地内には島もあって……」

「湖の真ん中にある島ね。ゴシック風のかわいらしい聖堂があるのよ……ええ、知ってるわ」ベルは言った。そして、ルークを見つめ、大きく息を吸いこんだ。「まあ、ルーク、そんなの無理よ……そうでしょう?」

十分後、ようやくルークの腕の中から離れたベルは、彼に思い出させた。「私たち、食事に出かけるはずだったのよ。覚えている?」

「もっといい考えがあるぞ」ルークが横柄に言った。「ここで食べるというのはどうかな?」

「ここで?」

ベルはルークを見つめた。

「なにを食べるの?」彼女はいぶかしげに尋ねた。

「僕が食べたいものは決まっているよ」ルークはセクシーに言った。「わかったよ、わかった」ベルにじろりとにらまれ、彼は認めた。「階下《した》へ行って、なにか食べられるものはないか、冷凍庫をさがしてみよう」

「うーん……シャンパンにロブスター。あなた、私を甘やかしすぎだわ」ベルは指先をなめながら、満足そうにルークに言った。

「そう、運のいい発見だったと認めないわけにはいかないね。ロブスターのことはすっかり忘れていた。

らせた。

「学生さんの一人から？」ベルはわずかに嫉妬《しっと》心をにじませて尋ね、たしなめるようにきらりと目を光らせた。

ルークは声をあげて笑った。

「そうじゃなくて、残念ながら、母からのもらいものだよ」

ベルはほっとして肩の力を抜いた。ルークの母親は料理の名人で、腕によりをかけて作った料理を友人や家族にお裾《すそ》分けするのがなにより好きなのだ。

「うーん……おいしかったわ」ベルは言い、悩ましげに伸びをした。

「うーん……おいしかった」ルークも同意した。そして、ベルが彼に借りて着ているシャツの、V字形に胸元の肌があらわになっている部分に手をすべりこませながら、彼女にキスをしようと頭を下げていった。「考えてもみてごらん」唇でベルの口をふさぎながら、ルークはつぶやいた。「僕たちが四柱式寝台を買ったら、カーテンをぴったり閉めて、まさにチューダー朝式に、ベッドで食事ができるんだよ」

「それで、外で待っている犬や農奴に、食べ残しの骨をほうり投げるわけ？」ベルは冗談で返し、鼻にしわを寄せて首を振った。「とんでもない。そんなのいやだわ。でも、四柱式寝台っていうのは魅力よね。それは認めざるをえないわ」

「でも、窓から差しこむ光を受けた君の肌はぞくぞくするほど官能的なのに、カーテンを閉めてしまっては、その眺めを楽しめなくなるな」

「ルーク……」ベルは消え入りそうな声でたしなめた。

ルークはベルが着ているシャツの前を広げて胸をあらわにし、窓から差しこむ夕方の淡い光にさらした。そして、いったん体を引いて、自分が手がけた作品を鑑賞するように彼女の体を見つめた。

「君の肌、金粉を振りかけたように見えるよ」ルークは声をひそめて言った。「だれよりもきれいな肌だ、ベル。体だって、だれよりもきれいだ……」

「私、三十四歳よ」ベルは異議を唱えたが、実際は、ルークの今の体には、若いときよりずっと官能を刺激するものがあると感じていた。おそらく、少し前にルークが言ったことは正しいのだろう。痛みと喪失感と絶望を知って初めて、人は愛というものをきちんと理解できるようになるのだ。

そう、ベルはそんなすべてをたしかに経験していた。ルークも同じだ。

ルークの両手に胸を包みこまれ、ベルはぞくぞくするような期待感にかすかに体を震わせた。ルークの刺激に対して自分の体があまりに敏感に反応するので、ベルは少しこわくなった。

ルークはベルの喉元と胸の先端にキスをしてから、欲望に暗く陰る目で彼女の顔をのぞきこんだ。

「君がいないのに、よく生きていられたと思うよ」ルークは本心を打ち明け、さらに言った。「でも、あれは生きていたとは言えない。ただ存在していただけだ」

ルークの唇はまたベルの胸へと戻り、硬くとがった胸の先端をくすぐるように愛撫《あいぶ》した。ベルは息もたえだえになってうめき声をあげ、両手を彼に差し出した。ベルは、もっとたくさん、今すぐに、もっともっとと、ルークを求めている自分に気づき、圧倒された。そして彼の体重を体全体や腿の付け根に感じて、激しく身を震わせた。両手でルークの背中をつかみ、熱情に我を忘れて彼にしがみつき、爪を肌にくいこませた。

やがてルークの体が重なり、ベルは叫び声をあげた。激しく原始的な愛の叫びと欲求が、二人が失ったものすべてと彼女が捨て去ったものすべてに対する悲しみと後悔にまじり合った。過去は忘れ去られ、将来はまだおぼろげな姿しか見えない。今のベルにとって重要なのは、自分に身を沈めるルークの動きだけだった。

欲求が頂点に達して、ルークが荒々しい叫び声をあげると同時に、ベルの体も高みにのぼりつめて爆発し、エクスタシーの激しい渦に巻きこまれていった。

汗にまみれ、肩で息をして、なおも激しい鼓動を感じながら、ベルはルークの目を見あげた。

「アリス大伯母様はとてつもない責任を負うことになるかもしれないわ」ベルは意味ありげにルークに警告した。「こんなことになるなんて、私、予定外だもの……」

「つまり、できるだけ早くチェリンガム・ハウスへ向かわなければならない理由がますます増えたというわけだ」

「でも、私――」ベルが言いかけるとルークは首を振り、頭を下げて、そっとやさしくキスをした。

「子供ができようができまいが、僕の人生に戻ってきてほしいんだ、ベル」ベルはさらにルークに身をすり寄せたが、ふいに体をこわばらせた。

「ルーク、私たちのことは、まだだれにも知らせないでほしいの。今はまだ……まだ早すぎるわ。私たちが分かち合っているものは、あまりに……大切だから。私……」

「わかった」ルークは請け合い、ふたたびベルにキスをした。

「ベル」

自分の名を呼び、披露宴のにぎやかな人込みをかき分けて近づいてくるルークを見て、ベルはほほえみかけた。

「どうしたんだ？」ルークは声をひそめて尋ね、沈んだ表情を浮かべて、さらに言った。「母に頼んで、化粧室に君をさがしに行ってもらおうかと思っていたところだ」

「そうしないでくれてよかったわ」ベルはささやき、自分に触れているルークの手に警告するような視線を向けた。そんなふうに自分のものだと言わんばかりに腕をつかまれていると、二人の関係がみんなにばれてしまう。「体の動きは雄弁なのよ、ルーク」ベルは小声で釘《くぎ》を刺した。「みんなが私たちを見ているわ」

「なるほど。それで……そうしないでくれてよかったというのは、どういう意味なんだい？」みんなが見ているというベルの言葉を無視して、ルークはつめ寄った。

「私、化粧室に行っていたんじゃないもの」新郎新婦が披露宴会場を離れるのを見送ろうと、いっせいに出口に向かって移動を始めた客たちの波にのまれながら、ベルはルークに伝えた。

「じゃあ、なにがあったんだ？」ルークは不安そうに尋ねた。

「携帯電話が鳴ったのよ」ベルは答えた。「かけてきた相手がわかったから、まわりにだれもいないところで電話に出ることにしたの。それで、外の車の中で話をしてきたのよ」

「まわりにだれもいないところで？」ルークは眉をひそめた。

「あそこ、ルークとベルをごらんなさい」

息子のしかめっ面を見たルークの母親は、残念そうにため息をついて夫を見た。

「あの二人、とてもうまくいっているようだと思っていたところなのよ。そんな都合のいい話があるわけがないって気づくべきだったわね。もしかしたらって思いかけていたなんて……」母親は悲しそうに首を振った。「昔から、あの二人ほどお似合いのカップルはいないような気がして、つい期待してしまったの……」

「二人の人生なんだ。好きなようにさせてやりなさい」夫は妻にやさしく助言した。

「まわりにだれもいないところで」ルークは不安そうに繰り返した。

「そう……」ベルは夢見るように言葉を返した。

ベルの顔はかすかに紅潮していて、ルークには彼女の体の中ではじけている喜びが目に見えるようだった。ベルの目を見おろすと、その目は隠しきれない幸福感にきらきら輝いている。ルークには、彼女の全身が光り輝いているようにさえ見えた。彼女は僕の知らないなにかがうれしくて――そして、愛に包まれて――舞いあがっているらしいと決めつけ、ルークは苦々しい思いでいっぱいになった。

「特別な電話だったんだろうね。電話をかけてきた相手も特別な人なんだろう」ルークはベルに挑まずにはいられなかった。

ベルはなおもほほえみ、その頬はますます美しいピンク色に染まった。

「そうよ」ベルはあっさりと認めた。

「ベル、早く。ジョイが出発するわ。これを……」

ベルの手に、母親から一握りの薔薇《ばら》の花びらが押しつけられた。花嫁に花びらのシャワーを浴びせるのだ。ベルは素直に従い、ルークに向けていた視線を姪とその新米の夫に向けた。

「今日のベルはきれいだと思わない?」ベルのいとこの一人が別のいとこに言った。

「まさに光り輝いているわ……」

そんなやりとりを耳にしたベルは、二人が自分たちの声の聞こえないところまで去っていくのを待って、ルークに顔を向けた。そして、集中していなければ聞き取れないほど小さな声でささやいた。「まさに成長中というほうがふさわしい言い方でしょうね。それも二倍なのよ……」わざと恥ずかしそうに言い添える。

ベルはいったん言葉を切り、効果を期待して間をおいた。

「電話は診療所からだったの」ベルは言い、すべてを理解したルークの目が輝くのを見ながら、飛びあがりたいほどの幸福感に、にこやかに顔をほころばせた。「間違いなく、双子だそうよ」息を弾ませて言う。

「双子……赤ちゃんが二人……」ルークは敬愛と畏《い》敬《けい》の念をこめてベルを見つめた。

「そうよ。双子というのは赤ちゃんが二人ということよ」ベルはからかうように認めた。

しばらく前から、ベルは妊娠したのではないかと感じはじめていた。そのため、わざわざ出かけていって、妊娠検査薬を買ってきたほどだった。しかし、そのときルークは外出中で、結局、ベルは決定的な瞬間は彼といっしょに迎えようと決めた。いずれにしても、ベルが赤ん坊を身ごもったときにルークはいっしょにいた――それ以上はないほど近くにいたのだし、二人は今回こそ、本物のパートナーとして、本物の恋人として、人生を分かち合おうと納得し合っていたのだ。

ベルが双子を妊娠している可能性があると初めて告げられたとき、ルークは彼女といっしょにいたが、今日の電話は、すでに非公式に伝えられていた情報が正式に確認されたことを知らせるものだった。

「ルーク……ルーク、やめてちょうだい」

ベルがとめるのも無視して、突然、彼女を抱きしめたルークは、じっと彼女の目を見つめてからキスを始めた。

「ルーク、みんなが見ているわ」ルークに口をふさがれて、ベルはかすれた声で抗議した。「ルーク……ルーク……うーん……」

「見たい者には見させておけばいい」ルークはかすれた声でささやき返した。

新婚夫婦の車を見送って振り返った客たちが驚いてささやき合いながら、ベルとルークを見つめている。

「みんなに報告したほうがいいと思うんだけど、君はどう？」ルークは愛情をこめてささやいた。「そうしないと、赤ちゃんのことも伝えられないし……」

ルークの手がまだ平らなベルのおなかをかばうようにおおった。ベルは実際にはありえないことだとわかっていても、二人の愛から生まれた二つの命が、父親の意見に賛成だとばかりにおなかを蹴《け》っているような気がしてならなかった。

「そうね、いずれは知られてしまうことだし」ベルは自分の体を見おろし、穏やかに同意した。「でも、認められないと言う人もおおぜいいるわ、きっと」ベルは警告した。「なにしろ、ちょっと型破りだから」

「僕たちには、僕たちが望むやり方で人生を送る権利があるんだ。型破りだろうと、そうじゃなかろうと」ルークは静かに主張した。そして、なおもしっかりと守るようにベルの体に腕を巻きつけたまま、咳《せき》ばらいをして言った。「紳士淑女のみなさん、お集まりのご家族のみなさん、お友達のみなさん、ベルと僕からご報告することがあります」

ルークが見おろすと、ベルが彼を見あげていた。彼女の目には、ルークへのありったけの愛があふれている。一条の光が、ベルがたった今ハンドバッグから取り出して左手の薬指にはめた、新しい結婚指輪を照らした。その指輪は、過去をとかして、もう二度と壊れない新たな絆《きずな》を作るという意味をこめて、ルークとベルの古い結婚指輪から作られたものだった。

だれよりも先に指輪に気づいたベルの姉が、ルークの発表に先んじて、興奮のあまり金切り声をあげた。

「ベル、あなた、結婚しているのね——あなたとルーク、再婚したのね！　まあ、私たちになにも言わずに、よくもそんなことができたものだわ。ああ、ベル……ルーク……ああ、なんてすばらしいんでしょう……」

「すばらしいことです」ルークは繰り返し、ベルの手を掲げて自分の口に近づけ、やさしくキスをした。

すぐにわっと歓声があがり、その大騒ぎの合間に、ベルは大伯母のアリスが自分の母親に驚くほどはっきりとこう言っているのを耳にした。

「ほら、ごらんなさい、メアリー。わかっていたわ、私は間違っていないって。二人は結婚しているのよ……」

うれしそうな親族たちにぐるりと取り囲まれ、ベルは体の中で喜びがはじけるのを感じていた。

そう、二人は結婚していた——再婚したのだ。二週間前、チェリンガム・ハウスの湖に浮かぶ島で、正真正銘、二人だけでささやかな結婚式を挙げたのだった。

そのことはもうしばらく秘密にしておきたかったのだけれど……。ベルは自分のおなかをぽんぽんとやさしくたたいた。

世の中の出来事には、当人の考えにかかわらず、いきなり表面化して祝われてしまうこともある、ということだ。

興奮した客たちの頭ごしに、ルークは口の動きだけで、愛している——君も、赤ちゃんたちも——とベルに伝えた。

これ以上はないほど幸せそうに、ベルはルークにほほえみを返した。いつか——おそらく今回ではなく、いつか——二人の間に女の子が生まれることがあったら、そのときは、娘をアリスと名づけるかもしれない、とベルは思った。

ドクターにキスを

ベティ・ニールズ 作
浜口祐実 訳

ベティ・ニールズ

　イギリス南西部デボン州で子供時代と青春時代を過ごした後、看護師と助産師の教育を受けた。戦争中に従軍看護師として働いていたとき、オランダ人男性と知り合って結婚。以後 14 年間、夫の故郷オランダに住み、病院で働いた。イギリスに戻って仕事を退いた後、よいロマンス小説がないと嘆く女性の声を地元の図書館で耳にし、執筆を決意した。1969 年『赤毛のアデレイド』を発表して作家活動に入る。穏やかで静かな、優しい作風が多くのファンを魅了した。2001 年 6 月、惜しまれつつ永眠。

主要登場人物

フィリー・セルビー……………………………牧師の娘。家事手伝い。

アンブローズ・セルビー………………………フィリーの父親。牧師。

ミセス・セルビー………………………………フィリーの母親。

フローラ、ローズ、ルーシー、ケイティ……フィリーの妹たち。

ジェームズ・フォーサイス……………………小児科医、教授。

シビル・ウエスト………………………………ジェームズの婚約者。

グレゴリー・フィンチ…………………………シビルのいとこ。

ジョリー…………………………………………ジェームズの執事。

ミセス・ウィレイット…………………………ジェームズの元養育係。別荘のハウスキーパー。

1

アンブローズ・セルビー牧師の五人の娘の長女、フィリーはシーツを干していた。風の強い三月の朝だった。女性らしく丸みを帯びた体つきとはいえ、ほっそりとして小柄な彼女は、はためくシーツに悪戦苦闘していた。ようやくきちんと並べて干し終えると、空っぽの洗濯籠《かご》を持って家に戻った。洗濯機に新たな洗濯物を入れ、ケトルを火にかける。コーヒーを一杯飲みたかった。湯がわくのを待っているあいだ、彼女はテーブルに置かれたパンをひと切れ切って食べた。

　フィリーは誰もが振り返るほどの美女ではないが、形のいい眉の下にある長いまつげに縁どられた大きなブラウンの目のおかげで、かわいらしく見えた。風で乱れた髪もブラウンだ。まっすぐできれいな髪はリボンで適当に束ねられている。フィリーが髪を後ろに振り払い、マグカップとミルクと砂糖を用意し、インスタントコーヒーをスプーンですくいとったところに、母親がキッチンに入ってきた。

　母親のミセス・セルビーは娘をそのまま中年にしたような容姿で、年齢のわりに若々しかった。彼女は白髪まじりのブラウンの髪をアップにしている。十七歳のとき以来、変わらないヘアスタイルだ。顔にはしわがあるものの、笑いじわなのでそれほど気にならない。

　ミセス・セルビーは娘からコーヒーの入ったマグカップを受けとり、テーブルについた。

「ミセス・フロストがたまねぎをひと袋持ってきてくれたのよ。このあいだお父さんがネッドを車で送ったお礼ですって。ミセス・ソルターの店で冷凍牛肉の切り身を買ってきてくれたら、キャセロールがつくれるのだけど」

フィリーはパンの残りを飲み下した。「今から行ってくるわ。もう肉が入荷しているはずだから、きっといろいろあるでしょう」

「ついでにソーセージもお願いね」

フィリーは裏口から出て路地を歩き、村の大通りに出た。広場に着くと、彼女は買い物客たちの順番待ちの列に加わった。しばらく待たなければならないようだ。村の情報源のミセス・ソルターは、じゃがいもの目方を量ったり、チーズを切ったりしながら、あれこれおしゃべりをしていた。フィリーは冷凍庫をのぞきこみながら時間をつぶしていたが、肉の切り身よりもむしろアイスクリームやチョコレートケーキに魅了されていた。

やがて順番がまわってきて、フィリーは無造作に包まれた肉の切り身とソーセージを受けとり、家に向かって歩き始めた。

フィリーのすぐ脇《わき》に、車がとても静かにとまった。ベントレーの高級車なのだから音がしないのも当然だろう。助手席に座っている女性の頭越しに男性に声をかけられ、フィリーはちょっと驚いた顔で振り向いた。

「〈ネザービー・ハウス〉を捜しているのですが、道に迷ったらしくて……」

フィリーは男性が開けた窓のなかをのぞきこんだ。「ええ、そのようですね。地図をお持ちですか？」

連れの女性が地図を突きだした。フィリーはその地図を広げ、女性にほほえみかけながらさらに身を乗りだした。

「いいですか、ここはネザー・ディッチリングです。この地点です」フィリーは冷たい風にあたって赤くなった小さな手で示した。「村を通り抜けると交差点があります」彼女は指を動かした。「そこを右に曲がってウィズベリーという村まで行ってください。五キロぐらい先です。その村の外れに交差点があります。そこを右に曲がって一・五キロほど先に、〈ネザービー・ハウス〉と書かれた看板の掲げられた道が見つかります。覚えられますか?」フィリーは心配そうに尋ねた。

そのとき、フィリーはその男性の顔をまじまじと見た。いかめしい雰囲気のハンサムな顔で、ダークブラウンの髪は短くカットされ、目はブルーだ。ふたりはしばらく見つめあった。フィリーは彼とのあいだになにかが生まれたような、不思議な感覚にとらわれた。

「覚えておくよ」そう言い、男性はほほえんだ。

フィリーは小さくかぶりを振った。「道に迷う人が多いんです。こんな辺鄙《へんぴ》なところだから」フィリーは首を引っこめて、女性の膝の上から肉の切り身とソーセージをとりあげた。地図にある場所を示しやすいようにと置かせてもらっていたのだ。フィリーは女性にほほえみかけたが、軽蔑《けいべつ》しているような顔をされた。この優雅な女性にとって自分はとるに足りない人間なのだと気づき、フィリーは顔を赤らめた。

「本当にごめんなさい。ソーセージと肉の切り身なんです」

フィリーにはそのとき男性の唇からもれた小さな声が聞きとれなかったが、車のそばを離れたときに心のこもった感謝の言葉が聞こえた。

ミセス・セルビーはまだキッチンでにんじんの皮をむいていた。「フィリー、遅かったわね」

「〈ネザービー・ハウス〉に行く途中で道に迷ってしまった車に出会ったの。ベントレーだったわ。まるでファッション雑誌から抜けでてきたみたいなきれいな女の人が乗っていて、男の人が運転していたの。お母さん、初対面の人なのに以前からの知りあいのような気がすることがあるのはどうして？」

ミセス・セルビーはにんじんを持ったまま身を乗りだした。「普段は気づかないだけで、よくあることだと思うわ。気づいたら、きっといいことが起きるでしょうね」ミセス・セルビーはソーセージの包みを開けている娘をちらりと見た。「なぜその人たちは〈ネザービー・ハウス〉に行こうとしていたのかしら？　お嬢さんが婚約したのかもしれないわ。そんな噂《うわさ》を聞いているし」

フィリーは言った。「ええ、たぶんそうね。その人たちは結婚していないみたいだったけど、女の人はすごく大きなダイヤの指輪を……」

この子はまだベントレーに乗っていた人たちのことで頭がいっぱいなのね。ミセス・セルビーは快活に言った。「お父さんにコーヒーをいれてくれる？　説教を書き終えたら、きっと飲みたがるから」

フィリーはキッチンを出て寒い玄関を横切り、廊下を通って家の奥に行った。この家はビクトリア朝中期に建てられ、大勢の家族や使用人を抱えた牧師が暮らすのに適したつくりになっていた。だが大家族のセルビー牧師家には、週二回通ってくるミセス・ダッシュ以外に使用人はいない。そのため、威風堂々とした外観の牧師館は、一歩なかに入ると不便極まりなかった。

リノリウムの床は、ずいぶん前にここで暮らしていた牧師が敷いたものだ。ところどころ壊れた箇所を飛び越え、フィリーは説教を書き終えた父親のもとに向かった。彼は背が高くやせており、白髪まじりの髪は頭頂部が薄くなっている。それでもいまだにハンサムで、その容姿は四人の娘たちに受け継がれていた。フィリーだけが母親似だ。父親はしばしば満足そうにこう言っていた。〝お母さんは美しい女性だ。そしておまえは若いころのお母さんにそっくりだよ〟

「辺鄙な村に住んでいる女性がみんなあんなふうだとしたら、なるべくロンドンから出ないほうがいいわね。服もぱっとしないし、容姿も月並みだし。それにあの手を見た？　赤くなっていたし、爪の手入れもしていなかったわ。あれは家事に追われてる手ね」

「小さいが、かわいい手だったよ。それにきれいな目をしていた」男性は、非の打ちどころのない美しい横顔をちらりと見た。「ずいぶんひどいことを言うね、シビル。ほら、交差点だ。ネザービーまで二キロ足らずだよ」

「来たくなかったわ。婚約パーティなんか嫌いよ」

「ぼくたちのパーティのときは楽しんでくれていたと思ったんだが」

「それはまた別よ。今のわたしたちはただの客でしょう」

〈ネザービー・ハウス〉は狭い路地の突きあたりに顔を縁どっている金髪をうらやましく思ったとき、

フィリーは、妹たちのブルーの目やかわいらしい顔を縁どっている金髪をうらやましく思ったとき、その言葉を思いだして自分を慰めた。フィリーは決していつまでもくよくよしたりせず、自分の境遇に満足していた。母親の家事を手伝い、日曜学校の助手をして、村のさまざまな行事の世話役となることにも。いつの日か求婚してくれる男性が現れるのを心待ちにしていたが、忙しい日々を送っているので、そんなことをうっとり夢想してはいられなかった。

ベントレーの運転席に座る男性はフィリーに言われたとおり村から交差点に向かいながら、連れの女性の憤慨した声に耳を傾けていた。「本当になんて人かしら。自分の買ったものをあんなふうにわたしの膝の上に置くなんて」彼女は身震いをした。「ソーセージとなんとかを……」

「肉の切り身だよ」

あった。広い家は入り組んだつくりで、玄関前の車まわしにはたくさんの車がとめられている。

シビルは座ったまま、ドアが開くのを待っていた。

「きっとすごく退屈するわ」並んで歩きながらそう言うシビルを、彼はまたちらりと見た。シビルはかわいいどころか完璧《かんぺき》な美貌《びぼう》の持ち主だし、金髪も入念にカットされている。だが今はご機嫌斜めらしく、口をへの字に曲げていた。「おかしな女性に会ったと思えば、今度は……」

しかし、なかに入ってパーティの主催者夫妻や友人たちに挨拶《あいさつ》されると、シビルの不機嫌な表情はまるで照明のスイッチでも入れたように、魅力的な笑顔に変わった。彼女はにぎやかなおしゃべりの輪に入って、婚約指輪に歓声をあげ、笑ったり、結婚式の話をしたりした。そして昼食の席では、機知に富む会話でまわりの人々を魅了した。

「あなたは幸せ者ね、ジェームズ」小柄で物静かな女性が言った。隣に座っているのは、さらに口数の少ない男性だ。「シビルはきれいなだけでなく、とても楽しいお嬢さんだわ。いつご結婚なさるの？」

ジェームズはその女性にほほえみかけた。「シビルは全然急いでいませんし、病院のほうも人手不足なんです。時間がないんですよ。彼女は盛大な結婚式をしたがっていますが、そうなると時間をかけて準備しなければなりませんから」

親切そうな老婦人はジェームズの顔をまじまじと見た。なにかがおかしい気がするけど、わたしが口を挟むことではない、と彼女は思った。「ねえ、新しい病棟をつくる計画があるそうね」

「ええ、未熟児の病棟です。まだ検討中ですが、保育器がもっと必要なんですよ」

「あなたは仕事熱心なようね」

「ええ」

それ以上詳しい答えは返ってこないとわかると、

老婦人は町からのドライブを楽しんだかと尋ねた。

「ええ、まるで別世界のようでした。このあいだお目にかかったとき、あなたは池や小川のある庭をつくっている最中でしたね。完成しましたか?」

やがてふたりは周囲を見まわした。その場にとどまって話しこんでいる者もいれば、入念に手入れされた広い庭に向かう者もいる。そのとき、シビルがジェームズを見つけ、近づいてきた。

「ダーリン、帰りましょう。とても退屈だわ。今日は七時までに病院に戻らなければならないと言っていたわよね」ジェームズに見つめられると、シビルはつけ加えた。「まあ、ダーリン、そんな目で見ないで。本当につまらないパーティだわ」

シビルの笑顔は愛らしい。ジェームズも自然にほほえみ返し、主催者の妻を捜しに行った。

シビルは自分の思いどおりになったので機嫌がよく、ロンドンに戻る道中、楽しそうに話し続けた。ネザー・ディッチリングをゆっくりと走っているとき、彼女は笑いながら言った。「まあ、ソーセージを持った、ぱっとしない女性に会った場所だわ。彼女はずいぶん退屈な人生を送っていることでしょうね。今夜はどこか、ドレスアップして行くレストランでディナーをとりましょうよ。この前すごくすてきな服を買ったから、それを着たいの」

「悪いね、シビル。書類が山積みになっているし、病院で患者の様子も見たいんだ」

シビルはかわいらしく口をとがらせたが、彼を説き伏せることはできないと悟るだけの分別はあった。彼女はジェームズの膝に手を置いた。「いいのよ、ダーリン。もし時間ができたら、知らせてちょうだい。どこかすてきなところに行きましょう」

シビルを、両親と一緒に住んでいるベルグレービアのフラットまで送ってから、ジェームズは病院に直行した。彼はたちまちシビルのことも、昼のパーティのことも、長いドライブのこともすべて忘れて、幼い患者を診ることに集中した。だがソーセージを持った女性のことは忘れなかった。彼女にはいつかまた会えるだろう、と直感的に思った。ジェームズはその日が来るのを待つつもりだった。

子羊のように穏やかだった三月は、やがて荒々しいライオンへと変貌を遂げた。まるで冬が戻ってきたように激しい風や雨に見舞われ、大雪警報まで出る始末だった。土曜日の朝、ジェームズ・フォーサイスは電話で呼びだされた。「急用だそうです」看護師長はそう言った。

シビルだった。「ジェームズ、今日の午後と明日は空いているでしょう? ネザービーまで行かなくてはならないの。コーラリーとグレッグにプレゼントを買ったんだけど、大きすぎて持っていけないのよ。午後、車で乗せていってくれない? 長くいるつもりはないの。すぐに戻って、どこかで夕食をとりましょう。明日はリッチモンド公園に行ってもいいわね。デンバース夫妻にはしょっちゅう、ふたりでランチを食べにいらっしゃいと言われているし、デンバース家の新居も見てみたいわ」

ジェームズは眉をひそめた。「シビル、急用のとき以外は電話をかけてこないように言ったはずだぞ」

「だけど、ダーリン、急用なのよ。あなたが車で連れていってくれなかったら、どうやってネザービーまでプレゼントを届けるの?」甘えたような調子でシビルは言い添えた。抗《あらが》いがたい声だった。「お願いよ、ジェームズ」

「いいだろう、きみを車で送って戻ってこよう。だが、今晩は一緒に夕食を食べに行けないし、日曜は講義の準備をしなくてはならないんだ」

シビルは不満そうに口のなかでもごもご言ってか

ら応じた。「よくわかったわ、ダーリン。それから、かわいそうなわたしのために時間を割いてくれてありがとう。それじゃあ、迎えに来てくれる？　早めにお昼を食べるから、一時には出られるわ」

ふたりがロンドンを出たときには、空はますます暗く曇っていた。風も強くなってきている。半分ほど来たところで粉雪がちらつき始め、ネザー・ディッチリングに入ると本格的な降りになってきた。

シビルは自分の思いどおりになったのでずっと上機嫌だったが、ついに黙りこんでしまった。

「プレゼントを渡してくるのに十分もあればいいかい？　こんな天気だから、長居したくないんだよ」

シビルはすぐさま彼を安心させた。「ほんの二、三分ですむから、あなたはなかには入らないで。あなたがロンドンに戻らなければならないからって説明するわ」屋敷に着くと、シビルは言った。「車から出ないでね、ジェームズ。出たら、お茶を勧められてしまうもの。すぐに戻るわ」

シビルは身を乗りだしてジェームズの頬にキスをしてから車をおり、玄関の前の階段を駆けあがって、ドアの向こう側に消えた。

ジェームズはシートにもたれて目を閉じた。疲れが押し寄せてきた。家で静かに過ごしたい。書斎で講義の準備をして、のんびり食事をして、本を開いて……。

ジェームズは時計を見た。シビルが屋敷に入ってから十五分近くたっている。迎えに行ってもいいが、そうしたら早く帰れなくなってしまう。ラジオをつけると、ディーリアスの曲が聞こえてきた。静かで悲しげな曲だ。

一方、シビルはコーラリーの家のリビングルームで、暖炉のそばに腰かけていた。かたわらには包装を開けた結婚祝いや紅茶をのせたトレイが置かれていた。あと二、三分ここにいて、お茶を飲んでも大丈夫よね。飲みながら、ウエディングドレスについて話しあえるし……。

三十分近くたってから、シビルはようやく時計を見た。

「帰らなくちゃ。とても楽しくて、時間がたつのを忘れてしまったわ。きっとジェームズが心配しているわね」シビルは小声で笑った。「彼はいつもわたしの言うとおりにしてくれるのよ」

シビルはコートを羽織り、小さな鏡をしばらくのぞきこんだ。口紅を塗りなおし、コーラリーと一緒に廊下を歩く。別れ際の挨拶にも時間がかかったが、執事がすでにドアを開けて待っていたので、シビルは急いでまばゆい雪景色のなかに飛びだしていった。

ジェームズは車のドアを開けた。シビルがなかに入ってからドアを閉め、静かな声で尋ねた。「どうしたんだい、シビル？　二、三分の約束だったのに」

「あら、ダーリン、怒らないでよ。そんなに長くはかからなかったでしょう？　コーラリーにお茶を勧められたのよ」シビルは笑顔を向けた。

「三十分だぞ」ジェームズは無表情な声で言った。

シビルの顔からほほえみが消えた。「予定より少し遅くなったからって、どうだというの？　指図されたり、せきたてられたりしたくないわ。さあ、お願いだからロンドンに戻って」

「そう簡単にはいかないかもしれないな」

雪が積もり始め、見通しも悪くなってきたので、ジェームズは慎重に運転した。ベントレーはなめらかに走っていたが、外は真っ暗なうえ、細い田舎道には街灯がなかった。交差点からウィズベリーを通り抜け、次の交差点に向かう。ネザー・ディッチリングに入ると、警察の車が青いライトを点滅させて路肩にとまっていたので、ジェームズも停車した。

窓の外に、冷静沈着そうではあるが愛想のいい顔が現れた。ジェームズが窓を開けると、防寒具を着込んだ警官がなかをのぞきこんだ。

「この先の道路は閉鎖されていますよ。遠くまで行かれるのですか？」

「ロンドンまでです」

「無理ですね。幹線道路には除雪車が来ますが、ここに来るのは明日の午後になるでしょう」

「ほかに通れる道はありませんか？　ネザービーから来たのですが」

「たった今、ウィズベリーの交差点が通行どめになったと知らされたばかりですよ。ここに泊まるのがいちばんいいでしょう」

突然、シビルが口を開いた。「いやよ。ロンドンに戻らなくちゃ。ほかにも道があるはずだわ」ふたりの男性に見つめられ、彼女は憤然として言い添えた。「ねえ、なんとかできないの？」

そこに、フードつきのケープを羽織った背の高い人物がやってきた。

「グリーンスレード巡査じゃないですか。なにかお手伝いすることはありませんか？」

「牧師様、今夜は雪で身動きがとれないので、この人たちに村に泊まるようにと言ったところですよ」

セルビー牧師は車のなかに目をやった。「車はここに置いておいて大丈夫ですよ。妻が喜んであなた方のお世話をするでしょう」

ジェームズは車からおりて、シビルのいる助手席側にまわりこんだ。「ご親切にありがとうございます。ご迷惑でなければいいのですが」

「いやいや。グリーンスレード巡査、泊まる場所が必要な人がほかにもいたら、牧師館に来るように言ってください」

シビルはひとことも口をきかずに、牧師館に通じる短い私道を案内されるままに歩いた。館のなかに入ると、彼女は廊下で男性たちがコートを脱ぐのをただ見つめていた。途方に暮れた様子のシビルはとてもかわいらしく見えたが、そんな彼女に対してジェームズはいらだたしさしか感じていなかった。それでもシビルのコートのボタンを外して脱がせてから、彼女の腕をとった。そのあと牧師について廊下を通り抜け、キッチンに入った。

キッチンは広々としており、年代ものの食器棚や、巨大なテーブルが鎮座していた。テーブルのまわりにはさまざまな形をした木製の椅子が並べられている。客を歓迎するように、古びたクッキング・ストーブではなにかが料理されていた。

ミスター・セルビーはふたりをクッキング・ストーブの前に置かれた二脚の古びたウィンザーチェアまで案内してから、そのうちの一脚に座っている猫の親子をそっとどかした。「お客さんを連れてきたよ。道路が封鎖されて立ち往生していたんだ」

ミセス・セルビーはやさしい笑顔で言った。「お気の毒に。お茶をいれますから、お座りください。あたたかい飲み物を召しあがらないと」

ジェームズは手を差しだした。「ありがとうございます。ぼくはフォーサイス――ジェームズ・フォーサイスです。こちらの女性はぼくの婚約者、シビル・ウエストです」

ミセス・セルビーはジェームズと握手をしてから、シビルに視線を向けた。「大変でしたね」

シビルはせつなそうな愛らしい表情をした。「ええ、とても寒くて、おなかもすいています。とっくにロンドンに着いているはずだったのに。ベッドで休ませていただいて、食事をトレイにのせて持ってきていただければ……」

ジェームズは落ち着いた声で言った。「ここにいればすぐにあたたかくなるから、ベッドに行く必要はないよ」彼が言い終えると同時にドアが開き、娘がふたり入ってきた。ふたりとも金髪で、かわいらしい笑みを浮かべていた。

「車の音が聞こえたから。ここに足どめされてしまったんですか?」娘のひとりが手を差しだした。

「わたしはフローラで、こちらはローズです。姉妹はあと三人いますが、ルーシーは友達と週末を過ごしていて、ケイティは宿題をやっています。それから、フィリーは――」

裏口のドアが開いて、冷気とともにフィリーが入ってきた。コートを重ね着して、スカーフを何枚も巻き、フードをかぶっている。

「鶏を小屋に入れたけど、朝になったら様子を見に行かなければならないわ」彼女は上着を何枚も脱いでから、キッチンの奥で父親のかたわらに立っている背の高い男性を見つめた。「あら、こんにちは、車に乗っていた方ですよね……」彼にほほえみかけてから、クッキング・ストーブのそばで身を縮めているシビルに目をとめる。「あなたにもお会いしましたね」フィリーは愛想よく言った。「ここに泊まられるんですか?」羽織っていた上着の最後の一枚を脱ぎ、フードもとった。「ベッドの用意をしてもいいでしょう、お母さん?ローズに手伝ってもらうわ」

「ええ」母親はマグカップに紅茶を注《つ》ぎながら、ジェームズに座るよう促した。「さてと。ミス……」

彼女はほほえみながらシビルのほうを見た。「ウエストでしたわね?ケイティの部屋を使ってください。あの子に案内させます。ローズとフローラは一緒でいいわね。それからミスター・フォーサイスは……」彼女はジェームズの持っている鞄《かばん》に視線を走らせた。「お医者様なの?」ジェームズがうなずくと、彼女は気をよくして言った。「ドクター・フォーサイスにはゲストルームを使っていただきましょう」フィリーとローズが出ていくと、ミセス・セルビーは言った。「あの子たちがベッドに新しいシなにかするということがなかった。常に誰かがそばにいて、洗濯やアイロンがけ、食事の支度、ベッドメーキングなどをやってくれていたのだ。ジェームズは軽く会釈しただけで、わたしをこんなみすぼらしいキッチンに置き去りにしてしまったわ。

ただではすまさないわよ。わたしがここに座ってみんなと一緒に夕食をとると思ったら、大間違いだわ。部屋の用意ができ次第、具合が悪いと言おう。寒気がするとか、ひどい頭痛がするとか。そうすれば、熱いお風呂に入ったあとでベッドに案内してもらえるし、食事をトレイにのせて持ってきてもらえるわ。

玄関のドアをノックする音と呼びかける声が聞こえてきて、シビルの物思いはさえぎられた。フィリーが急いでドアを開けに行き、すぐに、不安そうな面持ちをした雪まみれの老夫婦を連れて戻ってきた。

「グリーンスレード巡査がこの方たちを連れてきた

ーツを敷きますから。さぞかしお疲れでしょう。夕食のあとベッドで休まれるといいわ」

「お手間をおかけします。なにかお手伝いできることはありませんか?」

「大丈夫。夕食はビーフシチューのダンプリング添えで、たくさんありますから。それにクッキング・ストーブにはエッグカスタードが入っているし」

「手伝ってもらわなくていいなら」セルビー牧師は言った。「おまえが娘たちと食事の支度をするあいだ、ミスター・フォーサイスを書斎にお連れしよう」

テーブルを出したり、じゃがいもの皮をむいたり、皿、ナイフ、フォークなどを食器棚や引きだしから出したりと、すべきことは山ほどあった。ミセス・セルビーとフローラは話しながら食事の支度をしていたが、シビルだけは憤慨した様子でただ突っ立っていた。シビルは裕福な家庭のひとり娘で、自分での」フィリーは言った。「ベイジングストークに行く途中だったそうよ」フィリーは夫婦の雪だらけのコートを脱がせ始めた。「すぐに母が来ます。わたしたちはセルビーという者で、父は牧師なんです」

「わたしたちはダウンといいます。なんとお礼を申しあげたらいいか……」

「母です」フィリーはふたりをクッキング・ストーブのそばまで連れていって紹介した。フローラが椅子を引いた。

「お茶を飲んで体をあたためたらいかが？」ミセス・セルビーが言った。「すぐに食事ができます。もちろん、ここに泊まってくださいね。うちはかまいませんから。こちらは主人ですわ」

セルビー牧師とジェームズが連れだって入ってくると、紅茶を飲んでいたダウン夫妻は感謝の言葉を繰り返した。体があたたまり、元気になったようだ。

フィリーとミセス・セルビーはクッキング・ストーブのそばで忙しく立ち働きながら、それぞれの寝る場所を変更することにした。

「ローズとフローラはルーシーの部屋で寝ればいいわ。あの子たちの部屋をダウン夫妻に使ってもらいましょう」ローズはまた階上に行くことになった。彼女はミセス・ダウンを部屋に案内して、濡《ぬ》れた服を着替えられるように、ナイトガウンを貸した。

シビルは思った。ジェームズがなにもしてくれないのだから、快適に過ごすためには自分で交渉しなければならないわ。

「とても気分が悪いんです」シビルはミセス・セルビーに言った。「ご迷惑でなければ、ベッドで休ませてください。熱いお風呂に入ってから軽い夕食をいただけますか？」

ミセス・セルビーはどうしようか迷っているような顔つきになったが、フィリーが愛想はいいがきっぱりとした調子で言った。

「お風呂は無理だわ。みんなが顔を洗ったりするくらいのお湯しかないの。それにあなたが今ベッドに行ってしまったら、夕食のお世話はできそうにないわ」彼女はほほえみながら、スプーンを振りまわした。「これだけの人たちに食事を出すのだから」

「でもわたしは病気なのよ――」再びドアが開いて、シビルの声はかき消された。

またしてもグリーンスレード巡査だった。今回彼が連れてきたのは青年で、短いジャケットとスラックスは雪に覆われ、びしょ濡れだ。

「道に迷ったそうなんです」巡査は言った。「なんと自転車でロンドンに行こうとしていて」

誰もが場所を空け、青年をクッキング・ストーブのそばに座らせた。また紅茶が供されて、巡査もひと息つくことができた。やがて青年がジャケットを脱いでいるあいだに、巡査は寒空の下での仕事に戻っていった。

青年は歯をがたがたいわせながら、礼を言った。彼はガールフレンドと暮らすハクニーの家に戻る途中だったと説明した。「自転車ではずいぶん走りこんでいるんですよ」彼は誇らしげに言った。「だけど友達に勧められた近道をうっかり通ったら、道に迷って……」

「かわいそうに」ミセス・セルビーが言った。「あたたかい食事をとったら、すぐにベッドで休んで」

ジェームズが静かに言った。「寝る前によくマッサージをして、乾いた服を着るんだよ。先ほど入浴はできないとおっしゃっていましたね？　しかし、この青年は体をあたためなければ……」

牧師が言った。「みなさんに賛成していただけるのなら、この青年のためにお湯を使いたいのですが。それでも全員が顔を洗うだけのお湯は残りますよ」

「わたしがお風呂に入りたかったのに」シビルが憤慨して言った。

「でもきみはあたたかくしていて服も乾いているから、肺炎にかかる心配はない」ジェームズの声はシビルの耳に無情に響いた。

そのとき、停電が起きた。

ジェームズは一同にその場を動かないようにと指示してから、ポケットからライターをとりだして火をつけ、ミセス・セルビーにろうそくのある場所を尋ねた。

「シンクのそばの戸棚のなかよ」フィリーが言った。「わたしがとってくるわ」

キッチンの奥の靴置き場には、石油ランプもいくつかあった。ジェームズはランプに火をともしてから、階上の牧師の部屋にもひとつ置きに行った。やがてバスルームからジェームズと青年の大きな笑い声が聞こえてきて、キッチンに残った人々は驚いた。

フィリーは湯をボトルにつめ、キッチンに戻ってきたジェームズに手渡した。「あの青年をゲストルームのベッドに寝かせてあげたいの」ジェームズがうなずくと、彼女は続けた。「わたしがここに毛布を持ってくるから、みんながベッドに引きあげたら、ソファで寝られるわ。それでいいかしら？」

「ああ。食べ物を二階に持っていこうか？　あの青年はクライブ・パーソンズというんだ。クライブはもうベッドに入れる状態だよ」

「母がスープをあたためたところよ。末の妹のケイティに持たせるわ。あの子は宿題をやっているところなの。とても頭がいいのよ。それに、宿題が終わるまではなにがあっても動じないの。でも、すぐに来るはずだわ」

「この暗がりで宿題を？」

「ラテン語の動詞を暗誦《あんしよう》しているのよ。頭がいいと言ったでしょう」

ジェームズは愉快な気分になり、笑い声をあげた。そのあとシビルの機嫌を直すのに専念した。

だが容易ではなかった。シビルはまったくしゃべろうとしない。もっともほかの人々がにぎやかに雪のなかでの経験談を語ったり、明日の天気を案じたりしていたので、あまり効果はなかったが。

牧師が現れ、輪に加わった。ほかの者たちがテーブルについているあいだに、クライブはすでにケイティから受けとったスープをゲストルームで飲むことができた。

牛肉が少ない代わりに、山盛りのマッシュポテトとダンプリングが添えられたビーフシチューは、実に好評だった。紅茶が出されたあと、一同はテーブルの上の食器を片づけて洗った。手伝いたいのは山々だが手を荒らすことはできないというシビルの言い訳に対しては、誰もなにも言わなかった。ジェームズがシャツ姿で洗った皿をミセス・ダウンがふき、ミセス・セルビーはろうそくと燭台《しよくだい》をさらに用意した。

妹たちが朝食のためにテーブルの配置を変えているあいだ、フィリーは食器棚をのぞきこんでいた。「おかゆ《ポリッジ》でどうかしら？」フィリーは尋ねた。「朝食のことだけど」

そこにいた全員が賛成したが、シビルは言った。「ポリッジはスコットランドの貧乏な人たちが食べるものでしょう。わたしは食べたことがないわ」

ジェームズは快活に言った。「それじゃあ、今回がいい機会かもしれないよ。寒い冬の朝にはいちばんの朝食だ」

シビルはジェームズをにらみつけた。「ご迷惑でなかったら、わたしは休ませてもらうわ」

フィリーはシビルに湯の入ったボトルとろうそくを渡した。「朝には具合がよくなるといいわね」彼女は親切に言った。「お湯を忘れないで」

ジェームズはしばらくシンクのそばを離れて、シビルと一緒にドアまで歩いた。

ジェームズはシビルの肩をそっとたたいた。「朝になれば、気分がよくなるよ」彼は元気づけるように言った。「こんなに親切にしてもらって、ぼくたちは運がいい」

ジェームズはやさしくほほえんで、彼女の不機嫌な顔をのぞきこんだ。自分がシビルに対して今感じているのは、愛情ではなく哀れみなのだと思いながら。

シビルはジェームズの手を振り払い、部屋に案内するために待っているケイティのほうを向くと、なにも言わずについていった。

一同は愛想よくいっせいに彼女に〝おやすみなさい〟と言ったが、返ってきたのは気まずい沈黙だけだった。ジェームズはシンクのそばに戻った。「シビルはひどい目に遭ったと思っているんです。ひと晩ぐっすり眠れば、元気になるでしょう」

「それで思いだしたわ」フィリーが言った。「ゲストルームはクライブが使っているでしょう。リビングルームの大きなソファに毛布や枕《まくら》を運ぶわね。あなたは大きいからソファにおさまりきらないけれど、体を丸めればなんとかなるわ」

全員が礼を言って引きあげ、シャツの上に牧師のウールのセーターを着込んだジェームズだけが残った。彼は身長が百九十センチもあるうえにがっしりとした体格だったので、ソファで寝るのは窮屈そうだった。だが、ひどく疲れていたので、毛布にくるまったとたん、たちまち眠りに落ちた。

翌朝ジェームズが目を開けると、フィリーが不格好なガウンを羽織って、マグカップに紅茶を注いでいた。

フィリーははきはきと朝の挨拶をした。「廊下の突きあたりにある、階段の前のバスルームを使ってね。父がかみそりを置いておいたわ。お湯はまだあまりあたたかくないから、キッチンのテーブルの上にある魔法瓶のお湯を使って」

ジェームズはマグカップを手にとり、フィリーに挨拶を返してから言った。「早起きなんだね」

「わたしだけじゃないわ。ローズもダウン夫妻を起こしに行ったのよ。でもクライブは、あなたに様子を見てもらってから起こしたほうがいいと思ったの。具合が悪いといけないから」

「なるほど。十分ほどで行くよ」

ジェームズは火の気のない、静まり返った家のなかを一、二分で一巡した。誰かがカーテンを開けたあとで、外に広がる雪景色が見えた。少なくとも雪はやんでいる。

バスルームに行き、牧師のかみそりでひげをそったあと、ぬるま湯で顔を洗った。それから再びセーターを着て、クライブの様子を見に行った。

クライブは鼻をぐずぐずいわせているくらいで体調はよくなっており、朝食をとりたがっていた。

「もちろん、いいとも。道路が通れるようになり次第ロンドンに戻りたいなら、送っていくよ。自転車は車の屋根にくくりつけていけばいい」

天気が好転しそうなこともあって、一同は陽気に朝食をとった。ポリッジは大人気だった。ただし、シビルは前の晩一睡もできなかったせいで食欲がないと言い、トーストをかじっていた。彼女の不満げな声はにぎやかな話し声にかき消され、隣に座ったジェームズにしか聞こえなかった。

「除雪車が通れば、午後にはここを発《た》てるだろう」

ジェームズはシビルに言った。そのときフィリーが、鶏が雪に埋もれていないかしらと心配そうに言う声が聞こえた。彼はシャベルで雪かきをして鶏小屋までの道をつくると申しでた。

ジェームズは牧師の長靴を履き、セーターの上に古びた革のベストを羽織って、二時間ほどシャベルを動かした。道ができると、ケープにすっぽり包まれたフィリーが餌《えさ》や水を携えて卵を集めにやってきた。「これだけあれば、お昼に充分だわ」彼女は勝ち誇ったように言った。

最悪の事態は過ぎた。太陽が雲間から顔をのぞかせ、除雪車が村にやってきたのだ。昼食はベーコンと卵のパイだった。分厚いじゃがいものパイ皮に覆われているのは、六個しか使っていない卵を十二個使っているように見せかけるためだった。

最初に出発したのはダウン夫妻だった。暗くなる前にベイジングストークに着くことを願いながら、元気に車で立ち去った。三十分後、ジェームズとシビルが出発した。コートを着て丹念に化粧を施したシビルは、まるで別人のように誰彼かまわず感謝の言葉を述べていた。

ジェームズは全員と握手をして、フィリーの手を必要以上に長く握ったあと、シビルを車に乗せた。そのあとを追いかけるようにクライブがやってきた。ジェームズとクライブは自転車を屋根にくくりつけた。クライブは風邪をひいたとはいえ、全員に対する感謝の気持ちでいっぱいだった。いや、シビルにだけは感謝していない。ジェームズのような礼儀正しい紳士が彼女と親密にしている理由がわからなかった。クライブが大きな音をたててはなをかむと、シビルは身震いをした。

ベントレーはなめらかに走っていた。だが安全運転をしていたので、暗くなる前にロンドンに着くのは無理そうだった。ジェームズはハンドルを握りながら、もうひと晩牧師館に足どめされていればよかったのにと思った。自分でもなぜだかわからなかった。

2

ロンドンに近づくにつれ、シビルの不機嫌な表情は消えていった。クライブの陽気な大声を無視して、彼女はそっと言った。「ごめんなさい、ダーリン。わたし、無作法だったでしょう？　でも本当に気分が悪かったし、すごく騒々しかったんですもの。みんな、かわいそうなわたしには知らんぷりだったわ。あなたまで……」

ジェームズに流し目を送ったのに笑顔が返ってこなかったので、シビルは不安になった。以前からわかっていたことだけど、彼はたまに、とても扱いづらくなる。こんなふうによそよそしい態度をとるのはちょっと問題だ。シビルにとっては、ほめられたり甘やかされたりするのはあたりまえで、ジェームズがそのどちらもしないのが気がかりだった。だからこそ、彼の心をすっかりとりこにしてから結婚したいと思っていた。シビルはジェームズを愛してはいない。彼女はもともと自分しか愛せない人間なのだ。ジェームズに関心を持ったのは、彼が裕福なうえに有能な医師として名声を得ているからだった。シビルはそんな彼に献身的に愛されたかった。

ジェームズは道路から目を離さずに言った。「ああ、たしかに無作法だったね」

クライブがふたりのあいだに割りこんで、愛想のいい顔をのぞかせた。「きみのことは責められないよ。だって、きみはみんなとは違うだろう？　これまでただの一日も働いたことがないはずだから、大変だっただろう」

クライブが大きな音をたててはなをかむと、シビルはさっと脇《わき》に寄った。

「あっちに行ってよ！」シビルは金切り声をあげた。「風邪がうつるわ」

「悪かったよ。ぼくの育ったところでは、風邪なんてたいしたことじゃないんだけどね」

「なんとかして、ジェームズ」シビルはすがるように言った。

「車をとめたくないんだ。いったい、どうしてほしいんだい？」

「もちろん彼を車からおろすのよ。わたしに風邪をうつしたら、絶対に許さないから」

「そういうリスクはつきものだよ、シビル。きみの家に着くまでは、車をとめるつもりはないからね」それから、ジェームズはやさしく言い添えた。「ひと晩ゆっくり眠れば気分がよくなるよ。珍しい経験をしたと思ったらどうだい？」

シビルは返事をしなかった。ほどなく車はロンドンの町並みを通って、シビルとその両親が住む大きな家のテラスの前でとまった。

ジェームズは車からおり、クライブにそのまま乗っているようにと言ってから、シビルと一緒に階段をのぼった。ベルを鳴らし、ドアを開けた男性の使用人に挨拶《あいさつ》をした。

「なかに入れてもらえるなんて思わないで」シビルは悪意をあらわにして言った。

「ああ」ジェームズは快活に言った。「いずれにせよ、クライブを友達のところまで送り届けなければならないしね」

「今晩、電話してちょうだい」そう言って、シビルはジェームズの脇をすり抜けた。

車に戻ったジェームズは、クライブに助手席に移るよう促した。「きみの行き先がよくわからないからね」

「バス停でおろしてください」クライブは言った。「そうすれば、あなたも早く家に帰れる」

「そんな心配はいらないよ。ハクニーのどっち側だい？　ベスナルグリーン側、それともマーシズ側かな？」

「こいつは驚いた、詳しいですね。ベスナルグリーン側のメドウ・ロードです。左のいちばん端の家なんです」彼はしわがれ声でつけ加えた。「ぼくは婚約したところなんですよ。ちょっとしたパーティをやるつもりで……」

ジェームズは日曜の交通量の少ない道路を通り、小さな煉瓦《れんが》づくりの家が並ぶ狭い通りのいちばん端にある家の前でとまった。

自転車をおろすと、クライブが言った。「ちょっと寄っていきませんか？　あなた方の流儀と違うかもしれませんが、お茶を一杯いかがです？」

その後十五分ばかりを、ジェームズはそこで過ごした。紅茶ということになっている、色も味も濃い飲み物を飲み、そのあいだにクライブの婚約者とも知りあいになった。

長い一日の楽しいしめくくりだった。そう思いながら車を走らせ、ようやく家に着いた。

ジェームズの自宅は、テムズ川の土手に面した一階建てのフラットだった。彼が車をおりてから玄関のドアに鍵《かぎ》を差しこもうとすると、小柄でがっしりとした体つきの男性がなかからドアを開けた。ジョリーは頭には白いものがまじり、面長の顔はどこか悲しげで、〝陽気な《ジョリー》〟というのは不似合いな名前だ。

彼は、ジェームズがバークシアのしゃれた石づくりのコテージやウエスタン・ハイランドの農場とともにこのフラットを相続したときからの執事だった。

ジョリーは年配の執事らしく、礼儀をわきまえた少しいかめしい口調で言った。「大雪で立ち往生されたのですか？　車は大丈夫でしたか？」

「車もぼくも無事だったよ。おなかが減ったな」

「そうでしょうとも。十五分で食事の支度ができます」ジョリーはジェームズのコートと荷物を手にした。「どこかに避難されたのですか?」

「ああ。ネザー・ディッチリングという村の牧師館にね。すばらしい人たちに出会ったよ。ほかにも雪で足どめをくらった人たちがいて、家じゅうにあふれるほどだったんだ」ジェームズはジョリーの肩をたたいた。「とても楽しかった」

「ミス・ウエストの好みではないでしょう。あの方は田舎がお嫌いですから」

「たしかに彼女はいやがっていたな。とても親切にしてもらったのに」ジェームズはテーブルの上に置かれた手紙や伝言を手にとった。「別荘に電話をかけたかい?」

「ええ。雪はかなり積もっていますが快適です、とミセス・ウィレットが言っていました。ジョージが寂しがっているので、だんな様が早くいらっしゃればいいのにとも」

ジェームズは書斎に向かって廊下を歩き始めた。「次の週末に行くようにするよ。ジョージもぼくも散歩しないといけないからね」

ジョリーが用意したおいしい料理を食べ終えてから、ジェームズは書斎に戻って週末明けの仕事の段どりを考えた。シビルに電話をかけるつもりだったが、気がついたときには夜遅くなっていた。電話は明日の朝にしよう。

ベッドに入るころには午前零時を過ぎていたものの、すぐには寝つけなかった。楽しい週末だった。それにフィリーに会えてよかった。着古したフードつきのケープを着ている小柄な姿を思いだすと、笑みがこぼれる。はじめて会ったときには、まるで昔からの知りあいのような気がした……。

遠く離れたネザー・ディッチリングでは、フィリーが寝返りを打って枕《まくら》を揺らしながら、ジェームズと同じことを考えていた。

またたくまに積もった雪は、溶けるのも早かった。太陽が輝く三月が戻ってきて、道端には桜草が咲いた。牧師館では、また普段どおりの生活が始まった。ダウン夫妻からの感謝の手紙やクライブからの鮮やかな色彩の絵葉書に加え、ジェームズからもセロファンに包まれてリボンが結ばれた、籠《かご》入りの果物が送られてきた。籠には礼を述べるカードが添えられており、シビルも感謝していると記されていた。実際のところ彼女はジェームズに、〝あのぞっとする週末を送ったことについて、誰にも感謝するつもりはないわ〟と不機嫌そうに言っていたのだが。

「でも、あなたは好きにすれば」シビルはそう言ってから彼の無表情な顔つきに気づき、たちまちいつものようにかわいらしい表情になって、とりなすように言った。「ディナーに連れていって。とてもすてきなドレスを買ったから、着る日が来るのを楽しみにしているの」

ジェームズは時間ができ次第つきあうと請けあった。男性なら誰でも、シビルを連れて夜出歩くのを誇らしく思うに違いない。男たちは彼女に視線を釘《くぎ》づけにして、ぼくを羨望《せんぼう》のまなざしで見ることだろう。

しばらくしてジェームズは病院に向かって車を走らせながら、シビルのことを大目に見るべきだと自らに言い聞かせていた。彼女は自分とは違う階層の人々のことはなにも知らないし、知ろうとも思っていないのだから。

その日の空模様は、急に冬に戻ったような天気になったことに対して、謝罪しているかに思えた。このところ晴天続きで、あまりあたたかくない日でもよく晴れている。フィリーは庭仕事や鶏の世話をするほかに、母親に頼まれたさまざまな用事で村のなかを走りまわっていた。そのうえ、牧師館には助けを求めてくる者や、なんとなく立ち寄る者がしょっちゅう現れた。

ローズとフローラは、毎朝一緒に車に乗って町に出た。ローズの勤め先は事務弁護士の事務所で、フローラの勤め先は不動産屋の事務所だった。どちらも退屈な仕事だ。だがフローラは近所の農家の長男と婚約しているし、ローズも地元の学校の教師といずれ一緒になる心積もりでいる。そんなふうにきちんと将来の生活設計を立てているせいか、ふたりとも仕事の退屈さに不平を言わなかった。またルーシーはいつも友達とのつきあいで忙しく、姉妹のなかでいちばん頭がいいと牧師が常に言っているケイティは大学進学を目指していた。フィリーが家にいることに納得してくれて本当に助かる、と牧師はしばしば妻に言っていた。

また、月曜日の朝がやってきた。ローズとフローラが出かけたあと、フィリーが洗濯物の山を洗濯機に入れたとき、ドアをノックする音が聞こえた。母親は階上でベッドメーキングをしており、父親は書斎にいたので、彼女が応対した。訪ねてきたのは知りあいだった。村から二キロ足らずのところにある小さな農場に住む若い主婦、ミセス・ツイストで、フィリーは一週間前に会ったばかりだ。ミセス・ツイストが赤ん坊を医師に診せに行くあいだ、双子の子供たちの世話を頼まれたのだった。

フィリーはミセス・ツイストをなかに通した。彼女は泣きながらフィリーの腕をつかんだ。「フィリー、助けて。赤ちゃんをロンドンの専門家に診せるようにとお医者様に言われたの。でも救急車はミセス・クリスプのところに行っていて使えないのよ。ロブは農場を離れられないから、わたしが車を運転しているあいだ赤ちゃんのそばに――」

「わかったわ、五分待ってね。母に話してコートをとってくるまで、クッキング・ストーブのそばで待っていて。お医者様はなんと言っているの？」

「髄膜炎かもしれないと言われたわ。それにロンドンまで行かないと、ベッドに空きがある病院はないって」

フィリーは二階に駆けあがり、靴やコート、それに手袋を出しながら、母親に赤ん坊のことを話した。

「お金がいるわね。お父さんに話すわ」

牧師はキッチンに座ってミセス・ツイストを落ち着かせていたが、席を立って金をとってきた。「いらないかもしれないが、備えあれば憂いなしと言うからね」彼はやさしく言った。「ミセス・フロストのところに行って、農場の手伝いに行ける者がいないか聞いてくるよ。赤ちゃんの病気が双子にうつっているかもしれないから、手伝いの者はあまり近づかないほうが……」

ミセス・ツイストはうなずいた。「ええ、あの子たちは誰も近づけないようにとお医者様に言われました」

車に乗りこむと、ミセス・ツイストが言った。

「うつるかもしれないって心配じゃないの、ミス・フィリー？　お願いすべきじゃなかったわ……。赤ちゃんは今、家でロブが見ているの」

「大丈夫よ。なにも心配しないで。病院に行けば、ちゃんと診てもらえるわ」

たしかに赤ん坊の具合はずいぶんと悪そうで、か細い泣き声は哀れみを誘った。ミセス・ツイストはフィリーと赤ん坊を後ろの席に座らせ、ロンドンに向かって車を走らせた。

ふたりともロンドンの地理には不案内で、病院を見つけるのに手間どった。それにラッシュアワーが過ぎたとはいえ、至るところに信号があり、あちこちで渋滞が起きていた。ようやく病院に到着すると、ミセス・ツイストはフィリーに向かって車のキーを投げた。「車をロックして」彼女は息づかいも荒く言った。「わたしはこの子を連れていくから」

ミセス・ツイストの姿が病院の救急入口のドアの向こうに消えると、フィリーも車をおりて施錠し、あとを追った。迅速な対応がなされた。かかりつけの医師の手紙が読まれてから、赤ん坊は小さなベッドに寝かされて手際よく服を脱がされた。ミセス・ツイストが赤ん坊のそばを離れようとしなかったので、質問に答えるのはフィリーの役目となった。ほどなく医師がやってきて手紙に目を通し、ベッドにかがみこんだ。

「看護師長、フォーサイス教授を呼んでもらえるかい？　まだ帰ってはいないはずだから」

フィリーは小さくなって壁際に立っていた。待合室に行くべきだと思ったが、ミセス・ツイストをひとりにしたくなかった。自らの無力さを痛感しつつ、ここにいることを誰にも気づかれないようにと願った。でもみんなに注目されているのは赤ちゃんなのだから、気づかれるわけがないけれど。看護師長や看護師たちは、なんて自信にあふれているのだろう。それに赤ちゃんのほうに身を乗りだして、ミセス・ツイストに小声で話しかけている医師の表情も……。

赤ん坊をとり囲んでいる人垣が小さなざわめきとともにふたつに分かれ、長い白衣を来た背の高い男性が登場してソファの上のメモに目を通した。

フィリーは目を見開き、まばたきをしてから、もう一度その男性を見つめた。また会うなんて思ってもみなかったけれど、ここにいるのはフォーサイス医師――フォーサイス教授に違いない。父の古いセーターを着て長靴を履き、シャベルを振りおろして鶏小屋までの通り道をつくった男性だ。でも同僚の医師の話に耳を傾けている自信にあふれた男性は、あのときとはまるで違って見える。

ジェームズは顔をあげてこちらをじっと見たが、フィリーに気づいた様子はなかった。彼女の予想どおりだった。ジェームズは赤ちゃんだけに集中しているのだ。

ああ、神様、どうか赤ちゃんを元気にしてあげてください。

ジェームズが大きな背中をのばして指示を与えるまでに、かなり時間がたったようだった。赤ん坊は看護師の腕に抱かれていた。ジェームズは看護師のそばには行かず、ミセス・ツイストを椅子に座らせ、壁に寄りかかりながら話し始めた。ミセス・ツイストが泣いていたので、ジェームズはフィリーに向かって静かに言った。「こちらに来てくれるかい、ミス・セルビー？　ぼくが説明するあいだ、きみがそばにいれば、ミセス・ツイストはきっと安心するだろう」

ジェームズは元気づけるような落ち着いた口調で、赤ん坊は重い病気にかかっているが、処置が早かったので元気になるだろうと説明した。

「ぼくはこれから一時間ぐらいずっと赤ちゃんのそばにいて、できるだけのことをします。あなたがお子さんと一緒にいたいのなら、そのようにとり計らいます。家に戻らなくてはなりませんか？」

「いいえ、主人が双子の子供たちの世話をしていますので、大丈夫です。車はこちらに置いたままでかまいませんか？」

「いいですよ。そのように手配しましょう」

ミセス・ツイストは涙をぬぐった。「ご親切にありがとうございます」彼女はフィリーを振り返った。「それでかまわない？　電車に乗って帰って、駅に着いたら誰かに迎えに来てもらうのでいいかしら。ありがとう、フィリー。なにかあれば、ロブに連絡させるわね」

「きっとよくなるわ」フィリーは励ますように言っ

た。「なるべく早くロブの様子を見に行くわね」

ジェームズはなにも言わず、ミセス・ツイストを連れていった。フィリーは腰をおろして考えた。ウォータールー駅までの行き方を調べなければならないけれど、その前に父に電話をかけなくては。ネザー・ディッチリングは最寄りの駅から十キロ以上も離れているのだから。それに切符を買うだけのお金はあるかしら？

フィリーがお金を数えていると、ピンクの制服を着た恰幅《かっぷく》のよい女性が隣の椅子にトレイを置いた。

「フォーサイス教授からの差し入れよ。帰らないで待っているようにと言っていたわ」

「まあ、ご親切に。持ってきてくださってありがとう。おいしそうね。おなかがぺこぺこだったの」フィリーは親しみのこもった笑顔を向けた。

「どういたしまして。それじゃあ、言われたとおりに待っていてね」

フィリーはサンドイッチと紅茶の食事を終えると、トイレに行ってから席に戻った。待合室には誰もいなかったが、開け放たれたドアから大勢の人々が出入りしていたし、子供たちの泣き声や叫び声も聞こえた。フィリーは、ツイスト家の赤ん坊の容態はどうだろうか、病院を出る前にミセス・ツイストに会えるだろうかと考えた。時計を見ると、三十分以上も座っていたことがわかった。だが待つようにと言われているし、まだ午後の早い時間だ。迎えに来てもらう時間がはっきりするまでは、父に電話をかけられない。それに、切符代がいくらなのかわかるまではお金を使いたくなかった……。

ジェームズがようやく姿を見せるまでにさらに一時間がたち、フィリーは心配になりはじめていた。忘れられてしまったのかしら？　赤ちゃんの具合が悪くなったのかしら？　最終の電車は何時に出るのかしら？

ジェームズはフィリーの隣に腰をおろした。「心配させてしまったかな？　こんなに長く待たせてすまなかったね。赤ちゃんの具合がよくなっているか確かめたくて――」

「それじゃあ、治るのね？　本当によかった。ミセス・ツイストも大丈夫なの？」

「ああ。どうやって帰るつもりだい？」

「ウォータールー駅に行って、ウォーミンスター行きの電車に乗るわ。父に駅まで迎えに来てもらって」

「切符を買うだけのお金は持っているのかい？」

「ええ、もちろん」フィリーは快活に答えた。「父に十ポンドもらったから」

どうやら彼女は旅行に出ることも電車に乗ることもあまりないらしい。自宅で二、三時間静かに過ごしてから病院に戻るつもりだったが、やめよう。五時間あれば、病院に戻ってこられる。

ジェームズは言った。「ぼくがネザー・ディッチリングまで送っていくよ」

「遠すぎるわ！　でも、ありがとう」フィリーはすぐに言い添えた。

「ベントレーなら、そうでもないよ」ジェームズはやさしく言った。「夕方には病院に戻ってこられるから、ツイスト家の赤ちゃんの様子を見られるし」

フィリーが断ろうとして口を開けると、彼は言った。

「いや、断らないでくれ。もう少しここで待っていてもらえるかい？　すぐに戻るから」

フィリーはもう一度トイレに行き、ジェームズが戻るころには、身づくろいを終えて落ち着いて座っていた。

「用意はできた？　ミセス・ツイストにご主人に連絡してほしいと頼まれたんだ。牧師館で電話をかけてもいいかな？」

「もちろんよ」フィリーはジェームズと並んで病院

から出て、病院の前にとまっているベントレーに乗りこんだ。紅茶を一杯飲みたかったが、ジェームズは貴重な時間を割いてくれているのだからと思い、黙っていた。

運転中ジェームズはあまり話さず、寒くないかどうか尋ねただけだった。フィリーのほうも話そうとしなかった。ジェームズは赤ちゃんのことで頭がいっぱいなのだろう。それにもしかしたら、車でわたしを送ろうと決めたのを後悔しているのかもしれない。

からっとした天気のいい日だったので、ジェームズはいったん市内を抜けるとスピードをあげた。フィリーは黙って座り、物思いにふけった。かわいそうな赤ちゃんとお母さん。ロブに双子の世話ができるのかしら？　様子を見に行かなければならないわ。それに喉が渇いているし、おなかもすいている。

ジェームズに好かれていないと思うと、フィリーはひどく悲しくなった。わたしのほうは彼が好きだけど。彼がシビルのような感じの悪い女性と結婚するなんて、残念だわ。わたしも彼女と同じくらいきれいならよかったのに……。

車はネザー・ディッチリングに通じる狭い道に入った。ジェームズはドライブを楽しんでいたが、自分でもなぜだかわからなかった。フィリーは隣で黙ってちょこんと座っていて、質問やつまらないおしゃべりで運転の邪魔をしたりはしなかった。やがて車はスピードを落とし、牧師館の私道に入った。

「コーヒーでも飲んで五分ほど休憩しない？　長くお引きとめはしないけれど、少し休んでから戻ったほうがいいわ」

ジェームズは率直な言葉にほほえんで車をおり、助手席のドアを開けた。すでに開いている牧師館のドアの前には牧師が立っており、ふたりになかに入るよう促した。

「キッチンに行くといい。お母さんが夕食の支度をしているから。ローズとフローラは二階にいるし、ルーシーはコーラスの練習、ケイティは鶏の世話だ」

ふたりが牧師のあとについてキッチンに入ると、シチュー鍋《なべ》をのぞきこんでいたミセス・セルビーが顔をあげた。「まあ、ふたりとも。座って。すぐコーヒーをいれるわ。赤ちゃんの容態はどうかしら？ それにしても、なぜミスター・フォーサイスがここに？」

彼女はマグカップふたつとケーキをテーブルに置いて、ジェームズに向かってほほえんだ。

「彼は教授なのよ」フィリーが言った。

「そうなの？ でもだからといって、なにも変わらないわ」ミセス・セルビーはフィリーに向かってほほえんだ。

「赤ちゃんはきっと元気になりますよ。ぼくは赤ちゃんが診察を受けている病院で働いているんです。今はお母さんが赤ちゃんにつき添っているんですよ。フィリーを家に送っていくあいだ、ぼくがいないので、ちょうどよかった」

ミセス・セルビーはフィリーに視線を投げかけた。「すっかり娘がお世話になって……」

「いや、とんでもない。雪の日のご恩を思えば、どんなことをしても足りないくらいですよ」ジェームズはコーヒーを飲み、ケーキに口をつけた。「こちらでミスター・ツイストに電話をかけてもいいですか？ 連絡は行っているはずですが、お子さんにどんな治療をしたか詳しく説明したいんです」

「電話はわたしの書斎にありますよ」牧師が言った。「今晩ここに泊まってはいかがです？」

「いや、結構です。病院に戻って、赤ちゃんの様子を見たいので」

ジェームズがコーヒーとケーキを持って書斎に行

ったあとで、ミセス・セルビーは言った。「なんて親切な方かしら……」ローズとフローラが部屋に入ってきたので、彼女の言葉はとぎれた。

「車の音が聞こえたけど、ルーシーがコーラスの練習から戻るにしては早すぎると思って」ローズはフィリーのそばに座った。「ねえ、フィリー。あれはツイスト家の車ではないでしょう？　赤ちゃんは？」

フィリーははじめて自分の口からいきさつを説明した。そこにケイティが教科書を何冊も抱えて入ってきて、大声で言った。「なぜミスター・フォーサイスが家まで送ってくれたの？　姉さんを電車で帰らせたってかまわないのに。姉さんが好きなのかしら？」

ローズとフローラがケイティをしかったが、フィリーは静かに言った。「違うわ、ケイティ。ミスター・フォーサイスは親切にしてくれているだけよ。お父さんとお母さんが雪の日に彼とシビルに親切にしたから、恩返しをしているのよ」

書斎から戻ってきたジェームズは、この会話を偶然耳にして、ほほえまざるをえなかった。フィリーが好きなのか、だって！

ほどなくジェームズはいとまを告げ、礼を言うフィリーに、とんでもないとばかりに笑顔を向けた。

「ツイスト家の赤ちゃんの病気を治してくれるわよね？」フィリーはジェームズに尋ねた。

「できるだけのことをするよ」そう請けあって、ジェームズは帰っていった。

牧師は車まで送っていったあと、家に戻って言った。「彼とはもっと仲よくなりたいものだ」

わたしもそう思うわ、とフィリーは心のなかでつぶやいた。

翌日、フィリーがツイスト家の農場を訪れると、ロブは愛想よく迎えてくれた。不満を顔に出さないジェームズは徹夜をしたにもかかわらず、病院のいつものシフトをこなした。いっとき家に戻り、シャワーを浴びて着替えをして、ひと晩熟睡したような顔つきで回診をした。不安げな患者に治療について説明したり、声をかけたりした。

ツイスト家の赤ん坊は隔離された小部屋に寝かされていたが、なんとか持ちこたえていた。いつものことながら、小さな赤ん坊の病気と闘う力に、ジェームズは驚きを感じた。

夕方病院から戻ると、ジョリーが面長な顔に不満そうな表情を浮かべていた。

「お昼は召しあがりましたか?」

ジェームズは郵便物に目を通しながら、さりげなく言った。「ああ、もちろん。サンドイッチをね」

ジョリーは口をすぼめた。「お茶はどうされました?」

「お茶? 講義のあとで看護師長と一杯飲んだよ」

働き者の若い農夫も、子供たちの病気にはお手あげだった。彼は、赤ん坊が回復していることを妻が電話で知らせてきたと言った。「母が来て双子の世話や料理をしてくれているんだ。それから双子を医者に診てもらって、うつっている心配はほぼないと言われたよ。だが、念のためにまだほかの子供たちと遊ばせないほうがいいから、家でじっとさせておかなければならないんだ」

「それなら、わたしが散歩に連れていくわ。桜草やすみれを摘みに行くの。教授から電話はあった?」

「ゆうべ遅く——十二時近くだったな。それから今朝の七時にもあった」

ジェームズはひと晩じゅう起きていたのだ。大柄でがっしりとしているとはいえ、彼もほかの人と同じように睡眠が必要だわ。ほんの数時間でも気分転換できればいいけれど……。

「たったそれだけ」ジョリーは吐き捨てるように言った。「五分後にリビングルームにお茶をお持ちしましょう」

ジェームズはおとなしく従った。「わかったよ、ジョリー。きみは本当にぼくによくしてくれるね」

「わたし以外に、いったい誰がそうするんです？」

ジェームズは返事をしなかった。ジョリーが婚約者のシビルを嫌っていることはわかっていたが、長年仕えてきた信頼できる使用人の常として、ジョリーは決してそれを顔に出さず、シビルには常に礼儀正しく接していた。一方、シビルのほうはジョリーのことなどほとんど眼中になかった。彼女にとってジョリーはジェームズの生活の一部にすぎなかったし、いったん結婚したらその生活を自分の好みに合うように変えようと思っていたのだ。

一週間が過ぎた。三月は終わり、青空に太陽が輝く四月になった。ツイスト家の赤ん坊は元気になり、あと数日で家に帰れるようになった。ずっと病院に泊まっていたミセス・ツイストに、看護師長はどうやって家に帰るのか尋ねた。

「そうですね、車はまだここに置いたままですが、誰かが一緒にいないと運転するのは不安で……」

看護師長はその言葉を教授に伝えた。「ミセス・ツイストは慎重な女性ですが、赤ちゃんとふたりきりでの長距離ドライブは不安なようです」

「入院するときにつき添ってきた友達に頼めばいいんじゃないか？」

「ええ、そうですよね。ミセス・ツイストにきいてみますわ。退院の日は決まっているんですか？」

「四、五日後、水曜日がいいな。その後検査のためにまた来てもらわなければならないが。それじゃあ、よろしく頼むよ」

ジェームズはフィリーに再会するのが楽しみだった。彼女のことを忘れていたわけではない。それどころか、心の平安を乱されるほど頻繁に彼女のことを考えていた。特に美人とは言えない顔やかわいらしいブラウンの目が、ひどく場違いなときに脳裏に浮かんできた。たとえば、シビルとふたりで食事をしていて彼女の友人たちの噂《うわさ》話や新しく買った服の話に耳を傾けているときや、友人たちと食事をしていてシビルの高い澄んだ声や笑い声を聞いているときに……。ジェームズは社交の場になるべく顔を出さないようにしていて、その結果シビルがたちまち不満の声をあげるのだった。

〝あなたが病院にいたり、書斎にこもっているあいだ、わたしがずっと家でおとなしくしているなんて思わないでね〟ジェームズが眉をひそめるのを見ると、シビルはつけ加えた。〝ああ、ジェームズ、なんてひどいことを言ってしまったのかしら。本気じゃないのはわかっているでしょう〟それから彼女はとびきりの笑顔を見せた。

ジェームズは病院から戻る途中、フィリーがミセス・ツイストと赤ん坊を迎えに来る日をしっかり書きとめた。

水曜日になると、こざっぱりとした身なりのフィリーがやってきた。だがルーシーから借りたジャケットは大きすぎるし、ツイードのスカートは去年のものだ。それでもショルダーバッグは革製で、靴はぴかぴかに磨かれている。フィリーが病棟に向かって広い廊下を歩いている姿を目にしたとたん、ジェームズはそれらをすべて見てとった。彼はフィリーの溌剌《はつらつ》とした顔を見ながら、駆け寄って体に腕をまわして〝きみはとてもきれいだ〟と言いたい衝動を抑えた。

「ぼくはどうかしている」ジェームズは声に出して言った。ベビーベッドに近づいたフィリーに、彼は他人行儀な態度をとった。そのため彼女はたちまち不安そうにし、満面の笑みも消えてしまった。

ふたりはすぐに別れた。ミセス・ツイストは教授の指示や看護師長の助言を聞いたあと、二週間後に診察の予約を入れた。

ジェームズはミセス・ツイストと握手をして、あたたかみのある声で赤ん坊の病気は治ったと請けあった。それから、延々と続く礼の言葉に耳を傾けたあと、看護師長に一同を車まで送るようにと指示した。フィリーには軽く会釈しただけで行ってしまった。

ミセス・ツイストがネザー・ディッチリングに向けて車を走らせているあいだ、フィリーは赤ん坊と一緒に後ろの席に座って考えていた。ジェームズにあんな顔をされるようなことをしたかしら？　はじめて会ったときの不思議な気持ちはまだ覚えているけれど、もう考えるのはやめよう。彼も同じ思いを抱いていると信じていたのに、勘違いだった。それでいいのよ。ジェームズとわたしでは、住む世界が違うのだから。

しばらくして、ツイスト家の赤ん坊は再びロンドンで診察を受けた。ウィズベリーのスローン医師は順調な回復に満足していたが、大事をとることになったのだ。

今回病院までミセス・ツイストに同行してきたのは、ツイスト家に手伝いに来ていたロブの母親だった。フィリーはまた付き添いを頼まれるのではないかと期待していたのだが。たとえジェームズと話ができなくても、また会えるだけで充分に思えた……。

ジェームズはフィリーに会えなくて落胆している気持ちを隠しながら、ミセス・ツイストに最終的な指示を与えた。フィリーを忘れるべきだと自らに言い聞かせ、彼女のことは考えまいとした。だがその姿は頭から離れず、ちょっとした隙《すき》に思いだしてしまうのだった。

シビルにもっと頻繁に会わなくてはならない。彼は時間をやり繰りして、一緒に食事やダンスや最新の芝居に行ったり、友人を訪問したりした。だがなんの効果もなかった。シビルはますます過大な要求を突きつけ、さらに多くの時間を一緒に過ごすことを期待した。ジェームズが自分の友人と過ごしたり、講義の準備をしたり、読書をしたりする時間が必要だと言っても、それを鼻であしらった……。

ジョリーはふさぎこんでいるジェームズを心配して、別荘に行ってはどうかと提案した。「少しは自由な時間がおありでしょう。ミセス・ウィレットに会いに行っていらっしゃい。彼女はあなたに会えないといつも不満をもらしていますよ。ジョージもあなたに会いたがっていることでしょう」

金曜日の夜、ジェームズは二日間静かに過ごせることをうれしく思いながら帰宅した。シビルが週末は出かけると言っていたので、土曜日の朝早く別荘に向けて出発するつもりだった。おいしい夕食を平らげ、書斎に行くと、机の上には書類が山積みになっていた。

十分もたたないうちに電話が鳴った。

シビルの不機嫌な声が聞こえてきた。「クイン家から電話があったの。子供が水疱瘡《みずぼうそう》にかかったんですって。子供部屋に寝かせているから心配しないようにと言われたけど、危険は冒したくないわ。そんなわけで、わたしは暇を持て余しているのよ、ダーリン。明日、ディナーに連れていって。いいえ、その前に昼間一緒に過ごしましょう。ブレイまでランチを食べに行って、そのあたりをドライブしてもいいわね。日曜日にはベッドフォードまで乗せていってちょうだい。ベスおば様と一緒に過ごせるわ。退屈な一日になるでしょうけど、おば様はあの家をわたしに遺《のこ》してくれるらしいの。あなたが住んでいるロンドンの家のほかに、どこか田舎にも家が必要だシビルは電話をがちゃりと切った。

ジェームズは翌朝早く出発した。高速幹線道路四号線を走ってレディングを通過すると、北に向かう脇道に入り、オックスフォードシアとの境界を目指した。線路から離れたところに小さな村が点在し、どの村にも教会や目抜き通り、それにほんの数軒の小さな家や別荘があった。そしてどの村にもほかの建物と離れたところに、堂々とした外観の領主の邸宅があった。

明るい朝の光に照らされた田舎の風景は美しく、ジェームズはスピードをゆるめて景色を楽しんだ。ここにはあまり来ていない。シビルは別荘や静かな田舎を好まないし、ミセス・ウィレットのことも嫌っていた。もっともミセス・ウィレットのほうでもシビルを嫌っていたが。

ジェームズの別荘は樹木の茂るふたつの丘に挟まわ」

「バークシアにぼくの別荘があるじゃないか」

シビルは小声で笑った。「ダーリン！　あんな小さな家。ふたりで泊まるのがやっとで、とてもお客様なんか呼べないわ」

ジェームズは言い返そうかと思ったが、結局なにも言わないことにした。代わりに彼は言った。「週末が台なしになって残念だね、シビル。ぼくは明日の朝早くロンドンを出て、月曜まで帰れないんだ。前から誘われていたんだよ」それは本当だった。かつてはジェームズの養育係で今は別荘のハウスキーパーをしているミセス・ウィレットが、ほとんど一週間ごとに、そろそろ別荘で何日か過ごしてはどうかと言ってきていた。

「そっちは延期して」とシビルは言った。

「無理だよ。さっきも言ったように、前からの約束なんだ」

れた村のなかにあり、カーブ沿いに立っているため、その姿が突然目の前に現れるとうれしくなった。別荘は赤い煉瓦づくりに藁葺《わらぶ》き屋根の建物で、ドアが大きく、窓は小さい。正面玄関は道路には面しておらず、手ごろな広さの庭の向こうには平野や林が広がっている。

車は別荘の脇を通り抜け、小道の突きあたりまで進んだ。扉を開け放ってある納屋にとめ、鍵のかけられていないキッチンのドアから別荘に入る。

こぢんまりとしたキッチンは床がタイル張りで、壁際には鮮やかな赤い色の小さなクッキング・ストーブと食器棚が並んでいた。中央にはテーブルが置かれ、そのまわりをはしごのような背の椅子がとり囲んでいる。窓には明るい色のチェックのカーテンがかけられ、ガスレンジの上ではケトルがしゅうしゅうと音をたてていた。

ドアを開けて狭い廊下に出ると、ジェームズはふたつ置かれた椅子の一方にジャケットとバッグをほうり投げ、急いで階段をおりてきたせいで息を切らしているハウスキーパーを抱きしめた。

「こんにちは、ジェームズ様、そろそろおいでいただけるころだと思っておりましたわ！」ミセス・ウィレットは彼をちらりと見て言った。「その様子ではしばらくこちらで過ごしたほうがよさそうですね。働きすぎのようですよ」

「ここに来られてよかった」ジェームズは言った。「月曜の朝までいるよ。ジョージはどこだい？」

「ベニーがグレッグ農場に卵を買いに行くのについていきましたよ」ベニーとは、毎日ジョージの散歩をさせている少年のことだ。ミセス・ウィレットの年齢では、元気な犬の散歩につきあうのは無理なのだ。

「コーヒーの用意をしてもらっているあいだに、ジョージに会いに行ってくるよ」ジェームズはミセミセス・ウィレットに向かってほほえんだ。「きっと楽しいおしゃべりができることだろう」

「どうぞそうなさってくださいませ、ジェームズ様！　でも、わたしに報告することがたくさんおありでしょう」ミセス・ウィレットは問いかけるような顔つきになった。「結婚式の日どりはお決まりですか？」

ジェームズが小声でまだ決まっていないと答えたので、ミセス・ウィレットは心配になった。

しばらくして、ラブラドールレトリバーのジョージにのしかかられながら、ジェームズは簡単な近況報告をした。「とても退屈だったね、牧師館での週末は別にして」

ミセス・ウィレットはジェームズの顔を見つめてその話に聞き入った。そして、彼がフィリーのことを話すときにかすかに笑みを浮かべることに、目ざとく気づいた。

「典型的な田舎の娘さんですね」ミセス・ウィレットは穏やかに言った。

「きみもきっと気に入るよ」

「でしたら、いつかお会いしたいものですわ」

3

月曜日の夜明けとともに、ジェームズはジョージを従えて別荘を出た。裏庭の小さな門を開け、ゆるやかな丘をのぼり始めた。半ばまで進んだところで立ちどまり、後ろを振り返る。晴れやかな朝で、太陽が今にも顔をのぞかせようとしていた。敷地のなかに別荘がきちんとおさまり、ベッドルームの白いカーテンがそよ風に揺れている。まるでささやかな天国だ。ここにはもっとしょっちゅう来るべきだ。だがシビルはここに来たくないと言い張って、ぼくが週末に自由な時間があるときも常にロンドンにいさせようとする。〝だって、あなたにあまり会えないんですもの〟とかわいらしい笑顔を向けて。

ジェームズは前に向きなおって歩き続けた。遠くのほうでトラクターのエンジンをかける音が聞こえ、牛の群れが原っぱの向こう側の搾乳小屋から出てきた。至るところに鳥がいて、生け垣から出てきた兎《うさぎ》が目の前を横切る。誰かと一緒にこの楽しみを分かちあいたい――フィリーと一緒に。ここは彼女にぴったりの世界なのだから。

「彼女をろくに知りもしないのに！」ジェームズはいらだたしげにつぶやき、歩きだした。

朝食後、ジェームズはロンドンに向かって車を走らせ、自分を待ち受けている慌ただしい一日やその後の数日間、さらにシビルと過ごす週末に思いをめぐらせた。ふたりはネザービーで行われるコーラリーの結婚式に出席することになっていた。帰る途中で別荘に一、二時間寄るように彼女を説き伏せよう……。

だがシビルはやはり行きたくないと言い張った。

せっかく結婚式のために新調した服を、生け垣に引っかけて破いたり、ジョージの足跡で汚すつもりはないと。「すごく高かったのよ、ダーリン。でもあなたを喜ばせたくて買ったの。大出費だったんだから」

土曜日の朝、ジェームズは礼服にシルクハットといういでたちで、シビルを迎えに行った。だが彼女はまだ支度ができていなかった。

執事は好意的な男性だった。「まもなくミス・シビルはお見えになります」ジェームズを小部屋に案内してコーヒーを出すと、そう請けあった。彼女がおりてきたのはその三十分後だった。シビルはドアのそばに立ってジェームズのほめ言葉を待った。ドレスの色は白で、人目を引く鮮やかなグリーンの模様が描かれている。だがジェームズが一瞬言葉を失ったのは、帽子のせいだった。

その帽子は鮮やかなグリーンの麦藁《むぎわら》帽子で、つばがとてつもなく広く、さまざまな色彩の花々が飾られている。

「どう？」シビルが言った。「ゴージャスな服装だと言ったでしょう？　すてきだと思わない？」

ジェームズはようやく声を発することができた。「みんなの視線がきみに釘《くぎ》づけになるだろうね」

シビルはうれしそうな笑顔になった。「それをねらっているのよ、ダーリン」

「結婚式では花嫁が注目の的だと思っていたが」

「健全な競いあいほどいいものはないわ」

車のなかで、ふたりはほとんど口をきかなかった。ジェームズは考えごとをしていたし、シビルのほうはこれから待ち受けている楽しみに思いをはせていたのだ。教会に着いたら、わたしの姿がみんなによく見えるような席をとらなくてはならないわ。そして写真撮影になったら、前の列に並んで……。

ネザー・ディッチリングに近づくと、ジェームズはフィリーに会えるかもしれないと思い、車の速度をゆるめた。どうやら、運命の神は彼に味方してくれたようだ。フィリーは村の商店のそばに立っていた。帽子はかぶっていなかったものの、いちばんいい服を着ているらしい。簡素なブルーの既製服だったけれど。

ジェームズは車をまわしてフィリーのそばでとめた。それから窓を開けた。「やあ、フィリー。きみも結婚式に行くのかい?」

フィリーはにこやかにほほえんだ。ジェームズのことを考えているだけでも幸せだったが、やはり実際に会うと思いがけない喜びを感じた。「こんにちは」ジェームズの体越しにシビルの帽子を見て、彼女は目を見張った。ジェームズと目が合ったとき、彼が自分と同じ思いを抱いているように思えた。フィリーは目をそらして、シビルに挨拶《あいさつ》をした。

「あら、フィリー、こんにちは。またお会いできてよかったわ。わたしたちは急いでいるの……」

「きみも結婚式に行くのかい?」ジェームズはもう一度尋ねた。

「ええ、でも実は式に出席するわけではないの。コーラリーに、お姉さんの子供たちの世話をすると約束したのよ。子供は四人いるんだけど、まだ小さいから、教会に行ったりパーティに出たりはできなくて」

「それなら、ぼくの車に乗るといい」ジェームズは車からおりて、ドアを開けた。

フィリーはためらった。「郵便屋さんに乗せてってもらうことになっているの。そろそろ来るはず……」

「伝言を残しておけばいい」ジェームズはあっさりと言った。それから、フィリーと一緒に店の入口に立っていたミセス・ソルターに愛想よく声をかけた。彼女はこの会話をひとこともらさず聞いていた。

ミセス・ソルターはほほえみながらうなずいた。

「行きなさい、フィリー。こんな立派な車に乗れるチャンスはめったにないわ。郵便屋さんにはわたしから言っておくから」

ネザービーに向かうあいだ、世間話をするジェームズに、フィリーは〝はい〟〝いいえ〟〝まあ、すてき〟といった言葉で応じ、彼の頭の形がいいとほめた。それから、シビルの帽子に視線を向けた。結婚式の帽子は大げさなものと相場が決まっているけれど、この帽子には驚いたわ……。

「教会にまっすぐ行って」シビルが言った。「いい席をとりたいの」

ジェームズは穏やかに言った。「時間はたっぷりあるよ。教会に行く途中で、フィリーを〈ネザービー・ハウス〉の前でおろすつもりだ」

「そんな必要はないわ。ちょっと歩くだけなんだから……」

ジェームズはその声を無視して、フィリーに尋ねた。「帰りはどうするんだい?」

「父に迎えに来てもらうの」

〈ネザービー・ハウス〉の前は教会に向かう家族連れを乗せた車で混雑していたので、フィリーは即座に言った。

「どうもありがとう。楽しい一日を過ごしてね」

フィリーが車からおりると、シビルはドアが開いたままなのに言った。「まったくもう。さあ、教会に行きましょう」

執事のシーディングズが重々しい態度でフィリーに朝の挨拶をした。「ミス・コーラリーがすぐにお部屋に来ていただきたいとのことです」

そこでフィリーは階段をのぼっていき、コーラリーの部屋のドアをノックした。部屋に通されて花嫁と花婿をほめていると、五分ほどたった。それからコーラリーの姉と連れ立ってさらに階段をのぼり、子供部屋に向かう。「いちばんあてにしているときに子守り《ナニー》が病気になるとはね。本当に助かるわ、フィリー」コーラリーの姉はドアを開けた。「母のメイドが子供たちにつき添っているの……」

部屋のなかには、四歳にもなっていない双子の兄弟のヘンリーとトーマス、まもなく二歳になるエミリー、それにまだ生後八カ月の赤ん坊がいた。今のところ子供たちは天使のように見えるが、一日はまだ始まったばかりだ。子供好きとはいえ、フィリーは待ち構えている仕事に備えて気を引きしめた。

結婚式は十一時に始まった。式の終了を告げる教会の鐘の音が鳴り響いたあと、出席者を乗せて戻ってきた車のドアが開く音が聞こえてきた。客が大勢来るはずだ。この日を楽しむために、友達や親戚《しんせき》が遠方からやってきたに違いない。フィリーはコーラリーの幸せを祈った。コーラリーとフィリーは直接つきあいがあったわけではなく、友人とは言えない。けれども、三人姉妹の長女であるコーラリーの姉とフィリーが同級生だった縁で知りあったのだ。

メイドが子供たちの昼食を運んでくると同時に、赤ん坊にミルクを飲ませる時間になった。フィリーは子供たちをテーブルにつかせ、しばらく結婚式のことは忘れた。

誰も来なかったが、フィリー自身も誰かが来るとは思っていなかった。コーラリーの姉にすべて順調だと伝えるように、メイドには頼んでおいたし、赤ん坊を除く三人の子供たちはすでに昼寝をしている。次は赤ん坊の番だ。赤ん坊はフィリーの肩にもたれ、小さな頭を振りながら泣いていた。

突然ドアが開き、赤ん坊の泣き声がぴたりとやんだ。赤ん坊はげっぷをしてからフィリーの肩の上で戻し、入ってきたジェームズに向かって笑いかけた。

「きみが服をきれいにしているあいだ、この子を抱のだから。

「結婚式はすてきだった？」

「ああ。きれいな花嫁だったよ。もっとも、花嫁は誰でもきれいだがね」

「パーティに出なくていいの？」

「ケーキカットと乾杯がすんで、幸せなカップルの門出を見送ろうとみんなで勢ぞろいしているところだ。きみはどうやって家に帰るんだい？」

ジェームズは椅子の肘掛けに腰をおろしており、赤ん坊は彼のベストに寄りかかってすやすやと眠っている。

「父が迎えに来てくれるの」

「いや、ぼくたちが送っていくほうがいいだろう」

ジェームズは電話をとってかけ始めた。勝手なことをしないでと言うべきだ。フィリーはそう思いながらも黙っていた。ジェームズは、およそ一時間後に彼女を送り届けると父親に伝えた。

いていよう」

「だめよ。そんないい服を着ているんだもの。こんなところに来てはいけないわ」

フィリーと一緒にいるとなぜこれほど楽しいのだろう。ジェームズはそう思いながら、ほほえんだ。

「用があってここに来ているんだよ。双子が風邪をこじらせたときに、何日かうちの病院に入院したんだ。それでちゃんと治ったかどうか見に来たというわけさ」

「あの子たちは眠っているわ」フィリーはベッドで寝ている子供たちのほうを向いてうなずいた。「とてもお行儀よくしていたし、お昼もちゃんと食べたのよ」

ジェームズは赤ん坊を抱きあげた。「それはよかった。このきかん坊がおとなしくしているあいだに、汚れを落としてきたらいい」なんて慣れた手つきなのかしら。でもあたりまえね。小児科のお医者様な

「誰か子供の世話をする人が来ないと帰れないわ」

フィリーはようやく言った。

「誰か来るだろう」そう請けあうとジェームズは笑顔になり、赤ん坊をフィリーに渡して出ていった。

「さあ。どうかしらね」フィリーは赤ん坊に向かって言った。赤ん坊はフィリーをじっと見つめてから、また眠りに落ちた。

紅茶を飲みたくなったが、大勢の客の接待でみんなが浮き足立っていて、フィリーの分は忘れられたようだ。彼女は水を飲み、子供部屋の時計を見た。一時間もしないうちに子供のためのお茶が運ばれてくるだろう。運がよければ、子供の世話を代わってくれる人もやってくるはずだ。

ジェームズの車に乗せてもらうことを思うと、フィリーは少し不安だった。シビルは快く思わないだろうし、誰かがすぐに子守りを交代してくれない限り、ふたりを待たせることになる。

やがて子供たちが目を覚ました。フィリーは顔や手をふいてやったり、髪をとかしてやったりしてから、一緒に床に座って子供のころにやった覚えのあるゲームをした。ありがたいことに、赤ん坊はまだよく眠っていた。子供たちにおやつを食べさせてから十分ほどたったところで、フィリーは受話器を手にした。ちょうどそのときドアが開き、メイドがトレイを持って入ってきた。

「すみません、遅くなって。下がちょっと慌ただしくて。お客様が帰り始めたんです。お茶のポットを持ってきました」

フィリーはほほえんだ。「ありがとう。あなたも大忙しでしょう。わたしと代わってくれる人がそろそろ来るのかしら？」

「さあ、よくわかりません」

曖昧《あいまい》な答えだった。フィリーは子供たちをテーブルのまわりに座らせ、赤ん坊の哺乳瓶《ほにゅうびん》をあたためる準備をしてからマグカップに入れた牛乳とエッグサンドを渡した。やっとお茶が飲めると思い、フィリーが紅茶をカップに注《つ》ごうとしたとたん、コーラリーの姉が入ってきた。

「まったくなんて日でしょうね！　疲れたわ。でもすばらしい結婚式だったの。帰る支度はできているの？」

コーラリーの姉に続いて入ってきた年配の女性が、後ろで言った。「今度はわたしたちが子供たちの世話をするわ。あの子たち、いい子にしていた？　本当にありがとう、フィリー。さあ、急いで。ジェームズとシビルが待っているわ」

ふたりはフィリーをせきたてた。彼女はティーポットを残念そうに見つめながら、子供たちに慌ただしく別れを告げた。コーラリーの姉が礼を言うのに笑顔で応じてから、廊下を急いで駆け抜ける。ジェームズは何人かの客たちと話をしていたが、フィリーの姿を見ると廊下を横切ってそばに来た。

「お待たせしてしまったかしら？」

ジェームズはほほえんでフィリーを見おろした。彼女は疲労困憊《こんぱい》しているようだ。服も乱れているし、髪もぼさぼさになっている。それでも彼女は今日会ったどんな魅力的な女性よりも——シビルよりも——輝いて見える。彼は心をかき乱された。

「車は外だ」ジェームズは言った。「疲れているだろう」

「ええ、少し」フィリーは客たちが集まっているあたりを向いてほほえみ、自分はひどく場違いだと思いながらドアまで歩いた。そこで執事に呼びとめられ、きれいに包装された品物を渡された。

「ウエディングケーキです。あなたにひと切れぜひ渡そうと思っていました。いいことがありますように」

フィリーは礼を言って車に乗りこんだ。シビルが言った。「やっと来たのね。ジェームズ、くたびれたわ」

「フィリーほどじゃないだろう。彼女は一日じゅう四人の小さな子供たちの相手をしていたんだからね」彼は肩越しに振り返った。「大丈夫かい？　すぐに着くよ」

フィリーが後ろの席に落ち着くと、赤ん坊のタルカムパウダーの強烈なにおい、そして牛乳や石鹸《せっけん》のにおいが漂った。シビルははっきりと聞こえるようなため息をもらし、ジェームズは笑いを嚙《か》み殺した。

短いドライブのあいだ、誰も口をきかなかった。牧師館に着くと、ジェームズは車の外に出てフィリーのためにドアを開けた。フィリーは断られるかもしれないと思いながらも、ふたりをお茶に誘った。

「きっと母が喜ぶでしょう……」

「それなら、ぜひお邪魔しよう。ちょうどお茶を一杯飲みたいと思っていたんだ。きみもそう思わないか、シビル？」

シビルは雲行きが怪しくなりそうな目つきでジェームズをにらんだものの、車からおりた。フィリーはふたりを牧師館へ案内した。

フィリーがふたりを通したのはキッチンではなく、客間だった。この部屋は真夏でもじめじめしており、めったに使われることがない。立派な部屋で窓が大きく、母方の祖父母から遺《のこ》された上等な家具が置かれている。ここならシビルの帽子にぴったりだわ、とフィリーは思った。

「母に知らせてきます」そう言うと、フィリーはキッチンに急いだ。

牧師の妻、ミセス・セルビーは急な来客にもうろたえなかった。

「お父さんを呼んできて」ミセス・セルビーはそう言ってから客に挨拶をしに行った。

ミセス・セルビーが客の相手を牧師に任せてキッ

チンに戻ったとき、フィリーはカップとソーサーをトレイにのせているところだった。

「あれほど風変わりな帽子を見たのははじめてだわ」ミセス・セルビーはケーキを型からとりだして言い添えた。「まったく場違いな……」

フィリーはくすくす笑ってから、突然真顔になって言った。「でもシビルはとても華やかに見えるわ、お母さん」それから淡々とつけ加えた。「彼女はわたしが嫌いみたい」

「そうらしいわね。でもあたりまえのことだわ」

フィリーは紅茶をいれた。「なぜ?」

ミセス・セルビーは返事をしなかった。「ティーポットを持っていってちょうだい。トレイはわたしが持っていくから」

ジェームズは結婚式についていろいろと話をしたが、シビルはほとんど口をきかず、ミセス・セルビーが差しだしたケーキも〝いいえ、結構です〟と言って断った。牧師は深呼吸をして、シビルをたしなめたい衝動をなんとか抑えた。

ミセス・セルビーは愛想のいい言葉でぎこちない沈黙を破った。「ウエディングケーキをたくさん食べてきたのでしょう。ウエディングケーキを食べないと結婚式とは言えないものね?」それから、シビルに無邪気そうな視線を向けた。「あなた方の結婚式の準備はできているの? 盛大な式になるのでしょう?」

「ええ、たぶん。友達が大勢いますから。今すぐに結婚するつもりはありませんが……」シビルの曖昧な返事を聞き、ミセス・セルビーはますます確信を強めた……。

ジェームズたちは長居しなかったが、いとまを告げようとしたところへルーシーとケイティが学校から帰ってきたので、出発が少し遅くなった。少女たちが結婚式の話を聞きたがったのだ。ケイティはテイーンエイジャーらしい率直さでシビルの帽子について感想を述べた。自分の美貌《びぼう》に絶対の自信を持っているシビルは幸いにも、〝まさに帽子って感じですね……〟というケイティの言葉をほめ言葉と受けとった。

　シビルは無意識にいつもの高慢な口調で言った。

「気に入ってくれてうれしいわ。特別注文でつくらせたのよ」

　ジェームズはおもしろがっているような表情を浮かべながら、ひとりひとりと握手をした。そのあと、シビルを車に乗せた。

　牧師館をあとにしてから、シビルは言った。「なぜあなたが車をとめなければならなかったのか、わからないわ。だいたい、彼女を車に乗せる必要もなかったのに。臭くて――」

「フィリーは一日じゅう四人の小さな子供たちの面倒を見ていたんだ。食事の世話をして、体をふいて、抱きしめて、遊んでやって。体を使う仕事なんだよ、シビル。服のことなどかまってはいられないさ」

「わたしのことも考えてよ。あんなこと、わたしには我慢がならないわ」

「自分の子供でも、そう思うのかい？」

「立派なナニーを雇うわ。ともかく、四人も子供がいるなんて。ひとりで充分よ。早くロンドンに戻ってディナーに行かない？　明日リーブズ家のランチにあなたが来られないのは残念だわ。仕事熱心すぎるわよ、ジェームズ」

　ジェームズは思った。シビルの美貌に引かれたのは間違いだった。この間違いを正す方法を見つけて、正さなければならない。

　シビルはぼくを愛しているわけではない。最初は彼女に愛されていると思っていたが、シビルにとって誰かを愛することはほとんど意味がないのだ。彼女にとって重要なのは、快適な生活、金銭、社交の場で人気者になること、彼女のために金を惜しまず使う夫、名医の妻という肩書き、それになんの憂いもなく楽しめる余暇なのだ。

ジェームズは言った。「戻るのは八時過ぎになるだろうし、ぼくは病院に行きたいんだ。それに悪いけど明日は会議があって……」

「あなたには本当にうんざりさせられるわ、ジェームズ。でも結婚したら、すべて変えてみせる」

「ぼくは仕事を辞めなければならないのかい？」

「ばかなこと言わないで。もちろん違うわ。でも病院の仕事を辞めて、開業医になればいいのよ。顧問医でもかまわないけど。あなたはもう充分名前を知られているのだから、好きな仕事だけすればいいんだわ」

「ぼくは小児科医なんだよ、シビル。これからもずっと続けるつもりだ」

シビルは短く笑った。「ダーリン、わたしがあなたの気持ちを変えてみせるわ」

ジェームズはなにも言わなかった。

シビルを送り届けたあと、ジェームズは病院に直行した。未熟児の容態が気がかりで、今後の治療について一時間ほど医学実習生と話しあった。

十時近くに帰宅すると、出迎えたジョリーが言った。「やっとお戻りになりましたね。夕食が傷まないものでよかったです」彼はジェームズの顔をのぞきこんだ。「うんざりしておられますか？　結婚式なんて自分のでもない限り、おもしろくもありませんからね」

ジェームズは階段に片足をかけていた。「着替えるから、五分ほど待ってくれ。おなかがぺこぺこで馬だって食べられそうだよ」

「ここでは無理です。馬肉なんてとんでもない！」

ジェームズは笑い声をあげた。五分後、彼はカジュアルなスラックスにセーターという格好でおりてきて、ウイスキーを注いだ。

ジョリーをひと目見て優秀なコックだと思う者はいないだろう。だが彼は申し分のない料理を運んできた。ジェームズは自分のような大柄な人間には結婚式で出されるちまちまとした料理は物足りないと言いながら、すべておいしそうに平らげた。

「おっしゃるとおりですよ」ジョリーは言った。「ところで、明日のお昼どきにはおられますか?」

「そのつもりだよ。午後には別荘に行こうと思っているけどね。外出するつもりなら、夕食をつくり置きしておいてくれ。お茶を飲んで帰ってくるから」

「ミス・ウエストもご一緒ですか?」

「いや」ジェームズの声はこれ以上なにも言うなとジョリーに警告しているようだった。

日曜日はからりと晴れていたが、空は灰色で空気も冷たかった。別荘の生け垣には水仙が咲き乱れ、ところどころに桜草も見える。花壇では早咲きのチューリップがつぼみをほころばせているし、至るところでれんぎょうの花が咲いている。ジョージはジェームズの姿を見て大喜びし、昼寝から目を覚ましたミセス・ウィレットは紅茶をいれに行った。ジェームズは彼らに挨拶しながら、フィリーもここにいたらいいのにと思った。彼女となら楽しく暮らしていけるという確信は、日ごとに強まってきている……。

イースターが終わり、メーデーが間近になった。ネザー・ディッチリングの人々は、例年行われる子供祭りの準備に追われていた。開催場所となる村の集会所は、おびただしい数の風船で飾られている。この祭りは昔ながらのもので、少しも現代的ではない。

滑稽《こっけい》な操り人形のパンチとジュディに扮《ふん》するのは小学校の校長夫妻で、宝捜しゲームの責任者を務めるのはミセス・ソルターだ。領主の妻、レディ・デイアリングは娘たちと一緒に菓子パン、アイスクリーム、レモネード、ポテトチップスなどをテーブルいっぱいに並べることになっているし、その向かい側では領主の息子が的あてゲームの係をすることになっている。

子供たちには父母もつき添ってくるので、牧師夫妻は大量の湯、ティーカップ、ソーサー、さまざまな種類のケーキをいつも用意していた。フィリーと妹たちは、必要に応じていろいろと手助けをした。泣いている子供をなだめたり、小さな子供をトイレに連れていったり、食べすぎた子供が汚したテーブルまわりの片づけをしたりというように。祭りは毎年同じように行われていたし、それを変えたいと思う者もいなかった。今年は賞金つきの仮装行列があるので、参加者は家にしまいこんでいた古い服を探したり、ミセス・ソルターの店で、クリスマスシーズンの売れ残りである工作用紙を買ったりしていた。

祭りの前日の日曜日、教会は人であふれた。領主一家が高い壁に囲まれた信徒席に座り、通路を挟んだ向こう側には牧師の妻と五人の娘たちが座っていた。ローズとフローラの隣には婚約者が、ルーシーの隣にもボーイフレンドがいた。だがケイティとフィリーの隣には誰もいない。村人たちはいつものように首をのばし、フィリーが相手を見つけたかどうかを確かめた。彼女はいちばん感じのいい女性なのだが、オールドミスとして人生を終えそうだと思いながら。

フィリーは村人たちの心配には気づかずに、静かに座って父親の説教を聞いていた。だが心の片隅で、ジェームズは今なにをしているだろうかと思っていた。

ジェームズもフィリーと同様、教会にいた。シビルはイタリア旅行中で、トスカーナに別荘を持っている友人のところに一週間ほど滞在する予定だった。

〝断りきれなかったのよ〟シビルは申し訳なさそうにそう言って、ジェームズの顔をのぞきこんだ。だがそこにはなんの表情も表れていなかったので、彼女はやんわりと一緒に来ないかと誘った。〝あなたにはなかなか会えないんですもの、ダーリン。わたしたちの知りあいが何人もいるし、きっと楽しいことがいっぱいよ〟

休暇をとるなんて問題外だ。そのことをジェームズが根気よく説明すると、シビルはしなをつくって言った。

〝休みたいときには、休暇がとれるんでしょう?〟

〝ときどきはね。一日ぐらいなら休めるよ。きみがこっちにいるなら、別荘で何時間か過ごせるが〟

〝でもなにもすることがないし、話し相手は……ミセス・ウィレットしかいないわ〟

ジェームズは、愛しあっていればふたりで話すことはいくらでもあると言いたかった。結婚式や今後の生活について話しあえるし、一緒にいるだけで楽しいはずだ。

ジェームズは穏やかに言った。〝楽しんでくるといいよ、シビル。この季節のトスカーナはすばらしいだろうね〟

そこでシビルは新調した服をつめたスーツケースを携えて、残念そうな様子も見せずにさよならと言い、出発した。ジェームズは彼女の帰りをじっと待ち、帰国後は快く時間を割いてくれるだろうと思いながら。

ジェームズはメーデーの朝早く病院へ行って早めに戻ってくると、今夜は遅くなるとジョリーに伝えた。

そしてまず別荘に車を走らせ、ミセス・ウィレットに帽子をかぶるように言い、一緒に出かけようと誘った。もちろんジョージも一緒で、ふたりと一匹は上機嫌で出発した。

「どこかすてきなところに行くのですか？」

ミセス・ウィレットはジェームズの顔を見てきいた。セーターにカジュアルなスラックスといういでたちのジェームズは、いつになく若々しく見える。

「猛烈な吹雪の日にシビルとぼくにとても親切にしてくれた、すばらしい家族のことを話しただろう？それから、重病の赤ん坊のことも。その村で子供祭りがあると看護師が言っていたんだよ。看護師が赤ん坊の母親から聞いた話によれば、子供たちのための昔ながらの伝統行事で、メーデーに行われるそうだ。それで、見物に行こうと思ったんだ」

ジョージがふたりのあいだから顔をのぞかせ、ミセス・ウィレットの帽子を頭で押して傾かせたので、彼女はまっすぐに直した。「それは楽しみですね」穏やかにそう言ったものの、ジェームズがどうするつもりなのかはわからなかった。彼が雪かきをして道をつくり、若い女性がそこを通って卵をとりに行った話を、簡単に聞かされていただけだったのだ。

それでも、シビルを好きになれないミセス・ウィレットは希望に胸をふくらませた。

ネザー・ディッチリングはお祭り気分にあふれていた。天気がよかったので、村の集会所だけではなく、通りでもさまざまな催しが行われていた。ミセス・ソルターは店の外にテーブルを出し、瓶入りのレモネードや菓子パンを置いて通りすがりの客を呼びこもうとしていた。どの家の窓にも風船がぶらさがっている。誰かが仮装行列をする子供たちに、通りにきちんと並ぶよう声をかけていた。声の主はフィリーだった。

ジェームズは牧師館の門を車で通り抜け、たちまち彼女を見つけた。すでに髪も服装も乱れているフィリーは、辛抱強く、かつ愛想よく、騒ぐ子供たちを静かにさせていた。ジェームズはほほえみながら彼女を見つめ、そんな彼をミセス・ウィレットが見つめた。彼女がそうなのね。はっとするほどの美人ではないけれど、幸せそうにほほえんでいるし、髪はつやつやと光っている。ほどよく丸みを帯びた体はコットンのワンピースに覆われている。

「まさにすばらしい日帰り旅行ですね」ミセス・ウィレットの言葉に、ジェームズはフィリーに視線を釘づけにしたまま笑顔で答えた。「見てまわるかい？」

フィリーがやってきた。「まあ、あなたにお会いするなんて。これほどうれしいことはないわ」彼女は笑顔でジェームズを見あげた。「お休みがとれたの？　父と母が喜ぶわ」

「こちらはミセス・ウィレット、家族ぐるみの友人で、ハウスキーパーをしているんだ」

フィリーは笑顔のままミセス・ウィレットと握手をした。「はじめまして。今は少しごたごたしているんです——仮装行列に出る子供たちを並ばせて、これから集会所に連れていくんです。どこか静かなところに座って見物なさいますか？　ミセス・ソルターの店の椅子を借りても大丈夫ですよ」

「ここで眺めていますわ」めったに笑顔を見せないミセス・ウィレットがほほえんだ。

フィリーはかがんでジョージの頭を撫《な》でたが、ジェームズになれなれしく挨拶したのを思いだして急に恥ずかしくなった。「あなたの犬？」ジェームズの顎より上を見ずに言った。

「ああ。ミセス・ウィレットと一緒にバークシアの別荘にいるんだ」

「あら、あなたはロンドンに住んでいるとばかり思っていたわ」

「機会があればいつでも別荘に逃げだしているんだよ」

ジェームズはかすかな笑みを浮かべながらフィリーを見おろしていた。しばらくしてから、フィリーが言った。「子供たちの世話をしに行かなくちゃ。父に会ったら、あなたが来ていると伝えるわ」

ジェームズがミセス・ウィレットとジョージを連れて通りを渡ったところで、ミセス・セルビーが集会所から出てきた。

「まあ。うれしい驚きね」ミセス・セルビーはあたりを見まわした。「ミス・ウエストも一緒なの？」

「いや、残念ながら。こちらはミセス・ウィレット、家族ぐるみの友人で、ハウスキーパーをしているんです。それから、これは」おとなしくしているジョージを指さした。「ジョージ、ぼくの犬です。みなさんに会いに来たいとずっと思っていました」

「まあ、うれしいわ。フィリーを捜して――」

「もう会いましたよ。仮装行列を見るように言われました」

「年配の人たちは店の外でコーヒーを飲んでいるのよ。ミセス・ウィレットをお連れしてもいいかしら？　一緒にコーヒーでも飲みながら、子供たちの仮装行列を見ましょう」ミセス・セルビーは肩越しにうなずいた。「集会所にいらっしゃるなら主人がケーキを用意しているわ。ほかの娘たちも集会所でゲームや食べ物のコーナーを手伝っているはずよ」

ミセス・セルビーはミセス・ウィレットを連れていき、ジェームズは大勢の人々でごった返している狭い舗道を歩いて集会所に着いた。牧師は四、五人の手伝いの女性と一緒にケーキやサンドイッチを皿の上に並べ、ティーカップをソーサーの上に置いたりしていた。ジェームズが入っていくと、牧師は顔をあげた。

「これはうれしいな！　さあ、きみの犬も入れてやってくれ。ミス・ウエストも一緒かい？　ネザービーに行く途中なのかな？」

「いや。シビルは一緒ではありません。ハウスキーパーのミセス・ウィレットと犬のジョージを連れてきました。みんな、田舎のきれいな空気を吸いたくてたまらなかったんです」

「それならふんだんにあるよ。だが、無駄骨を折ったんじゃないのかね？　たしか、きみは小児科医だろう」

ジェームズは笑った。「健康に恵まれていきいきしている子供がなにより好きなんですよ。ところで、なにかお手伝いしましょうか？」

「いや、結構。実はきみが来てくれたおかげで、有能なご婦人方にすべてを任せる口実ができたよ」

牧師はジェームズを集会所の外へと促し、ふたりで壁にもたれかかって仮装行列を見物した。子供たちが村のなかを練り歩き、沿道にいる大人たちは手をたたいたり、歓声をあげたりしていた。最後に賞品として、領主が絵本や絵の具箱、お菓子のつめあわせなどを手渡した。もれなく残念賞が与えられたので、授与式にはずいぶん時間がかかった。ジェームズは牧師の穏やかな話し声に耳を傾けながらも、フィリーから目を離さなかった。彼女はジェームズの視線に気づいていないようだった。あちこち駆けずりまわって子供たちのはなをかんでやったり、ずり落ちそうなかぶり物を直してやったり、だらだらと続く賞品の授与に退屈して大声をあげている少年たちを毅然《きぜん》とした態度でしかったりしている。

やがて見物人たちは集会所のほうへ戻り始めた。ミセス・セルビーは夫に、人と会う約束があることを思いださせた。

ジェームズはフィリーに近づいた。「手伝うことはあるかな？　ミセス・ウィレットはご婦人方と楽しく過ごしているみたいだ」

「昔からのお友達を見つけて、再会を喜んでいるわ。本当に手伝ってくださる気持ちがあるなら、宝捜しゲームはいかが？　ミセス・ソルターの息子さんが手伝う約束だったけれど、たった今電車に乗り遅れたと電話があって……」

ジェームズは木製のスツールに腰をおろし、宝捜しの手助けをした。子供たちは小さな手をおがくずのなかに突っこんで、欲しいものをつかもうと必死になっている。大勢の子供たちが桶《おけ》のなかの包みを手探りし、気に入らないと戻した。

「ずるをさせたわね」フィリーは、立ちあがろうとしたジェームズの肩に手を置いた。

「よかれと思ってやったんだ。こんなにうまくやれるとは思わなかったよ！」

「牛乳配達のベンが交替するから、なにか食べたり、飲んだりしたらいいわ。といっても、チーズにピクルスにパン、それにビールぐらいだけど」

「それで充分だよ。きみは一緒にいられるかい？」

「ええ、ときどき席を外すけど、大丈夫よ。次のゲームが始まるまで、みんな食べたり飲んだりで大忙しだわ」フィリーはジェームズを見あげた。「綱引きが始まるの。あなたが出れば農夫たちといい勝負になるわ」

フィリーを喜ばせるためなら熱い石炭の上を歩くのもいとわないと思ったジェームズは、喜んで参加することにした。「だが、まずはビールだ。宝捜しほど喉の渇くものはないからね」

ミセス・ウィレットは居並ぶ年配の女性たちのなかで会話の主導権を握りながらも、ジェームズとフィリーをじっと観察していた。ふたりともとても幸せそうだけど、あくまで友達の関係を超えないようにしている。それでも見つめあったときには、まるでその場にふたりしかいないようにほほえみを交わして……。

シビルはジェームズ様にはそぐわないと、わたしにはとっくにわかっていたわ。

夕方になると、人々は家に帰って夕食をとったり、疲れた子供たちを寝かしつけたりした。牧師は祭りがうまくいったと確信しながら、領主一家にいとまを告げ、ジェームズを車まで送った。

「夕食をご一緒できなくて残念ですな。一日のよきしめくくりとなったでしょうに」牧師はジェームズと握手をしてから、ミセス・ウィレットに挨拶をした。そのあと、彼は妻と五人の娘たちが長々と別れの挨拶をするのを辛抱強く待った。ジェームズはフィリーに短い言葉をかけただけだった。だがフィリーは自分を見おろしている彼の目に浮かぶ表情に気づいた。

夕食の席でミセス・セルビーがマカロニ・チーズのお代わりを持ってきたとき、ケイティがテーブルの向かい側にいるフィリーを見つめて言った。「ジェームズは姉さんに夢中よ。たとえあの嫌味なシビルと結婚する予定でも。姉さんは幸せ者ね。代われるものなら、代わりたいわ」

フィリーは席を立った。「鶏の様子を見てくるわ」彼女は誰にも口をきく暇を与えずに、食べかけの料理を残して部屋から出ていった。

4

一瞬の沈黙のあと、全員がいっせいにしゃべり始めた。ミセス・セルビーが一同を静かにさせた。

「ケイティ、フィリーをうろたえさせるつもりじゃなかったことはわかっているわ。でも、あのふたりはただの友達なのよ。ジェームズはシビルと結婚するの。たしかにあなたや姉さんたちとは違って、フィリーにはほかの人たちと出会う機会がなかったわ。特に男性とはね。だけど、あの子がジェームズを友達としか思っていないのはたしかよ。今はもう分別のある大人で、夢見がちな十代の少女じゃないんだから」

もちろん、ミセス・セルビーのこの言葉は間違っていた。

「でもあなたはフィリーにきまりの悪い思いをさせたわ。たぶんこれから会うこともない人との、ちょっとしたおつきあいを冗談の種にして」

「ごめんなさい」ケイティは大きな声で言った。「からかっただけなのよ。だってジェームズはしょっちゅうフィリーを見つめていたし、フィリーもジェームズも、ふたりきりのときは顔をぱっと輝かせているみたいだったから……」

牧師は思案顔で言った。「わたしたちはどうもフィリーが家にいるのをあたりまえと思っていたようだ。あの子がもっと大勢の若い人たちと出会えるようにすればいいのかもしれない。面目ないことに、わたしはフィリーがこの村にいることに満足なのだと思いこんでいたが、あの子だって若い人たちとふれあう必要がある。就職して新たな出会いがあれば、おのずとそれがわかるだろう」彼はテーブルについている全員を見まわした。「みんなも賛成してくれるね?」

全員が異口同音に賛成した。「フィリーがしばらくどこかで誰かと一緒に過ごすのはどうかしら?」ローズが提案した。「仕事でなくてもいいと思うの。フィリーはずっと村にいたから、働きに出るのをいやがるかもしれないでしょう。どこか訪ねていけるところはないかしら?」

一同はしばらく考えたすえ、どこもないと認めざるをえなかった。バラムにいるドーラおばさんは七十代で耳が遠く、六十歳以下の知りあいがいるとは思えない。いとこのモードは最近連れあいを亡くし、もともと偏屈な性格がますます強まっている。もうひとりのいとこのエリザベスはまだ若いが、どの仕事も長続きしたためしがなく、評判の悪い友人たちとつきあっている。そのうえ彼女は先週、五百ポンドの借金を申しこむ手紙を牧師に送りつけてきたばかりだ。だが三月の大雪で牧師館の屋根が壊れたため、その要求には応じられなかった。大工のノークスが送ってきた修理の見積もりに莫大《ばくだい》な金額が記載されていたので、今後は誰にも金を貸せそうにない……。

そういうわけで、一同は残念ながら、フィリーは当分家を離れられないという結論に達した。

ところがその翌日、思いがけないことが起きた。ミセス・セルビーのもとに、卒業後も連絡をとりあっている学生時代の友人メアリーから手紙が届いた。ミセス・セルビーは牧師と、メアリーは裕福な実業家と結婚したあとも、ふたりは親しくしており、年に何度かは近況を報告しあっていた。

ミセス・セルビーは朝食の席で手紙の封を切り、ゆっくりと目を通した。手紙を読み終えてから、彼女は言った。「ねえ、聞いて。メアリー・ラベルから手紙が来たのよ」彼女は全員の視線が注がれるのを待った。「お嬢さんのスーザンを覚えている？　フィリーよりも少し若い娘さんよ。メアリーのご主人が仕事の都合でアメリカに行くことになって、メアリーも一緒に行くらしいの。スーザンも行くはずだったけれど、ひどい帯状疱疹《ほうしん》にかかって、お医者様に行くのをとめられたんですって。留守中メアリーのお母様が、スーザンと一緒にいるそうよ。でもメアリーはあなたたちの誰かひとりが来て、スーザンの話し相手になってくれないかと言っているの。メアリーが帰国するまでの二、三週間のあいだ」ミセス・セルビーはそこで間を置いて手紙を読みなおした。「スーザンはもうよくなっているみたい。少しは外に出たほうが体にいいとお医者様に言われているそうよ。でも、おばあ様は年をとりすぎていて……」

ミセス・セルビーは一同を見まわし、牧師や四人の娘たちと視線を交わしあった。フィリーはかがんでラブラドールレトリバーのキャスパーにトーストの端を投げようとして、失敗した。きちんと座りなおしたとたん、フィリーは自分が注目の的となっているのに気づいた。「ルーシーがいいわ。次の週末はお休みだから」フィリーは言った。

「それほど長いお休みじゃないのよ。それにルーシーは来月には試験があるから学校を休めないし。ねえ、フィリー、二週間ほどでいいのよ。スーザンのことは好きでしょう」

「鶏の世話や庭の手入れはどうなるの？」

「鶏の世話はわたしがするわ」ケイティがすかさず言った。

「わたしは庭の手入れをする」ルーシーも言った。

「ちゃんとした服がないわ……」

「わたしのブルーのドレスを着ればいいわ。丈をつめたらいいのよ。スーザンはきっと劇を見に行ったりするはずよ」

「お父さんがお小遣いをくださるわよ」ミセス・セルビーはほっとして言った。「仕立てのいいジャージーのツーピースがあれば、どんなときも重宝するわ。それに薄手のレインコートもいるわね」

ケイティは不適切な冗談を言った埋めあわせをしたくて、誕生日にもらったドレッシングガウンを貸すと申しでた。そのシルクのガウンは驚くほど鮮やかな色だったが、ケイティとは同じような背格好なので、フィリーは妹の気持ちをくみ、喜んでその申し出を受けた。

フィリーはそれほど行きたいとは思っていなかった。以前スーザンやミセス・ラベルを訪ねたときには親切なもてなしを受けたけれど、村の生活や決まりきった日常が恋しくなったのだ。だが明らかに、ロンドンに行ける者はほかにいない。それに春が過ぎて夏になる前には戻ってこられるはずだ。

「わかったわ、わたしが行く」フィリーは言った。「本当に二週間でいいのね？」

「電話をかけて確かめるわ」ミセス・セルビーは再び手紙に目を通した。「メアリーは今度の火曜日に車で迎えに来ると言ってきているわ。早く電話をかけて、そのあとに買い物にも行かなくてはね」彼女は牧師に視線を向けた。「車を二時間ほど使わせてくれるなら、フィリーに運転してもらって出かけてくるわ。シェプトン・マレットかヨービル、それともシャーバーンがいいかしら……」

次の火曜日、フィリーはミスター・ラベルの運転するジャガーの助手席に座っていた。彼はアメリカにどのくらい滞在することになるかわからないと大声で説明している。「三週間よりも長くはならないよ」彼はからからと笑った。「それ以上スーザンに留守番はさせられないからね。おばあ様はあの子のいい相手にはならないだろう」それから慌てて言い添えた。「もちろん、きみがいるから……」

その言葉がお世辞だったのかどうか、フィリーにはわからなかった。

ラベル家の住まいはフラムにある大きなビクトリア朝様式の一軒家で、裕福な人々が住んでいそうな通りに立っていた。車からおりたフィリーは、メイドが玄関で出迎えるに違いないと思った。それも最近よくいるエプロンをつけただけのメイドではなく、制服に白いエプロン姿のメイドが。

思ったとおりだった。黒いドレスの上に小さな白いエプロンをつけた年配の女性が無言でドアを開け、唇をほとんど動かさずにミスター・ラベルの挨拶《あいさつ》に応《こた》え、フィリーを探るように見た。フィリーはほほえんだが、時間の無駄のようだった。ロンドンでは誰もが他人なのだろう。

だがミセス・ラベルはフィリーを心から歓迎し、スーザンも再会を喜んだ。スーザンの祖母は背もたれの高い椅子に座って足をスツールにのせたまま、片手を差しだした。そして年寄りらしい、しわがれた声で、フィリーが楽しく過ごせるように願っていると言った。「頼りにしているから、スーザンを楽しませてね」

その言葉を聞いて、フィリーは村に帰りたくなった。

二、三日もすると、スーザンの祖母は孫の行動に関心がないのだとフィリーは悟った。老婦人は朝食をベッドでとるうえに、フィリーが出かけていることが多かったので、実際はあまり顔を合わせる機会がなかった。夕食だけは一緒だったが、老婦人の話題はもっぱら自分自身のことや娘時代のことばかりで、ふたりが一日じゅうなにをしてきたかについては知りたくもないようだった。

フィリーは村の生活を恋しく思う一方、ロンドンは魅力的な町だと思っていた。まず、さまざまな店がある。大金を自由に使えるスーザンは、午前中、ハロッズで化粧品のカウンターを食い入るように見つめたり、服を試着したりして過ごした。「父と母はわたしがあか抜けて見えればうれしいのよ」彼女は満足げな様子でフィリーに説明した。スーザンはなにげなくフィリーのジャージーのツーピースをちらりと見た。「もちろん、あなたは服なんてあまりいらないのでしょう？　ロンドンに住みたいとは思わないの？」

フィリーは住みたいとは思わないと答えたものの、ロンドン観光は楽しんでいると礼儀正しく言い添えた。「見るべきものが山ほどあるんだもの。お店や公園に、近衛《このえ》騎兵隊の行進……」フィリーはためらいがちに尋ねた。「美術館に行ったことはある？」

「ええ、両親がなにか特別な行事に招待されたときだけだけど。美術館に行きたかったの？　ねえ、中国の磁器が展示されているところがあるのよ。どこの美術館だったか覚えていないけど、すぐ調べられるわ……行ってもいいわよ。美術館に行くのはすてきね。雑誌の社交欄にわたしたちの写真が載るかもしれないわ」

「行ってみたいわ」フィリーは言った。「中国の磁器のことはなにも知らないが、知識を得たい。とはいえ写真が載るのはいやだった。でも、そんなことになるはずないわ。わたしの顔なんて、誰もろくに見ないで通り過ぎるに決まっている。

スーザンは約束を忠実に守った。彼女は賢い娘ではなく、それをなんとかしようとも思わない怠け者だが、親切だし、フィリーには好感を抱いていた。田舎に埋もれるように暮らしていて、なんの楽しみもないフィリーを、どこか気の毒に思っていた。結婚の見込みもなく三十代になろうとしているのに、それでも満足そうなフィリーが、不思議でたまらなかった。二十三歳のスーザンは三十歳になったら若さと美しさが失われると思っていたが、二十七歳の

甘い考えを抱いてもなんの得にもならないわ。

数分後、フィリーとスーザンが美術館の外に出ると、ジェームズが門番と話をしていた。そんな状況で彼がフィリーに声をかけるのは、ごく自然な成り行きだった。

「ロンドンにはしばらくいるのかい？」そう尋ねてから、ジェームズはスーザンに視線を向けた。

「一週間から二週間ぐらい、スーザンと一緒に過ごすの。スーザン、こちらはフォーサイス教授。こちらはスーザン・ラベルよ、ジェームズ」

握手のあとスーザンは、フィリーと教授がふたりきりになりたがっていると直感的に思った。後日、母親にそれを報告することになるのだが。思いつきのまま行動する娘スーザンは、躊躇《ちゅうちょ》しなかった。

「フィリー、たった今思いだしたわ。おばあ様に、レディ・サビルを見かけたらブリッジ・パーティのことをきいてくると約束していたの。さっきレディ・サビルがいたのにすっかり忘れていたのよ。話をしてこなければならないけど、彼女はおしゃべりだからいつまでもわたしを引きとめてお昼に招待するかもしれないわ。先に戻って、おばあ様に伝えてくれない？　九十三番のバスに乗ってね」

スーザンはフィリーに答える隙《すき》も与えずに行ってしまった。

「九十三番のバスなら、ぼくの通り道だ」ジェームズはさりげなさを装って言った。「車で送っていくよ」

「本当に？　ご迷惑じゃないかしら？　バスのことはよくわからなくて。スーザンはフラムに住んでいるんだけれど、あなたはそちらのほうへ行くの？」

ジェームズはそうだと答え、フィリーを車まで案内した。フラムはそれほど遠くなかったが、昼どきで道路が混雑し始めているうえに、ジェームズも近道をする気はなかった。このところ彼はフィリーのことばかり考えていた。そのフィリーが隣に座り、子供のような純真さでたわいない質問に答えているのだから。

ロンドンはとてもおもしろく、本当に居心地のいい場所もあると、フィリーは言った。「でも路地にはひどく気のめいるところもあるわ。庭のない小さな煉瓦《れんが》づくりの家がどこまでも並んでいて。そこに住んでいる人たちが休みの日は海や田舎に行っていればいいのだけど……」

「大勢の人たちがそうしていると思うよ」ジェームズはドライブを大幅に長引かせるために脇道《わきみち》に入った。「だが、休暇のあいだでさえも田舎に行くのをいやがる人たちがどれほど多いか知ったら、きみは驚くだろうね。ネザー・ディッチリングのような田舎には店も映画館もゲームセンターもないだろう。ここにいれば、卵を手に入れるために何キロも歩く必要はない。どんなものでも配達してもらえるし、スーパーマーケットでも買うことができる」ジェームズはフィリーに視線を向けた。「そういった便利さをあきらめて、ミセス・ソルターの店だけで満足することはできないんだよ」

「たしかにそうね、ネザー・ディッチリングは少し退屈で――」

「でも、きみは出ていきたくないんだろう？」

「わたしは満足しているわ」フィリーはジェームズに頼まれたら村を出て地の果てまでもついていくつもりだったが、なにも言わなかった。

やがて目的地が近づいてきた。

「ここからどちらに行けばいいかわかるかい？」

「ええ。ふたつ目の通りを左に曲がってから、最初の通りを右に曲がったところなの」そしてフィリーはつけ加えた。「またお会いできてよかったわ。会えるとは思っていなかったの。あなたはロンドンで立派なお仕事をしているし、わたしは田舎で暮らしているでしょう」

家の前でジェームズが車をとめると、彼女は尋ねた。

「いつ結婚するの?」車のドアに手をかけたとき、ジェームズが車からおりてドアを開けてくれた。舗道におり立った彼女は、ジェームズの穏やかな顔を見あげて言った。「シビルと結婚してはだめよ。彼女はきっとあなたを不幸にするわ」

厳格そうなメイドが通りに面した家のドアを開けたとたん、フィリーは階段を一段飛ばしで駆けあがり、なかに入った。自分の口から出た言葉にぞっとするあまり〝さようなら〟も〝ありがとう〟も言い忘れた。

フィリーは仰天しているメイドの視線を逃れるように走って階段をあがり、部屋に入った。とんでもないことを言ってしまったわ。ジェームズには聞こえなかったかもしれないと淡い望みを抱いてみても、気休めにならない。おわびの手紙を書こうかしら。それとも、とり返しのつかない過ちには知らんふりをしたほうがいい?　フィリーは鏡をのぞきこみ、ロンドンに来なければよかったと思った。まだ今日という日が来ていなくて、美術館に行っていなければ……。

フィリーは階下のリビングルームへ行き、スーザンの祖母に午前中になにをしたかを報告した。スーザンがレディ・サビルと話をするために引き返したと説明し、レディ・サビルとのつきあいについて長々と話す老婦人に礼儀正しく耳を傾けた。

スーザンの祖母の話をうわのそらで聞いていたフィリーは、結婚も婚約もしていない理由をいきなり尋ねられて面くらった。

「よくわかりません。誰にも交際を申しこまれたことがないから……」

「結婚したいような男性には出会わなかったの?」

フィリーは頬を赤く染めた。彼女はばか正直に答えた。「会いましたけど、相手の方はそのことを知りません」

「男性に気持ちを伝える方法はいくらでもあるわ。それに、あなたは愚かではないんだし」

「無理です。いろいろと事情が……」

「だったら、運命の女神のご加護を待つことね」スーザンの祖母はクッションに体を預けた。「シェリーをもう一杯ちょうだい」

祖母という人種は鈍くなった女性だなどと侮れない。そう思いながら、フィリーはグラスにシェリーを満たした。

そこにスーザンが戻ってきて、レディ・サビルのことづけを伝えた。

「バスに乗れた？　どこでおりるかわかった？」

「実はフォーサイス教授が同じ方向だからと言って送ってくれたの」

「そんな気がしたわ。感じのいい方ね。長いおつきあいなの？」

「その教授って誰なの？」スーザンの祖母は侮りがたい丸い目を光らせてフィリーを見つめた。

「その」フィリーは言った。「実のところフォーサイス教授は友達ではありません。偶然に出会った方で、大雪の日に再会したんです」彼女はまじめな口調で言い添えた。「彼はとてもきれいな方と婚約しています。スーザン、美術館で会った人よ。不機嫌そうだとあなたが言っていた人」

「それもかなり不機嫌そうだったわよ！　彼女のことも知っているの？」

「何度か会ったけど、たまたま同じ日に同じ場所にいたというだけのことなの」

「ふうん、彼女はあなたとは違うタイプみたいね」スーザンが言った。「おばあ様、シェリーをお飲みになったらお昼にしてもいいかしら？　おなかがぺこぺこだわ」

その晩ベッドに入ると、フィリーは思った。ジェームズはわたしがこの家に泊まっているとわかっているから、訪ねてくるかしら？

いいえ、そんなはずないわ。今はもう、わたしがどこに泊まっているかなど忘れているだろうし、もう会いたくないと思ったかもしれない。あんな別れ方をしたのだから、訪ねてこようなんて思うはずがない。

わたしは愚かなことをした。あんなことを言ってしまったあとでは、ジェームズには二度と会いたくない。フィリーは半分眠りながら、つぶやいた。

「わたしはどうかしてしまったのね。なるべく早くうちに帰ったほうがいいわ」

ジェームズは家に戻ってもまだほほえんでおり、玄関で出迎えたジョリーにこう言われた。「くじにでもあたったのですか？　これほどうれしそうにされているのを見るのは、本当に久しぶりですよ」

ジェームズは鞄《かばん》を椅子の上に置き、テーブルの上の郵便物を拾いあげた。「くじだって？　いや、違う。ついに安らぎを見いだして、未来が開けてきた気がしているんだ」

ジェームズが書斎に入ってドアを閉めると、ジョリーはキッチンに戻った。

「だんな様はいったいどうなさったのだろうね？」ジョリーは飼い猫のタビーに話しかけた。「ミス・ウエストが原因のはずはない。あの方のことで、だんな様があんなふうに笑ったことは一度もないのだから」

翌週ラベル夫妻が戻ってきて、フィリーは車で家まで送ってもらうことになった。アメリカの標語が書かれた、ネザー・ディッチリングには似つかわしくないTシャツを握りしめながら、ラベル夫妻がお礼を言うのを聞いていた。スーザンの祖母は辛辣《しんらつ》な別れの言葉を口にしてから、フィリーが来て助かったと言った。それを聞き、フィリーは自分のほうこそラベル家の人々に感謝すべきだと思った。ただ、ロンドンでの生活は楽しかったが、また来たいと思うのはジェームズがここに住んで仕事をしているからだった。フィリーは誰にもそのことを明かさなかった。

家に戻るとほっとした。鶏の世話をしてくれたケイティにTシャツを差しだしてから、ロンドンで買った小さなプレゼントをひとりひとりに渡し、訪れた名所旧跡や店について事細かに話した。

「でもみんなせかせかとどこかへ出かけたり、戻ってきたりしているの」フィリーは説明した。

「それでは、ロンドンに住みたくはないんだね?」父親が言った。

「よほどの理由がない限りはね。うちに帰ってこられて本当によかったわ」

フィリーの声にこめられた思いに気づき、母親は鋭い視線を投げかけた。娘はロンドンにいるあいだに、誰かに会ったのかもしれないわ――男性に。でもフィリーはもう大人なのだから、問いただすべきではない……。

そのころ、ジェームズは書斎で仕事をしていた。だが三十分ばかり書き物をしたところで、椅子に深く座りなおして思いをめぐらせた。フィリーのことをとめどなく考えていると、電話が鳴って思考が中断された。シビルだった……。

シビルは友人から、美術館で会ったあのおかしな小娘とジェームズがふたりきりでいたと聞かされたのだ。さらに、彼はその子を車に乗せて走り去ったと。〝かなり親密そうだったわ〟

〝わたしも彼女を知っているのよ〟シビルはにこやかに言った。〝三月に知りあったの。田舎に住んでいて、とても退屈な生活を……〟

〝美術館であの子に声をかけたときは、気の毒がっているようには見えなかったわよ〟そう指摘して、友人は笑った。〝気をつけたほうがいいわ〟

そのときはシビルも笑ったが、あとで家に帰ってから考えた。

わたしはジェームズのことを信用しすぎていたのかしら。あの退屈な別荘で過ごすのがいやで、どこかへ出かけてしまうことが多すぎたのかもしれないわ。フィリーは本当に危険な存在になる可能性がある。ジェームズが華やかな女性を連れて夜出歩くだけでは満足しないことぐらい、わたしにもわかっているし、あの子にもそれを見抜くだけの目があるんだわ。「ばかな小娘」シビルは大声で叫んだ。

だがシビルは、いったん自分の魅力を発揮しようと決意すれば、とても魅力的になれるのだった。

「ダーリン、お仕事中なのかしら？　先週フィリーを車で送ってあげたのはよかったと伝えたかっただけなのよ。展覧会で会ったときは本当にびっくりしたわ。彼女、あまり楽しそうではなかったわね。どこに泊まっているかきき忘れたけど、しゃれたレストランのランチにでも誘おうかと思っているの。彼女は田舎ではあまり出歩かないだろうし。住所は知っている？」

「フラムのどこかだよ。通りの名前や家の番地は覚えていないんだ。どっちみち、今ごろ彼女は家に帰っているはずだよ」

賢明なシビルはそれ以上追及しなかった。ジェームズはいつものように落ち着き払っていたが、フィリーに会う気がないとは言いきれない。シビルは愛想よく言った。「残念だわ。フィリーが楽しく過ごせたのならいいけれど。彼女のお友達はすてきな人のようだったわ。そろそろ電話を切るわね、ダーリン。マスタートン家のパーティであなたに会うのを楽しみにしているわ。働きすぎないでね」

シビルは受話器を置き、座ってもう一度考えた。なんとしてもジェームズと結婚したい、それも都合のいい時期に。今のところは、彼が目移りしないようにしておかなければならない。

シビルは自分の魅力でジェームズを引きつけられると信じていた。美貌《びぼう》に恵まれて服装のセンスもいいうえに、知性に裏打ちされたさりげない会話で、人を楽しませる才能もあるのだから。だが一方、彼女は欲が深く自分勝手で、気が短く、関心のない人や物に対してはまったく無頓着《むとんじやく》という面も持っている。シビルはそれを自覚しており、真の姿を巧みに隠していた。さらに自分の本性をほんの一、二度ジェームズに見せてしまったことにも気づいていた。

フィリーを遠ざけなければならないわ。でも、どうやって？　彼女はネザー・ディッチリングにボーイフレンドも結婚相手もいないようね。ボーイフレンド役を見つけなければ。フィリーのことを真剣に考えている素振りができる男性なら、申し分ないわ。ジェームズの人柄をよく知っているシビルには、彼が自分の気持ちを抑えてボーイフレンドの存在を受け入れるとわかっていた。

熱烈な崇拝者を演じられる者が必要だった。誰かを笑いものにすることを楽しめて、人の気持ちを傷つけるのをためらうような良心など持ちあわせていない人間が……。

シビルはうってつけの人物を思いだした。使いきれないほどの大金と使いきれないほどの時間を手にしている、若き無頼漢のいとこを。つい最近彼から電話がかかってきて、スキーで怪我《けが》をして静養しているが、退屈でたまらないと言われたばかりだった。

彼ならこのお楽しみに適任だろう。

シビルはさっそく、ノーフォークのカントリー・ハウスに向かって車を走らせた。いとこは怪我が完治してロンドンのフラットに戻れるようになるまで、両親と一緒にそこで静養することになっている。

おじ夫妻はシビルをあまりよく思っていなかったが、グレゴリーの退屈を紛らしてくれるのを期待して、彼女を歓迎した。シビルはいとことふたりきりで何時間も過ごすことができた。彼が足を引きずって庭を歩きまわりながら不平をもらすのを見ていると、頼まれればどんないたずらでも喜んで引き受けそうに思えた。

「ただの冗談なのよ」シビルは言った。「誰も傷つかないわ」もっとも、そんなことをふたりが心配しているわけではなかったが。「ジェームズはすぐにでも結婚したがっているの。でも、まだ縛られたくないわ。あなたも知っているように、ジェームズはすべてを持ちあわせている。でもお互いの価値観に違うところがあるのよ。わたしが歩み寄らせようとしているあいだに、彼がほかの女性に目移りしたりしては困るの。相手はどうってことのない、正真正銘の田舎娘なの。鶏を飼ったり、日曜学校の先生役を務めたりしている、いかにもまじめな子よ。あなたが足を引きずって村に入っていくのを見たら、きっとひと目惚《ぼ》れするわ」

「名前はなんていうんだい?」

「フィリーよ。フィリー・セルビー」

「ジェームズがその女性に惚れたと思っているわけじゃないだろう?」

「そんなこと、全然思っていないわ。でもタイミングよく現れるのよ。助けると言ってよ、グレゴリー。それに、怪我が治るまでの気晴らしになるでしょう?」

「ぼくにどんな得があるんだい?」

「さっきも言ったように、ちょっとした気晴らしになるわ。それに、ストレンジウェイ家が催すクルージングの招待状を手に入れてあげる。みんな、喉から手が出るほど欲しがっているのよ」

シビルはグレゴリーを横目で見た。彼はハンサムな若者で、自分の思いどおりにできる状況では、とても魅力的に見える。そのうえ、シビルと同様に無慈悲で自己中心的なので、この計画にうってつけだ。

「よし、引き受けよう。いつから始めるんだい？」

「ネザービーの人たちと知りあいなんでしょう？事故のせいであなたは結婚式に出られなかったけど、つきあいがあるのだから、わたしと一緒に訪ねてもおかしくないわ。きっと週末に招待されるでしょうね。ネザー・ディッチリングはそこから目と鼻の先なの。ガソリンが切れたとかなんとか口実をつけて、牧師館に入りこんだらいいわ」

ジェームズは一週間後にバーミンガムの小児病院へ出張することになっていた。シビルとグレゴリーがネザービーに行くのに充分な時間がある。

すべてがうまく運んだ。新婚のカップルはまだハネムーンから戻っておらず、誰もがちょっと退屈していた。みんなが新顔の客を歓迎する気分になっていたうえに、グレゴリーは魅力的かつ愉快な人物に見えた。ネザービーの人々は気分転換ができると喜んで、グレゴリーに一週間ほど泊まりに来るよう勧めた。

シビルは計画がうまくいったことに気をよくして、グレゴリーを車に乗せてロンドンに戻った。

「泊まるのはせいぜい一週間から十日ぐらいだよ」グレゴリーが言った。「あの一家を知っているといっても、長居するほどは親しくないんだから」

「だったら、どこか近くの宿屋に泊まればいいわ」

グレゴリーが異議を唱えると、シビルは抜け目なく言った。

「数日前にジョイス・ストレンジウェイに会ったわ。

招待してもらえるかもしれない」彼女は相手の満足げな笑顔を無視して続けた。「ウィズベリーにいいパブがあるのよ。ネザー・ディッチリングから十キロ足らずのところなの。ほんの二、三週間じゃない」なだめるように言う。「ジェームズに話を聞かせるまでの辛抱よ。彼はわたしが連れてくるわ。ネザー・ディッチリングまで車で連れてきてもらうの。あなたはフィリーが自分のものだという顔をしていればいいのよ」

「その女性がぼくを好きにならなかったら？」

「ばかなことを言わないでよ、グレゴリー。あなたがその気になれば、誰にだって好かれるわ」

バーミンガムに出発する前の晩、ジェームズはシビルと食事をしながら彼女の機嫌がいいのに気づいた。シビルはときおり会話の端々に挟まれる仕事の話にも耳を傾けようと努め、曖昧《あいまい》な微笑を浮かべながらふたりの未来について話し、彼を喜ばせようとしていた。

シビルがこれほどきちんとした態度をとっているなら、まじめな話ができるかもしれない。互いを深く思っているかどうかがわかれば、意味もなくずっとしている婚約を解消するという結論に達することができるかもしれない。

だがシビルは意図的に、ジェームズにまじめな話をする機会を与えなかった。「シビル、話があるんだ」とうとう彼がそう切りだすと、シビルは聞こえないふりをして近くの席にいる友人に向かって手を振り、一緒にコーヒーを飲むようにと誘った。

礼儀正しいジェームズは、友人を歓迎しないような態度はとらなかった。バーミンガムから戻ったら改めてシビルに会おう。

翌日、シビルはグレゴリーを車に同乗させて〈ネザービー・ハウス〉に向かい、数時間過ごしたあとロンドンに帰った。ジェームズが戻るまではなにもすることがなかった。彼女の計画の成否は、今やグレゴリーにかかっている。

グレゴリーは魅力を発揮して、申し分のない客となっていた。滞在三日目、彼は女主人に出かけてくると言った。「そうすれば、ぼくがいることにうんざりしないですむでしょう」

そんな足で出かけないほうがいいと女主人から言われると、グレゴリーは自分の小型スポーツカーを運転するのには慣れているし、道路はがら空きだからと答えた。

朝食後、海岸までドライブに出かけるので帰りは夕方になると言い置いて出発し、ネザー・ディッチリングに向かいながら計画を練った。スピードを落として村に入り、ミセス・ソルターの店の前で車をとめる。彼はわざと大げさに足を引きずってなかに入った。同情を得られるとわかっていた。グレゴリーは笑顔で挨拶をしてから新聞を買い、地元の新聞にも手をのばした。

「お目にかかるのははじめてのようね」ミセス・ソルターは言った。「旅行をしているの？」

「違います。住むところを探しているんですよ。このあたりに売りに出ている物件があると聞いたもので」

あてずっぽうだったが、うまくいった。

「まあ、そうなの」ミセス・ソルターはおしゃべりができるのでうれしそうに言った。「ちょうどいいところに来たわね。村外れのアップルツリー家に空き部屋があるわ。こぢんまりとしたすてきなところよ。でもお子さんがいるなら、ちょっと手狭ね」

グレゴリーはほほえんだ。「ぼくはまだ結婚していませんが、部屋がたくさんある家がいいんです」

「それなら、ここからウィズベリーに向かう途中にかや葺《ぶ》き屋根の家があるし、村のこちら側の外れから一・五キロメートルほどのところには領主屋敷《オールド・マナー》があるわ。広い庭のある、すてきな家よ」

「それがぴったりのようですね。不動産屋はどちらですか？」

ミセス・ソルターの返事を聞いたとき、グレゴリーは自分の幸運が信じられなかった。「牧師のミスター・セルビーが鍵《かぎ》を預かっているのよ。その家は不動産屋から遠い場所にあるから。もっとも何カ月ものあいだ、誰も見に来ていないけど」

グレゴリーは愛嬌《あいきょう》のある笑顔を見せた。「もしかしたら、ぼくが探しているような家かもしれません。教えてくださってありがとうございます。牧師館はどちらですか？」

ミセス・ソルターはほほえんだ。「教会が見えるでしょう？　その隣の煉瓦づくりの家が牧師館よ。牧師さんがあなたを屋敷まで案内してくれるわ。とても親切な方よ」

グレゴリーはもう一度笑顔を見せた。「またお会いできるといいですね」そう言って、彼は車に戻った。今日はついているぞ！

5

牧師館のドアは開いていた。グレゴリーが旧式の呼び鈴を引っ張ると、奥のほうから声が聞こえ、やがて小走りの足音が聞こえてきた。ドアを大きく開けた、この娘がフィリーだろう。シビルの説明は正確だが、悪意に満ちている。はっとするほどの美人ではないが笑顔がかわいらしく、目もきれいだ。

「おはようございます」愛想がよく、穏やかな声だった。

グレゴリーは一瞬、良心の呵責《かしゃく》を覚えたものの、ストレンジウェイ家のクルージングに招待されるかもしれないと思いなおして笑顔を返した。

「おはようございます。お邪魔してすみませんが、牧師さんが力になってくださるだろうとミセス・ソルターに言われて来ました」

「どうぞお入りください。父を呼んできます」フィリーはグレゴリーを客間に招き入れた。「お座りになって。父はすぐに来ますから」

グレゴリーは腰をおろしたが、フィリーがいなくなるとすぐさま立ちあがった。部屋は広く、趣味のいい絵が壁にかけられていた。頑丈で高価そうな肘掛け椅子やソファは、使い古されている。グレゴリーは窓際に行って外をのぞいた。ドアが開いて牧師が入ってきたので、グレゴリーは振り向いた。

グレゴリーは感じのいい笑顔を見せた。「おはようございます。ご迷惑でなければいいのですが、店番をしていたミセス・ソルターに言われてお邪魔しました。家を借りようと思っていまして、牧師さんが領主屋敷《オールド・マナー》の鍵《かぎ》を持っていらっしゃると聞いたんです。ご都合のよろしいときに見せてください。いつがいいでしょう？」

礼儀正しい青年だが虫が好かないのはなぜだろう、と牧師は思った。

「今行くのはどうかな？　一時間ぐらいなら大丈夫だし、ここから三キロぐらいしか離れていないんだ。車で来たのかい？」

「ええ、一週間ほど〈ネザービー・ハウス〉に泊まる予定です」グレゴリーは手を差しだした。「グレゴリー・フィンチです」

牧師はグレゴリーと握手をした。「それならすぐに出発しよう。あの家はしばらく空き家になっていてね。いい家なんだが、修理する必要がある」

牧師は鍵を持ってきた。ふたりが車に向かって歩きだしたとたん、フィリーがドアの前から声をかけた。「お父さん、ミスター・アームストロングから電話があったわ。具合が悪くなったそうなの。すぐに来てくれないかと……」

「もちろん行くとも」牧師はきびすを返した。「申し訳ない。教区の年配の信者が重病でね。きみには出なおしてもらわなければならなくなった」

フィリーがやってきた。「お父さん、わたしが案内するわ。せっかくいらしているんだから、家をお見せしたほうがいいでしょう。出なおしていただくのは、家を気に入ってお父さんと相談したくなったときでいいんじゃないかしら。オールド・マナーでしょう？　お父さんが鍵をとるのを見たわ」

「いいだろう。戸じまりをきちんとするんだよ。わたしは一時間以内に戻れるだろうから、ミスター・フィンチがあの家についてもっと詳しい話を聞きたいのなら、ここで待っていてもらってもかまわない」

グレゴリーが急いで外に出ると、フィリーが言った。「母に声をかけてくるから、待っていてくださる？」それから、彼女は家のなかに入った。

ミセス・セルビーは客間の窓から様子をうかがっていた。ハンサムな青年だわ。脚に怪我《けが》をしているようね。彼女はスポーツカーに視線を走らせ、フィリーに言った。「悪い人ではないようだけど、あまりスピードを出させないようにね」

グレゴリーは窓越しに見られているのに気づいて、わざと大げさに足を引きずった。年配の女性は体の不自由な者にやさしいとわかっていたのだ。

グレゴリーはフィリーに努めて礼儀正しく接しながら、オールド・マナーまでの短い距離を運転した。家を念入りに見たあと、彼は数々の質問をした。それから庭についてフィリーと話しあい、近隣の様子や村についても尋ねた。

「すてきな家だね。ぜひもう一度来て、もっとよく見たいな。いつごろがいいだろう?」

「そうね、土曜日の午後なら父はほとんど家にいるし、月曜日でも大丈夫よ。もちろん、父が誰かに呼びだされることもあるけど……」

フィリーが戸じまりをしているあいだ、グレゴリーは礼儀正しく脇《わき》に寄っていた。「それなら、月曜日の午前十一時では? 牧師さんが忙しかったら、なかで待たせてもらうよ。脚の具合がよくなるまで待てば、教会や村を見物するのも楽しいだろうね」

グレゴリーはフィリーをちらりと見て、自分が彼女の期待どおりに振る舞っているのがわかった。

フィリーはうなずいた。「待つのが苦にならないなら、そのあいだに母がコーヒーをお出しするわ。その脚では、あまり歩きたくないでしょうね」

ふたりが牧師館に戻ったとき、牧師はまだ戻っていなかった。ミセス・セルビーはコーヒーを出し、グレゴリーに牧師の帰りを待ったらどうかと言った。だが彼は午前中の収穫に満足していた。急いではならない。シビルに電話をかけなくては。彼は礼を言ってから車に乗りこみ、立ち去った。

「ミスター・フィンチはあの家を気に入った？」ミセス・セルビーが尋ねた。

「たぶんね。細かい話はしなかったけれど、もう一度見てから、お父さんと相談したいらしいわ。とても礼儀正しい人よ」

ミセス・セルビーはたしかにそうだと思い、なぜかグレゴリーを好きになれない気持ちは無視しようと努めた。

グレゴリーは昼食に間に合うように〈ネザービー・ハウス〉に戻らなければならないと言って牧師館を出たが、そうするつもりなどなかった。〈ネザービー・ハウス〉の女主人には夜まで戻らないと言ってあるから、バースまで行こうと思っていた。

田舎にはもううんざりだ。洗練されたパブや高級レストランで暇をつぶしたい。退屈しきってしまう前に、シビルの計画がさっさと実行されればいいのに。グレゴリーは車を道路の端にとめ、携帯電話でシビルに連絡した。彼女はたぶん家にいないだろうが……。

だがシビルは家にいて、フィリーに会えたかと熱心にきいてきた。

グレゴリーは会えたと伝え、うれしそうなほめ言葉に耳を傾けた。「グレゴリー、あなたには驚いたわ。今度はわたしがジェームズをネザー・ディッチリングに連れていくから、そのときはあなたもいてちょうだい。なにかあったら、電話をかけるわ。フィリーをどう思った？」

「なぜきみがそんなに大騒ぎするのかわからないね」じれったそうになにか言いかける彼女を、グレゴリーは遮った。「わかったよ、きみの力になる。この退屈な田舎でのいい気晴らしになるし、それほど難しいことじゃないからね。牧師夫妻とはもう仲よくなったよ。フィリーがぼくに関心を持つように仕向けるのも一興だろう」

「力になってくれるとわかっていたわ」それから、シビルは抜け目なく言い添えた。「昨日、デイビッド・スメールに会ったわ。彼はストレンジウェイ家のクルージングにいつも招待されているの。そのクルージングのときに、あなたも招待されると聞いたそうよ」

グレゴリーはひとりでにやりとした。「なにをするつもりなのか、教えてくれ。それに、注意すべき点もなるべく詳しく」

運はシビルに味方したようだった。シビルがコーラリーに会いたいのでネザービーまで車で連れていってほしいとさりげなく頼むと、ジェームズは快く応じた。

ジェームズは午後は空いていたので、途中で昼食をとって、午後の早い時間にネザービーに着くようにしたらどうかと提案した。もっと頻繁にシビルと会うようにすれば、最近の彼女はとてもやさしく物分かりがいいから、ふたりの未来について話しあえる。別々の未来について。将来についての彼女の曖昧《あい》《まい》な態度を考えると、結婚して夫や子供と暮らすつもりはないと思わざるをえない。もし彼女がそれを認めたら、互いにいやな思いをせずに円満に別れられるだろう。

土曜日の午後、ジェームズはジョリーに、ミス・ウエストと一緒にネザービーまで車で出かけると伝えた。主人のあまりにもうれしそうな様子に、ジョリーは暗い気持ちでキッチンに引っこんだ。だんな様は将来きっとあのレディの尻に敷かれることになるだろう。

だがジェームズがうれしそうにしていたのは、ネザー・ディッチリングを通るときにフィリーに会えるかもしれないと思ったからだった。

そしてもちろん、そのとおりになった。

グレゴリーは自分の幸運が信じられなかった。ジェームズが村に到着するのは午後二時ごろだとシビルからあらかじめ聞いていたので、牧師に頼んで苦もなくオールド・マナーをもう一度見せてもらうことにした。時間を変更しなければならない場合もあるが、まず大丈夫だろう。ぼくも彼女も携帯電話を持っている。シビルが昼食のために立ち寄った店から電話をかけてきて、ネザー・ディッチリングにいつごろ行ったらいいかを教えてくれるだろう。

グレゴリーは計画を立て終え、よき客人として午前中の大半を過ごした。

「本当にすてきな青年ね」〈ネザービー・ハウス〉の女主人は言った。「思いやりがあって、愉快で。いなくなったら、きっと寂しくなるわ」

彼女の夫は意見を胸におさめておくタイプなので、うなっただけだった。それを聞いて、女主人は夫も同意していると思った。

土曜日、フィリーは忙しく過ごしていた。自分の書いた字を読めたためしのない父親のために手書きの説教をタイプし、ローズとフローラの婚約者のベッドを整え、日曜日の昼食用にそら豆を摘み、当番にあたっている村の女性たちと一緒に教会の花を生けた。

この季節にしては暑い日だった。〝まるで夏みたいだね〟という牛乳配達人の言葉に勇気づけられて、フィリーはコットンのブラウスとデニムのスカートを身につけ、昼食のためにテーブルを整えた。

席に着くのは、両親、ケイティ、ルーシー、それにフィリー自身だった。昼食はオムレツとサラダで、隣村のミスター・ブリスクの経営するパン屋の焼きたてのロールパンが添えられる。

簡素な食事をとりながら、一同は大いにおしゃべりをした。一家はもともと話し好きなうえに、世間話は時間の無駄だと考える牧師がいつになく饒舌《じょうぜつ》だったので、みんな夢中で話していて、席を立つのがいつもより遅くなった。

「ミスター・フィンチが来るのは何時なの？」ケイティが尋ねた。

ミセス・セルビーは時計を見た。「あら、まあ。もうすぐ二時よ。彼が来るのは二時から二時半のあいだだと……」

だがケイティが様子を見に行ったとき、グレゴリーはまだ来ていなかった。

みんなで食器を洗って紅茶の用意をしたあと、フィリーは鶏小屋に行って卵を抱いている雌鳥《めんどり》の様子を見た。そのころには、二時半になろうとしていた。

ジェームズが村に到着してベントレーのスピードをゆるめたちょうどそのとき、グレゴリーは牧師館の前に車を横づけにした。まさに絶妙のタイミングだった。あとはシビルの手腕にかかっている。

シビルはグレゴリーの姿を見つけて、懸命にジェームズの袖《そで》を引っ張った。「とめて、ジェームズ。牧師館の門の前にいとこがいるの。ネザービーに泊まっていると言ったでしょう？　挨拶《あいさつ》をしなくてはならないわ」

シビルとグレゴリーはまるで何カ月も顔を合わせていなかったかのように挨拶を交わした。彼女はいとことジェームズを引きあわせてから尋ねた。

「こんなところでなにをしているの、グレゴリー？」

「フィリーを待っているんだ」グレゴリーは笑顔で言った。「一緒にバースまで車で買い物に行くんだよ。もちろん、きみも彼女を知っているだろう？」

彼はシビルからジェームズへと視線を移動させた。

「ネザービーで出会って、相思相愛になったというわけだよ」まことしやかな嘘《うそ》が次から次へと飛びだした。「悪いけど、ずっとここで話してはいられないんだ。彼女の支度ができたかどうか見てこなくてはならないからね」

グレゴリーは車をおり、快活に手を振りながら牧師館に向かって歩き始めた。このとき牧師夫妻のどちらかがやってきたら、彼は困った立場になったことだろう。だが誰も現れなかった。グレゴリーはドアの前で振り返って手を振り、ベントレーが去っていくのを見送った。

そのあとグレゴリーはオールド・マナーの水まわりや壁を点検したり、屋根の修理が必要かどうかを話しあったりして、牧師と一緒に退屈な午後を過ごした。携帯電話が鳴ったのは、午後も遅くなってからだった。

シビルがネザービーから連絡してきたのだ。グレゴリーはすかさず言った。「ロンドンにいるのかい？　今晩？　連絡はあとでいいかな？」彼は牧師をちらりと見て言った。「昔からの友人がロンドンに二日ばかり泊まっていて、夕食に誘われたんです」

「そうか、きみはこの家をもうくまなく調べたんじゃないかな。牧師館に戻ってお茶を飲んでから、ロンドンに戻ったらどうだい？　ネザービーの人たちに連絡をしたいだろうし」

グレゴリーは笑いだしたくなる気持ちを抑えた。まったくうまくいった。「今、電話をかけますよ」

「わたしは車をこちらにまわしてから、戸じまりをするよ」牧師は言った。

グレゴリーは携帯電話のボタンを押し、大声で言った。「グレゴリーです。これからロンドンまで行ってもいいでしょうか？」牧師が部屋から出ていくと、彼は小声で言った。「シビル、今から出発するところだ。牧師館でお茶を飲むことになった。来られるかい？　きみが牧師館に立ち寄るのになんの問題もないよ。もちろん、ジェームズも連れてきてくれ。フィリーのほうはぼくがうまくやるから」

うれしそうな笑い声が聞こえてきた。「なにも約束できないけど、ベストをつくすわ」

そろそろロンドンに戻ろうとほのめかすのは、難しいことではなかった。シビルは愛想よく別れの挨拶をしてから車に乗りこみ、ジェームズの機嫌をとるように言った。「ごめんなさいね、ダーリン。田舎もいいけれど、一時間もいればたくさんだわ。途中でお茶にしましょう。今晩はどこに行くことにする?」

「お茶はかまわないが、今晩の夕食は――」

「明日、ヘンリー・オン・テムズへ行ってもいいわ。川沿いをドライブするの」ジェームズが躊躇《ちゅうちょ》すると、シビルは言った。「いいのよ、行きたくないのね。あなたはわたしの言うことを聞いてくれたためしがないでしょう? わたしがあの別荘についていって死ぬほど退屈すればいいと思っているんだわ」

これほどいいタイミングはない。ジェームズは静かに言った。「話があるんだ、シビル――」

そのときちょうど牧師館が見えてきて、シビルが大声で言った。「話なんかしたくない。とめて。お茶を飲みたいわ。牧師館に行きましょう。いつも出入りは自由のようだし」

「お茶なら、途中で飲めばいい。あの人たちの午後を邪魔しちゃいけないよ」

シビルはグレゴリーの車を指さした。「なぜ? グレゴリーはお邪魔しているわ」

ジェームズは心ならずも車をとめた。シビルは車から飛びだし、いつものように半開きになっているドアを目指した。セルビー家の人々は客間でお茶を飲んでおり、最初にシビルに、次にそのあとをゆっくり歩いてくるジェームズに気づいた。

ミセス・セルビーは立ちあがり、シビルを出迎えた。「ちょうどお茶に間に合ったわね」彼女は親切に言った。「あなたのいとこもロンドンに戻る途中、ここで休憩しているのよ。さあ、入って。ほぼ全員と顔見知りでしょう」それから、ジェームズに笑顔を向ける。「うれしい驚きね。あなたは今度いついらっしゃるのかと、娘たちからしょっちゅうきかれていたのよ」

「ご迷惑でしょう、ミセス・セルビー」

「とんでもない。お客様は大歓迎よ、特に思いがけないお客様はね」

シビルはすでに牧師の隣の席に座り、紅茶とケーキを受けとっていた。グレゴリーはにぎやかな雰囲気に乗じてフィリーの隣に陣どり、みんなの話の輪に加わりながらも、彼女の注意を引きつけようとたくらんでいた。

元来礼儀正しいフィリーは、道に迷った顛末《てんまつ》をおもしろおかしく語るグレゴリーに耳を傾け、なにか尋ねられると小声で答えていた。それに目ざとく気づいたジェームズは、牧師と世間話をしながら、まずグレゴリーの首をしめてからフィリーの首をしめたいという衝動を抑えつけた。

ミセス・セルビーは素知らぬ顔をして、静かに言った。「フィリー、お湯をわかしてきてくれる？　お茶がもっといるわ」それからしばらくして、彼女は言った。「ジェームズ、ジェームズと呼んでもいいかしら？　キッチンに行って、フィリーにケーキを持ってくるように言っていただける？　クッキング・ストーブのそばの戸棚に入っているの」

フィリーはキッチンのテーブルの前に座り、足をぶらぶらさせながら湯がわくのを待っていた。思いがけずにジェームズが訪れたので、幸せな気分だった。だがその一方で、シビルがあまりにも美しく自信たっぷりなうえ、ときどきほほえみながらジェームズのほうを見ていたので、不幸せでもあった。ジェームズがシビルを愛するのも無理ないわ……。

ジェームズはキッチンに入り、フィリーの前に立った。「お母さんがケーキをもっと持ってくるようにと言っていたよ。楽しい午後だったかい？」

「ええ。散歩に行ったの。好きな人と一緒にいるのはとても楽しいでしょう？」たしかに楽しかった。フィリーはミセス・ツイストの年老いた父親にしばらくぶりに会った。ツイスト老人が目に入れても痛くない、お気に入りの孫がすっかり元気になったので、話はつきなかった。フィリーはジェームズがこれほど不機嫌な顔をしていなければいいのにと思いながら、言葉を続けた。「彼は一週間か二週間こちらにいるので、しょっちゅう会えるわ。ロンドンが嫌いで、このあたりで家を探しているの」

ジェームズは苦虫を噛《か》みつぶしたような顔で言った。「そうかい？」その声を聞いて、フィリーはたわいないおしゃべりをしようという気分ではなくなった。

ありがたいことに、ちょうどそのとき湯がわいた。フィリーは紅茶をいれてからケーキをとりだして、ジェームズに持たせた。

客間に戻ったふたりに、シビルは鋭い視線を投げかけた。ほどなく、彼女は立ちあがった。

「今晩ふたりで出かけるんです」シビルはそう言って早々に帰ることを丁寧にわび、あせる気持ちを押し隠しながら、ジェームズが長い別れの挨拶を終えるのを待った。

ふたりが立ち去ると、ミセス・セルビーは言った。「シビルはとてもきれいなお嬢さんね」全員が同意した。だがケイティは以前そう口にしたときに、フィリーがひどく動揺したのを思いだして黙っていた。

車のなかでシビルが沈黙を破った。「なんてすてきな家族かしら。それに、娘さんたちはみんな美人ね。もちろん、フィリーは別よ。すごくいい人だけど。それにしてもグレゴリーがまるで家族の一員みたいになっていて、本当に驚いたわ。とてもうまくいっているようね、彼とフィリーは。グレゴリーもそろそろ落ち着くべきなのよ」

「少し気が早くないか?」ジェームズはさりげない調子で言ったが、その横顔を見たシビルには彼がいらだっているのがよくわかった。

「そうかもしれないけど、フィリーは幸せそうだったわ」

「グレゴリーはネザービーにどのくらい泊まる予定なんだい? 彼は今晩ロンドンへ行くんだろう?」

「友達と会って夕食を……」

「彼は働いているのかい?」

「ええ、もちろん。ロンドンで仕事をしているわ。でも脚が治るまで休暇をとっているの。もちろん、彼には財産もあるのよ。おじはノーフォークに土地を持っているの」

ジェームズは次回のデートについて具体的な約束をしないままシビルをおろし、自宅に戻った。ジョリーは主人の顔をひと目見るなり、キッチンにそっと引っこんだ。

「ご機嫌が悪いぞ」ジョリーは愛猫に言った。「しばらくそっとしておいて、あとでおいしいものを持っていくのがいちばんいい。ミス・ウエストがまただんな様をいらいらさせたに違いないね」

ジェームズはいらいらしているどころか、かんかんに怒っていた。グレゴリーをひと目見るなり、嫌悪感を抱いた。それに、フィリーを見つめたり、彼女に話しかけたりするときのいかにも恋人然とした態度も気に入らなかった。彼がまともな男だったら、ぼくは受け入れる。だがグレゴリーはフィリーにおよそふさわしくない男だ。それに彼女があの男を愛しているかどうか、いや、それどころか好ましく思っているかどうかもよくわからない……。

ジェームズはジョリーを捜しに行った。「明日、別荘に行ってくるよ。きみは半休をとってくれ。夕方まで戻らないから」

「そんな気がしていましたよ。冷蔵庫にジョージにやる骨が入っています」

ミセス・ウィレットはジェームズからの電話を受けて、うれしそうだった。「ローストポークのアップルソース添えに、手づくりのタルトもあります。ゆっくりとおしゃべりができそうですね」つまり、ジェームズの私生活以外についてなら、山ほど質問できるということだ。彼はいったん決意したら、決して本音を言わないのだから。

ミセス・ウィレットは、ジェームズがとても無口な男性だとわかっていた。友人は大勢いるものの、仕事以外の側面について知る者はほとんどいないのだ。友人の誰ひとりとしてシビルを好ましく思う者はなかったが、みんなジェームズを敬愛しているため、そのことをほのめかす者さえいなかった。ミセス・ウィレットもシビルに好感を持っていなかったけれど、彼女はジェームズを幸せにするためなら最善をつくす覚悟でいた。

だんな様はお幸せではない。翌日、ミセス・ウィレットはジェームズをひと目見ただけでそう気づいたが、なにも言わなかった。だんな様は問題を抱えていらっしゃるようだから、それをわたしに話してくださればいいのに。やがてローストポークのアップルソース添えを食べて皿を洗ったあと、ふたりはジョージを従えて庭に出て椅子に座った。「どうやらきみの助言が必要らしい」

「わたしでお役に立てるなら」ミセス・ウィレットは言った。「お話をお聞きいたしましょう」

話し終えたあと、ジェームズは言い添えた。「いいかい、ぼくはフィリーを愛しているが、もし彼女がグレゴリーという男を愛していて結婚したいと思っているのなら、二度と彼女に会わないつもりだ。だが、彼女がその男を愛していようといまいと、シビルとは結婚できない。それについては罪悪感を感じるべきなんだろう。しかし、だいぶ前から彼女に愛されていないと気づいていたんだよ。シビルは美人で魅力的だが、それだけだ。フィリーの前から姿を消す前に、フィリーが必ず幸せになるようにしてやりたいんだ。グレゴリーにはどうも信用できないところがある。シビルによれば、実家がノーフォークにあって、ロンドンで仕事をしているらしいが」

ミセス・ウィレットはてきぱきと事務的に答えた。「グレゴリーという方の住所を調べて、どんなところかご自分の目でご覧になってください。お父様やご家族に会うのもいいですね。その方の職場や交友関係も調べてみるんです。できないなんて、おっしゃらないでくださいよ。力を貸してくれるお友達が大勢おられるんですから。その男性がいい方でフィリーを愛しているのなら、あなたは彼女をあきらめて再出発をする。でも間違っていることがあるなら、それを正したいんですね」

「そうだ。ぼくがばかなことをしているわけではないと言ってくれる人が必要だったんだ」

数日後、ジェームズが幼い患者の複雑骨折について同僚たちと話しあっているとき、ひとりが言った。「ごくまれな症例だな。前に一度だけ診たことがあるよ。数カ月前のことで、若い男性だった。健康保険が適用されなかったうえに、その患者はずいぶん問題を起こしていた。看護師に言い寄ったかと思えば、酒をこっそりと持ちこんだりして。ロンドンで会社の取締役をしていると言っていたが、実際にはなんの仕事もしていないんだ。家族の経営する会社に、気が向いたときに行っているだけ。それに、治療費も払わなかった。結局、父親に尻ぬぐいをしてもらうことになったんだよ。父親によれば、息子は自分の金を持っているにもかかわらず、いまだにそういうばかなことをするらしい」

素知らぬ顔で話に聞き入っていたジェームズは、こう尋ねた。「聞いたことがあるな。たしかフィンチだったかな?」

「ああ、そんな名前だった。父親はノーフォークに土地を持っているが、地元ではあまりよく思われていない。きちんと住所を確かめて、請求書を送らなければならないんだ」

「どうして名前に覚えがあるんだろう?」ジェームズは屈託のない調子で言った。「その人物は海に近い村に住んでいたりするかい?」あてずっぽうだったが、うまくいった。

「そのとおりだ。ヤーマスにある、リンバーソープというところだ。家が十軒余りと教会が一軒あるだけの」同僚は腕時計をちらりと見た。「もう行かなくては。脚のことについては、あとで詳しく教えてくれ……」

家に戻ったジェームズは道路地図をとりだした。日曜日なら時間がある。これまで聞いた話によると、フィリーは自分を不幸せにするような男性に恋をしたらしい。だが疑ってかかってはならない。グレゴリーは同僚が言うほど悪い人間ではない可能性もある。それを確かめるには、自分の目で見るしかない。リンバーソープのような小さな村なら、村人がなにかをほのめかすだろう。

ジェームズは朝早く出発し、村のパブのカウンターで数人の男たちが酒を飲んでいるころにリンバーソープに到着した。ジェームズが入っていくと、男たちは話を中断させた。ジェームズは一パイントのビールを注文してカウンターに座り、あえて会話に加わろうとはしなかった。

ほどなく、村人のひとりが尋ねた。「このあたりの人じゃないだろう?」

「通りがかりの者だよ。村があまりにすばらしかったので、立ち寄ったんだ」

「すばらしいだろうね」老人が言った。「通り過ぎていく人たちには」

老人の言葉はとぎれた。一杯おごってもらいたがっているのだとジェームズは思った。飲み物を注文したあと、ジェームズはさりげなく尋ねた。「なぜそんなことを言うんだい?」

「大きな屋敷が居抜きで売りに出されているんだよ。ミスター・フィンチは娘のところに引っ越したがっているし、息子のほうはこの村のことなんてどうでもいいんだ。ロンドンが大好きで、遊びまわっているよ。屋敷には無関心だし、村に興味を持ったことも一度もない」

ジェームズはもう一杯持ってくるようにと身振りで示した。「そのせいで村は困ったことになっているのかい?」

「もちろんだよ。おれたちはミスター・フィンチから家を借りているが、息子は知らんぷりを決めこんでいる。新しい大家になったら、家賃を値上げされるか、追いだされるかだろう」

「だが、ミスター・フィンチの息子さんに相談すれば――」

「あいつに? 口だけはうまいんだよな。いつも笑顔でいるが、自分の祖母を助けるためにだって指一本動かさないだろうね」

ジェームズは家に戻ってから、たとえ先ほどの話が誇張されているとしても、グレゴリー・フィンチはフィリーの結婚相手としていちばん認めたくない男だと思った。

ジェームズはその週忙しかったので、次の週末までフィリーに会いに行けなかった。シビルは賢明にもどこかへ連れていってくれとは言わず、彼が病院で遅くまで仕事をしていることに同情的だった。彼女は一度だけ、グレゴリーの名前を出した。「グレゴリーはほとんど毎日フィリーと会っているのよ。彼女のそばにいられるように、地元の宿屋に引っ越したの」彼女は短く笑った。「彼ったら、フィリーの話しかしないんだから」

全部でたらめだった。だがそれをジェームズが知る由はない。

忙しい一週間が終わり、さらに忙しい週末に入ったので、ジェームズがベントレーに乗ってネザー・ディッチリングに出かけたのは月曜日の朝だった。

牧師館のドアはいつものように半開きになっており、ドアの奥で誰かが掃除機をかけていた。

ジェームズが呼び鈴を鳴らすと、ミセス・セルビーが戸口に現れた。「まあ、またお目にかかれてうれしいわ。お入りになって。夫に会いにいらしたの？　書斎にいるわ」

「フィリーに会わせてください」

ミセス・セルビーはちらりとジェームズを見た。「庭の隅で洗濯物を干しているわ。あなたがあの子のところに行っているあいだに、コーヒーの用意をするわね」

フィリーは少々色あせたコットンのワンピースを着て、髪をひとつに束ねていた。手慣れた様子でシーツを干している。

フィリーの真後ろまで来ると、ジェームズは言った。「おはよう、フィリー」とても小さな声だった。

フィリーがさっと振り返った。「月曜日の朝にこんなところでなにをしているの？　仕事をしているはずでしょう？」

会話の滑りだしはあまり順調ではなかった。

ジェームズは静かに言った。「ぼくもときには休暇をとるんだよ」彼はフィリーがつかんでいるシーツをとって、きちんと干した。「話があるんだ、フィリー」

彼女はタオルを振って広げた。「シビルと一緒に来たの？」

「いや、きみとぼくのことで来たんだよ」

ジェームズはタオルをとって、やはりきちんと干した。

フィリーが手にとったシーツも、やはりジェームズが奪った。「聞いてくれるかい？」

「いやよ」それから、フィリーは不自然に明るい声で言った。「あなたはシビルともうすぐ結婚するとグレゴリーが言っていたの。おふたりの幸せを願っているわ」

「彼の言葉を信じたのか？」

「もちろんよ」フィリーは信じたくなかったが、グレゴリーはずいぶんと自信たっぷりだった。話を聞かされた晩、彼女はさめざめと泣き、朝が白々と明けるときに、ジェームズのことは金輪際考えまいと心に誓ったのだった。

ジェームズはため息をついた。「きみはあのグレゴリーと結婚するのか？」

「あなたには教えないわ」フィリーはくるりと後ろを向いて、別のシーツを干した。「さあ、あっちに行って！」

フィリーが聞く耳を持たない限り、話をしても無駄なので、ジェームズはその場を立ち去った。

牧師館に戻ってキッチンのドアを通り抜けたところで、ジェームズはミセス・セルビーと鉢あわせした。

「コーヒーはいかが？」ジェームズの顔つきを見て、彼女は言った。「それとも、もうお帰りになる？」

ジェームズはほほえんだ。「たぶん、またお邪魔しますよ。教えてください、ミセス・セルビー、フィリーはグレゴリー・フィンチと結婚する気ですか?」

「グレゴリーと結婚するですって! とんでもないわ。フィリーはグレゴリーがあまり好きではないし、彼のほうもフィリーと結婚する気などないわ。彼はまるで……」ミセス・セルビーは言いよどみ、考えこんだ。「なにかの役まわりを演じているみたいなの」

ジェームズはうなずいた。フィリーがぼくを追い払ったのは、グレゴリーと結婚しようと思っているからではなく、ぼくとシビルが結婚すると思っているからだとしたら、その誤解を解かなければならない。

ジェームズはフィリーの態度に落胆してもおかしくなかったが、意気揚々とロンドンまで車を走らせた。グレゴリーがフィリーに熱心に求愛していると

いうつくり話に、シビルが一枚噛んでいるはずだ。あのふたりには、なるべく早く会わなければならない。

ジェームズは病院に直行した。フィリーは大切な人だが、仕事もまた大切だ。

その数日後、幸運なことに、ジェームズはシビルとグレゴリーが一緒にいるところを見かけた。ジェームズは同僚と昼食をともにしたあと一時間ばかり時間が空いて、ゆっくりと病院に戻るところだった。しゃれた小さなカフェの前を通りかかったとき、シビルとグレゴリーが額を合わせるようにしてテーブルについているのに気づいた。

ジェームズは興味をそそられた。シビルはウェールズの友人のところに一週間ほど泊まると電話で言ってきた。さらに、グレゴリーがまだネザー・ディッチリングにいるとも言っていた。〝ウエディングベルが聞こえるようだわ〟と、彼女は笑いながら言

ったのだ。

ジェームズは舗道を横切り、ふたりのあいだに腰をおろした。「お邪魔かな?」愛想よく尋ねた。「またグレゴリーの恋物語を創作しているのかい?」彼はグレゴリーを冷ややかに一瞥《いちべつ》した。「ネザー・デイッチリングにもう一度足を踏み入れたら、体じゅうの骨を折ってやるぞ。さあ、なぜ熱心な求愛者を演じていたのか言うんだ」

グレゴリーは真っ青になった。彼はもともと肝のすわった人間ではなかったし、ジェームズのすごみのある笑顔と大きな体に威圧され、すっかり意気消沈してしまった。

「ただの冗談だよ。誰も傷つけるつもりはなかったんだ。シビルを喜ばせるためにやったんだよ」

「黙りなさい、グレゴリー」グレゴリーはシビルの声も、ジェームズの唇がゆがむのも無視した。

「シビルはきみに嫌われるのではないかと心配していたんだよ。将来の優雅な暮らしが台なしになるなんて、どんな女性でもいやだからね。シビルは最初、ほんのお遊びのつもりだったんだ。計画は完璧《かんぺき》だった。きみがフィリーをあきらめるように仕向けて……」グレゴリーの言葉がとぎれた。「まあ、誰も傷つかなかったわけだし……」

「ひとことも信じないでよ」シビルが言った。「たしかに、フィリーがグレゴリーに関心を持ったらおもしろいだろうとは言ったかもしれないわ。でもそれだけよ」

ジェームズは立ちあがって、ふたりを見おろした。「きみたちはなんて卑劣なんだ。フィンチ、今度会ったらぼくはなにをするかわからないぞ。それからシビル、言いたいことは山ほどあるが、そんなことをしても時間の無駄だろう。きみならたやすく未来の夫を見つけられるはずだ。もったいぶった月並みな言葉で書かれた婚約破棄の記事を、新聞に載せてもらうよ」

「だめよ」シビルがあえぎながら言った。「わたしはあなたと結婚するわ、あなたがその気になったときに――」

「でもぼくはその気にならない」ジェームズはふたりに向かって冷たく笑い、立ち去った。


それから一週間近くたって、ジェームズはようやくネザー・ディッチリングに出かけることができた。彼が到着したのは、昼過ぎだった。

牧師は説教の原稿を推敲《すいこう》しており、ミセス・セルビーは客間のソファに座り、楽な姿勢でひと休みしていた。五人の娘たちがみんな外出しているので、彼女は一時間ほど読書を楽しもうと思っていた。

開いている玄関のドアの前に誰かが立つ音が聞こえたとき、ミセス・セルビーは眉をひそめ、しぶしぶ立ちあがった。だがそこにいるのがジェームズだとわかり、しかめっ面はたちまち消えた。

「お邪魔をしてしまったようですね」

ミセス・セルビーはまだ本を抱えていた。

「すみません。フィリーに会いに来ました」

ミセス・セルビーは顔を輝かせた。「教会で花を生けているわ」彼女は玄関の時計を見た。「そろそろ終わるころね」

ジェームズはうなずき、ゆっくりとほほえんだあと、通りを横断して教会に向かった。ミセス・セルビーは彼が教会のなかに入るのを見届けてから、ソファに戻った。今回は読書をするためではなく、計画を立てるために。それは花嫁の母にとって、とてもうれしいことだった。

フィリーは付属礼拝室で、ルピナス、フロックス、ライラック、薔薇《ばら》などの花を花瓶に生けていた。ジェームズは近くの椅子に座って彼女を眺めた。

花がきれいに生けられたところで、ジェームズは静かに言った。「フィリー、しばらく花はそのままにして、一緒に来てくれないか?」

フィリーは振り向いて、ジェームズを見つめた。彼女はたちまち顔をぱっと明るく輝かせ、ジェームズのそばに駆け寄って手を握った。ふたりは一緒に教会から出て静かな庭を横切り、狭い路地に入った。

「話はあとにしよう」そう言うと、ジェームズはフィリーを抱きしめ、力強くキスをした。

たしかになにも言う必要はないわ。こんなふうにキスをされたら、言葉など必要ない。フィリーはジェームズの顔を見あげて、愛されていると確信した。彼女はほほえみ、背のびをして彼にキスをした。

ふたりの六週間

デビー・マッコーマー 作

風音さやか 訳

デビー・マッコーマー

失読症を患いながらも作家になる夢を叶え、いまやRITA賞を始めとする数々の受賞歴を誇る大ベストセラー作家に。100作を超える著作は世界中で1億4000万部も出版され、多くの人に生きる勇気を与えている。4人の子どもを育てあげ、今はワシントン州ポートオーチャードに夫と暮らす。

主要登場人物

ヒラリー・ウォズワース……ポートランド交響楽団のメンバー。フルート奏者。
ルイーズ・ウォズワース……ヒラリーの母親。
ミスター・マーフィー……ヒラリーの勤める楽器店の店主。
アーノルド・ウィルソン……ヒラリーの同僚。
ショーン・コクラン……元軍人。
デイブ……ショーンの友人。
グーリア夫妻……アパートメントの家主。

1

自由。ヒラリー・ウォズワースは最高に甘い蜜《みつ》の味に酔いしれていた。こういうのを夢見心地というんだわ、と彼女は目まいがするほどうきうきした気分で思った。

「だけど正直言って、そんなのどうだってかまわない」ヒラリーはゴールデンゲート橋を渡りながら風に向かって大声で言い、わけもなく笑った。愛車の赤いＧＥＯ《ジオ》のオープンカーは幌《ほろ》をさげてあって、髪が激しく顔を打つ。強い風にあたったら髪も肌も目もどうかなってしまうなどと、母親はあれこれ心配したけれど、ヒラリーはまったく意に介さなかった。

ヒラリーが車を買ったとき、愛情深くてやさしい母親のルイーズ・ウォズワースは狼狽《ろうばい》した。車は母にとっては危険極まりないしろものだった。おまけにオープンカーときては、すべすべしたピンクの肌が日光で台なしになってしまうし、みんなからじろじろ見られるではないかというのだ。母親は延々と難点をあげつらった。ヒラリーは聖書に出てくるヨブ顔負けの我慢強さを発揮して聞いていたあと、ポートランド交響楽団に入ることになったいきさつを手短に説明して、さっさと荷づくりをした。

これでやっとわたしはひとりになれる。二十三年の生涯ではじめて母親の支配下から脱することができるのだ。これからはもう、わたしの言うことなすことにいちいち目くじらを立てる人は誰もいない。ああだこうだと批判がましいことを言われたり反対されたりせずに、好きなときに好きな人と会える。労働者の日が過ぎて夏が終わっても白い靴を履こうと思えば履ける。復活祭が過ぎて冬が終わったあとでも黒い靴を履こうと思えば履ける。もう因習だとか、母親のとんでもなく古くさい規則だとかに縛られなくてすむのだ。

自分だけのアパートメントを借りたし、仕事にだって就いた。そして、そのどちらも高圧的な母親とのつながりはない。

翌日、オレゴン州のポートランドに着いたとき、はじめてヒラリーは良心のうずきを覚えた。母親に悪気はない。娘を深く愛していればこそ心配せずにはいられなかったのだ。

ヒラリーは車から荷物をおろしながら、今ごろ母は娘から電話がかかってくるのを待っているだろうと思い、連絡すべきかどうか迷った。だがあっさり屈服したくはなかった。ちょっとでもヒラリーが甘い態度を見せたら、ルイーズ・ウォズワースはやいのやいのと騒ぎたてるだろう。

ヒラリーは電話をしようかしまいか考えた。これからずっと自分の母親を無視し続けることができるわけではない。こんなささいな決断をするのにこれほど手こずるなんてばかみたいだと思いながら、ヒラリーは最後の荷物をアパートメントへ運びこんで電話へ手をのばした。

「無事に到着したわ」彼女は受話器に向かって言った。

「まあ、ヒラリー、心配で仕方なかったのよ。グリーア夫妻は――」

「お母さん、前に説明しておいたじゃない、グリーア夫妻は六週間留守にしているって」どうやら母はアパートメントの持ち主が娘の面倒を見てくれるものと思いこんでいたらしい。

「それにしたって、ヒラリー……」

「お母さん、お願い、わたしはもう自分ひとりの力でやっていくことにしたんだから」

「どうしてもっと家の近くに勤め先を見つけられな

かったの？　そんなに無理なお願いをしているかしら？」

「お母さん……」ヒラリーは小さく、失礼にならない程度にため息をついた。「傷つけるようなことは言いたくないけど、わたしは家を出るべきときなのよ。それがわたしたちのどちらにとってもいいんだわ」ポートランドはうってつけだった。サンフランシスコから適度に離れているので、ふいに母親がやってきて贈り物やら助言やらで息のつまる思いをさせられる心配はない。しかし、ときどき訪問できるだけの近さにはある。

「あなたがいなくなって、これからはすごく寂しくなるわ」ルイーズの声にはあきらめたような響きがこもっていた。「しょっちゅう電話をくれるんでしょうね？」

「もちろんよ」ヒラリーは考える前に同意していた。

「週に一度は」

ルイーズが黙りこんでしまったことから落胆がはっきりとうかがえた。きっと母は、少なくとも一日一回は電話をもらえるものと期待していたのだろう。

「わたしは……なんといってもあなたを愛しているんですからね、ヒラリー」

「わかっているわ、お母さん。わたしだって愛している」

それからもうしばらく話をしたあとで、ヒラリーは電話を切った。そしてなじみのないキッチンの中央に立って、いよいよ本当に独立したのだという魅惑的な感覚を思う存分味わった。彼女は、両腕を大きく広げてくるくるまわりながら『サウンド・オブ・ミュージック』のなかの一節を大声で歌いだしたい衝動をなんとかこらえた。

ここまでは彼女にとってなにもかもが、行進するおもちゃの兵隊のように、順調に運んできた。サンフランシスコ交響楽団にフルート奏者として採用されるのを何カ月もむなしく待ち続けたあとで、ヒラリーはポートランドの交響楽団に空席ができたことを聞いたのだった。採用されるのは無理だろうと思ったけれど、友人たちに勧められ、また彼女自身があせりを感じ始めていたこともあって、ヒラリーはオーディションを受けに北へ飛んだ。母親は最初かららいろいろな理由をあげて反対したが、ヒラリーは耳を貸さなかった。

試験はことのほかうまくいった。第一次選考会では、ほかのフルート奏者たちと一緒にモーツァルトの《フルート協奏曲ト長調》からの抜粋を演奏した。その後、呼び戻されて、今度はドビュッシーの《牧神の午後への前奏曲》の数小節を演奏するように言われた。そしてじりじりする思いで待ち続けたあと、採用の通知を受けとった。

ヒラリーは交響楽団から支給される乏しい給料を補おうと、指揮者の紹介で楽器店にパートタイムの仕事を見つけた。彼女には充分な収入をもたらしてくれる信託財産があったが、自分の稼ぎだけで生活することが重要だと感じたのだ。それは自尊心の問題だった。認めたくないけれど、そうした考え方は母親から学んだもので、ヒラリーはそれを生まれたときからたたきこまれてきた。

試験を終えてサンフランシスコへ戻ったあと、ヒラリーはすでに信託財産の利子を再投資する手続きをすませていた。行動を起こすときは、背水の陣を敷かなくてはならない。あとは前進あるのみ。目指す最終目標は、母親から完全に独立して自活すること。

ポートランド交響楽団への就職は、この自由な生活へ向けての第一歩だった。これから完全に自分ひとりの力で生きていくつもりなら、自分のことは自分で決める必要がある。採用されて数時間以内に、ヒラリーはベッドルームがふたつある小さなアパートメントを借りた。家主は隠居生活に入った夫婦で、二世帯用住宅の片方に住み、もう一方を人に貸したがっていた。

ヒラリーは、よその土地へ移り住む件について母親と一戦を交えなければならないことを覚悟した。そうして実際に一戦を交えた結果、母親は涙にかき暮れ、ヒラリーはますます決意をかたくしたのだった。母親と一緒に暮らしていたのでは息苦しくてならない。ルイーズはヒラリーの生活を支配したがる。早く家を出なかったら、きっとなにもできないまま年老いて死んでいくに違いない。

父親が生きていたら、こうもひどいことにはならなかっただろう。明るくてすてきな父は、ヒラリーが十三歳のときに交通事故で亡くなった。父親の突然の死は、安楽に暮らしていたヒラリーと母親を混《こん》沌《とん》とした世界へ突き落とした。

母はすっかり人が変わってしまったし、ヒラリーも以前のヒラリーではなくなった。ルイーズはヒラリーにもなにか悪いことが起こるのではないかと、絶えず恐怖心を抱いて生きているようだった。そんな母親の過保護とも言える扱いに、ヒラリーは長いあいだ耐え続けてきた。彼女は常に物静かで控えめな娘だった。出来のいい娘。内省的で、聡明《そうめい》で、才能豊かな子。彼女が束縛を脱して自由になろうという勇気が持てるまでには何年も要した。そしてついに、自由を手にした。こうして吸う空気の、なんと甘くかぐわしいことか。

荷物を解くのに数時間かかった。アパートメントは申し分なく、ヒラリーははじめて見たときよりもいっそう気に入った。大きいほうのベッドルームを寝起きする部屋にし、ありがたいことにもうひとつある狭いほうのベッドルームを、練習室として使おうと考えた。

第三席のフルート奏者であるヒラリーには、毎日二時間から五時間の稽古《けいこ》が必要になるだろう。長時間の稽古はいやではない。音楽は彼女が人生においてて真に愛しているものであり、逃避の手段でもある。

ヒラリーは男性とデートをしたことはあるけれど、親密な関係になったことは一度もない。ウィリアムを勘定に入れれば話は別だが、そうしたくなかった。ヒラリーの生活にロマンティックな要素が欠けているとしたら、それはひとえに彼女自身のせいと言うほかない。ヒラリーには男というものが理解できないのだ。男性のいない生活があまりに長く続いたので、彼らがそばにいると気まずくなり、どう振る舞ったらいいのかわからなくなってしまう。

ほっそりした体で、上品な身のこなしをするので、ヒラリーは自分でも、わりと魅力的なのではないかと思っていた。父親譲りのダークブラウンの髪に、整った容貌《ようぼう》、ピンクの肌、母親譲りの美しい灰青色の目。ここ数カ月のあいだに何度かあったデートの誘いをみな断ってきたのは、母が手配したのではないかと思える節があったからだ。もし男性とデートをするとしたら、自分で見つけた相手としたい。

荷物を片づけ終えたときにはくたびれきっていた。だが、ヒラリーは夕食に小さなほうれん草のキッシュをこしらえて、それを白ワインやみずみずしい梨《なし》と一緒に食べた。

それからたっぷり四十分間、リムスキー＝コルサコフの《シェエラザード》をカセットプレイヤーで聞きながら、バスタブに張ったあたたかい湯につかった。まさに天国にいる気分だ。

明日はとりわけ忙しくなりそうだから、今のうちにゆっくり体を休めておこう。午前中に楽器店で仕事を開始し、午後遅くに楽団員全員と顔あわせをして、練習をする予定になっている。

興奮してなかなか寝つけないだろうと思っていたが、そんなことはなかった。枕《まくら》へ頭をつけたとたたんにまぶたが重く垂れさがり、さっそく夢の国へ入っていく。ヒラリーはこれから人生最大の冒険へ乗りだそうとしていた。

いよいよひとり立ちするのだ。ここはわたしの家。愛情深くて高圧的な母親の支配下から遠く離れた場所。

奇妙な音がヒラリーの耳に届いた。音はリビングルームのほうから聞こえた。少なくとも、そんな気がした。誰かが、なにか重いものを落としでもしたような音だ。もちろんそんなことがあるはずはない。なにしろここには彼女ひとりしかいないのだから。

音はそれきりしなかったので、ヒラリーは気にとめなかった。夜の静寂のなかでは、ちょっとした音でも遠くまで伝わるものだ。半ば耳をそばだてたまま、たぶん空耳か、建物のきしむ音だろうと自分に言い聞かせた。きっとアパートメントが歓迎しているんだわ、わたしがやってきたことを……。

ショーン・コクランは二世帯用住宅のリビングルームに立って、迷彩柄のダッフルバッグを床へおろした。彼はへとへとに疲れていた。ボストンを飛びたつ飛行機が二時間近くも遅れたために、シカゴで乗り換えることになっていた飛行機に乗り遅れた。まったくもって今日は長い一日だった。

幸い、空港からここまでは、陸軍の友人であるデイブの車に乗せてきてもらうことができた。それにしても、アレン・グリーアに会えなかったのは返す返すも残念だ。アレンはこのアパートメントを貸してくれた男性だ。とても友好的で、進んでショーンの力になってくれた。

車がないのは不都合だが、来週中には陸軍がショーンの愛車をここへ届けてくれるだろう。今、彼の駐車スペースに車をとめているのが誰かは知らないが、二度とこういうことのないように、なるべく早く注意しておかなくては。まさかそれに対して反論してくる者もいないだろう。身長百九十センチ、体重九十キロの堂々たる彼の体躯《たいく》を前にしたら、たいがいの人間はたじろがずにいられない。

もう陸軍とは縁が切れたのだと思うと、ショーンはなんとなく喪失感を覚えた。彼はいつもの習慣で冷蔵庫のところへ歩いていった。

空腹と疲労を感じる。まったく最悪の組みあわせだ。ショーンはデイブが到着するまでに空港でなにか食べるつもりだったが、結局その時間がなかった。冷蔵庫のなかになにを見つけられると期待しているのか、自分でもわからなかった。奇跡だろうか？

まさにその奇跡を見つけた。冷蔵庫には切り分けたキッシュやフランスワインの小瓶、紙パック入りの牛乳などが入っている。

家主のミセス・グリーアが旅行へ出かける前に、ショーンのために食べ物を用意しておいてくれたに違いない。なんとも思いやりにあふれる行為ではないか。ここまでしてもらう必要はないが、親切な行為を無駄にするのも悪い。ここはありがたくいただくとしよう。

ミセス・グリーアがショーンと一度でも会っていたら、これっぽっちのキッシュではとても彼の胃袋を満たせないことがわかっていただろう。繊細な味わいのフランスワインが彼の好みではないことも。アルコール飲料を飲むとしたら、ビールに限る。それも、できるものなら黒ビールだ。

ショーンは扉を開けたままの冷蔵庫の前に立って、薄いキッシュに手をのばし、たった四口で食べ終えた。それからワインを飲もうか迷ったあげく、ワインはやめにして牛乳を紙パックから直接飲んだ。

ミセス・グリーアの料理の腕がいいことは認めざるをえない。キッシュはたとえようもなく美味だった。もっとあったら、ショーンは喜んで平らげただろう。

キッチンの時計を見ると、針は十一時近くを指していた。東部時間では午前二時近くだ。ショーンはくたびれきっていた。あまりに疲れているので、彼の駐車スペースを占領しているのが誰なのか突きとめて文句をつける気力はなかった。ほかにもっと食べるものがあるか探しまわる元気もない。今はなによりもベッドで眠りたかった。

ショーンはダッフルバッグを床に置いたまま廊下をぶらぶら歩いていき、左手にある最初のベッドルームへ入った。明かりをつけようとさえしなかった。服を脱いで、ベッドの支度がしてあることを感謝しつつ上掛けをめくる。朝になれば時間はいくらでもあるのだから、生活の変化によって生じた雑事をゆっくり片づけるとしよう。新たに人生を始めるために三千二百キロも旅してきたのだ。今の自分は陸軍の特殊部隊、グリーンベレーの隊員ではない。それに、百戦錬磨の戦士として顧問の仕事を続けていく気もない。

近年、陸軍は大幅な人員削減を進めている。かつてショーンは軍で一生勤めあげようと考えていたが、再入隊のチャンスがめぐってきたとき、彼はそれを拒否した。いろいろな状況からして、昇進の見込みはほとんどなさそうに思えたからだ。

デイブ・クリエはショーンに、ポートランドならヘリコプター操縦士の仕事がいくらでもあると請けあった。それはショーンに提示されたなかでいちばん有望そうな仕事だったので、彼は友人の提案を受け入れることにした。

ショーンが西海岸での生活を始めるにあたって、デイブがいろいろと力になってくれた。アパートメントを見つけ、アレン・グリーアにショーンの敷金を渡してくれたのはデイブだ。住環境は申し分ないように思われた。年配の家主夫妻はキャンピングカーで旅行に出ていることが多く、二世帯用住宅の片方を人に貸したがっていた。ショーンは、家主夫妻がしょっちゅう家を留守にするというのが気に入った。プライバシーが欲しいからだ。ショーンに心地よい眠りが訪れた。なにもかもがいい感じだ。陸軍を辞めたのは、この何年間かで最高にいい選択ではなかっただろうか。

本当にそうかどうかは、時間がたてばわかるだろう。人生におけるほかのもろもろの事柄と同様に。

ヒラリーは朝早く目を覚まし、空が明るみ始めるやベッドを出た。次第に日が長くなって、ポートランドの有名な薔薇《ばら》がつぼみをつけだし、あたたかい空気のなかに春のかぐわしいにおいが漂っている。

ヒラリーは薄いローブを羽織り、カフェラテをつくろうとキッチンへ行った。エスプレッソマシーンは母親が餞別《せんべつ》としてくれたものだ。それを考えると、ヒラリーはなんとなく気がとがめたが、すぐにその考えを頭から追いだして、カフェラテ用の牛乳をあたためにかかった。

飲み物ができあがったところで試しにひと口すすり、牛乳パックを冷蔵庫へ戻そうとした。空っぽの皿に気づいたのは、そのときだ。ヒラリーは一瞬はっとした。考えてみると、牛乳も半分になっていたような気がする。

いったいぜんたい、残しておいたキッシュはどこへ消えたのだろう。誰が牛乳を飲んだのかしら。

ヒラリーはわけがわからないとばかりに顔をしかめ、冷蔵庫の扉を閉めて、くるりと体の向きを変えた。そういえばあの音。ゆうべ奇妙な音が聞こえたけれど、疲れていたので起きて調べに行こうとはしなかったのだ。

明らかになにかが……押し入り強盗が、わたしの住まいに侵入し、わたしのキッシュを平らげて、わたしの牛乳を飲んだのだ。

心臓がどきどきと激しく脈打ち始めた。ヒラリーは室内をぐるりと見まわして、侵入された形跡を探した。ほかになくなったものはなさそうだ。

リビングルームへ行こうと歩きかけ、ヒラリーははたと足をとめた。目に入ったのは大きな……サンドバッグ。少なくともサンドバッグのように見える。もっとも彼女はこれまで、サンドバッグというのは目の粗い麻布でできているものとばかり思っていた。ここにあるのはさまざまな生地がつぎはぎされているようだ。

どうやら押し入り強盗は急いで逃げようとしたせいで、自分の持ち物を忘れていったらしい。

少なからず恐怖心に駆られていたが、自活を始めた翌日から警察へ電話をかけるのは気が進まなかった。それに、結論に飛びつく前に、まずバッグを調べるほうがいいだろう。

「しっかりしなさい」ヒラリーは声に出して言い、あらん限りの勇気を奮い起こそうとした。「どうってことないわよ。なにをそんなにびくついているの？」

ヒラリーはゆっくりした足どりでカウンターをまわり、リビングルームへ歩いていった。バッグはドアのすぐ内側にある。近づいてよくよく見ると、サンドバッグではないことがわかった。おそらく侵入者は盗品を入れたバッグを置いていったのだろう。

侵入者はなにかに、あるいは誰かに驚き、盗んだ品物を残したまま大慌てで逃げ去ったのだ。もはやヒラリーに選択の余地はなかった。警察に電話をかけてバッグを引き渡さなくてはならない。どうかこの一件が母の耳に届きませんように。こんなことを知れば、母はきっと気も狂わんばかりにとり乱すだろう。

心を決めて振り返ったヒラリーは、今まで見たこともないような大男とぶつかりそうになった。男は怒りの表情を浮かべて威嚇するかのごとく、はるか下の彼女を見おろした。

ヒラリーの心臓は猛烈な勢いで打ちだした。

「きみはいったい誰だ?」男の太い声が銅鑼《どら》のように大きく響いた。

2

「誰だ、ですって?」ヒラリーは憤慨して叫んだ。「それはこっちのせりふよ!」恐怖のあまり気絶してしまわないのが不思議なくらいだった。この……この偉そうな男は、わたしがはじめてひとり暮らしをする家へ押し入っておいて、よくもそんなことがきけるわね。「いったい、わたしのアパートメントでなにをしているの?」

「きみは完全に間違っているよ、お嬢さん。ここに住んでいるのはぼくなんだからね」

ヒラリーは腕組みをして、男を見やった。わたしはばかではないし、あなたみたいな人に脅されてたまるもんですか。あの母親を相手にできるんだから、キングコングだって相手にできるわ。

「おあいにくさま、ここに住んでいるのはこのわたしよ」ヒラリーはできる限り威勢よく言った。体重は男のほうが五十キロ近く重そうだし、背丈もたっぷり二十五センチは高そうだけど、そんなことでひるむようなわたしではない。「さあ、さっさと出ていってちょうだい。さもないと警察を呼ばなくちゃならなくなるわ」

侵入者は目を細め、いかにも高級な教養学校を出た令嬢のような彼女の声に耳を傾けていた。やがて男の顔にゆっくりと笑みが浮かんだ。「そうか、デイブ・クリエがきみをそそのかして、こんなことをさせているんだな?」

「断っておくけど、デイブなんて名前の人は知りません」ヒラリーはかたくなな口調で否定した。「さあ、お願い。わたしが警察に電話する前に出ていってちょうだい。そこの……サンドバッグを持って」

「警察に電話したいんだったら、どうぞご自由に」男はたくましい腕を組んで、ダークブラウンの目に傲慢《ごうまん》そうな冷たい色を浮かべた。「さぞおもしろいことになるだろう。ぼくはこのアパートメントの賃貸借契約書を持っているんだから」

「そんなこと、ありえないわ」ヒラリーは冷ややかな口調で応じた。「だって、賃貸借契約書を持っているのは、このわたしですもの」

「証明したまえ」

「あなたのほうこそ証明してごらんなさい!」彼女はおびえるもんですかとばかりに言い返した。男が嘘《うそ》をついているのは明らかだが、なんのためにそんなことをするのか見当もつかない。

「ああ、いいとも」男はさっきまでヒラリーの興味の的になっていたバッグへ大股で歩み寄った。そしてバッグを開け、なかに手を入れて厚い封筒を出した。それからぱらぱらと書類をめくり、一枚を抜きだして丹念に見つめた。「ぼくが署名をした六カ月間の契約書だ。アレン・グリーアの署名があるから、正当な契約書であることは間違いない」

「アレン・グリーア」ヒラリーは賃貸借契約書に目を通しながら、ゆっくりとその名前を口にした。

「わたし……一週間以上も前に、彼の奥さんからここを借りたのよ」ヒラリーも書類を持っているけれど、今はベッドルームに置いてある。

「ミセス・グリーアからこのアパートメントを借りたって？」

「どうやらなんらかの手違いがあったようね」ヒラリーは考えをまとめながらゆっくりと言った。彼女はもう一度書類に目を走らせた。契約書のいちばん上に〝ショーン・コクラン〟という名前がきちんとした筆跡で書かれている。

「それじゃあ、グリーア夫妻に決着をつけてもらうしかないいな」ショーンは言った。「どうも彼らは、互いに相手が契約したことを知らずに、このアパートメントを貸したと見える」

「ええ、そうみたいね。だけど残念ながら、グリーア夫妻はあまり助けになりそうもないわ」

ショーンはひどく顔をしかめた。「なぜだ？　彼らに連絡さえしたら、たちどころに決着がつくじゃないか」

「それは」ヒラリーはじれったくなって言った。「グリーア夫妻がここにいないからよ。最後にミセス・グリーアと話をしたとき、夫妻はこれから六週間留守にすると言っていたもの」

「六週間！」ショーンのあげた大声は、雷鳴のごとくリビングルームに響き渡った。

「そんな大声を出すことはないいじゃない」

「いいかい、お嬢さん、大声をあげたくもなるさ。ぼくはよそへ移る気はこれっぽっちもないからね」

「でも、そうしてもらわないと。あなたに選択の余地はないわ」ヒラリーはこの状況下で可能な限り落ち着いた声で言った。「ここに入ったのはわたしのほうが先なんだから、法的にも十中八九、居住権はわたしにあるわ。あなたはせいぜい紳士らしく、さっさと――」

「とんでもない。きみのほうこそ、おとなしくここを出ていったらどうなんだ。だいいち、ぼくときみのどちらが先にここへ入ったかなんて、誰にわかるんだい？」

「あら、わかるわ、もちろんわたしが先よ」ヒラリーは憤然として主張した。「だって、あなたはわたしの夕食の残り物を食べたじゃない」ヒラリーはショーンがまたもや顔をしかめたのを見た。こちらの言い分が、疑問の余地なく正しいことを理解してもらえればいいけれど。

「先に入ったかどうかだけで、このアパートメントにどちらが住むか決めることはできないさ。きみの契約書を持ってきて、敷金を払った日付を確かめてみようじゃないか。先に払っているほうがここに住むことにしよう。それなら筋が通る。そしてあとに払ったほうは出ていく。どうだい？」

「ええ、いいわ」ヒラリーはためらいがちに言った。彼女はダークブラウンの長い髪を顔から払いのけ、緊張しているような態度をとってしまった自分に腹を立てた。ショーンはそれを弱さの表れと見るのではないだろうか。ひとつでも彼に弱みを握られたくなかった。

署名入りの賃貸借契約書はすぐに見つかった。ヒラリーが戻ってみると、ショーンはガスレンジのそばに立っていた。鍋《なべ》で湯がわいている。彼は湯にコーヒーの粉を入れて、こしながらカップへ注《つ》いだ。そういう旧式なコーヒーのいれ方を見たのははじめてで、ヒラリーはショーンが臨機応変であることを認めざるをえなかった。彼がこんなふうにてきぱきと別の住まいを見つけられればいいけれど。

「わたしの契約書は、署名の日付が今月の十日になっているわ」ヒラリーはそう言って書類を彼に渡した。

ショーンがそれを受けとって念入りに目を通しているあいだに、ヒラリーは彼の契約書を手にとった。自分が契約を交わした日付のほうがショーンの日付よりも一日早いことがわかって、彼女は内心ほっと安堵《あんど》の吐息をもらした。

「本当にお気の毒だけど」ヒラリーは安堵感を態度に出さないようにして言った。「これで、このアパートメントは完全にわたしのものだとわかったでしょう。ここはわたしにとって申し分のない場所なの。仕事場まで一キロ半足らずだし」ショーンが彼女をにらんだことから、彼にとってもこのアパートメントは好都合であることがわかった。「なんなら、あなたが別の住まいを見つけるのに、手を貸してもいいわ」ヒラリーは弱々しい声で申しでた。

ショーンのしかめっ面がいっそう陰鬱《いんうつ》なものになった。

「どこかほかに住むあてがあるの？」ヒラリーはなんとなく気がとがめて尋ねた。どちらにもまったく落度がないとわかった以上、なるべく丁重な態度で接したかった。それと同時に、出ていかなければならないのが自分でないことに感謝した。

「いや」しばらくして、ショーンが思案するように言った。「昨日フォートデベンズから出てきたばかりなんだ。空港へは友達のデイブが迎えに来てくれた」

「そのデイブという人はどうなの？　一時的にその人のところで厄介になることはできない？」

「それは無理だ。彼は今、奥さんの両親と一緒に暮らしているからね。敷金と最初の一カ月分の家賃を払ってくれるなら、できるだけ早くきみの前から消を張りあげた。

ヒラリーはショーンのぞんざいな口調にたじろいだ。だがすぐに、彼の聞き分けのなさに腹を立てた。

「そんなこと、わたしに言われても……。それより、あなたと議論している暇はないの。一時間以内に楽器店へ行かなくてはならないのよ。そこにいるあいだに、なにかいい手があるか考えておくわ」

「ああ、そうしてくれ」

「ちょっと、あなただってなにか考えておかなくてはだめよ」

面倒なことになってしまったと、ショーンはシャワーを浴びながら思った。彼は再びひとりきりになれるときを何週間も前から心待ちにしていた。シカゴへ戻らずに西海岸へ行くことにしたせいで、家族の者たちが落胆しているのはわかっている。腹違いの弟がショーンに仕事を紹介してくれたが、ヘリコ

えるんだが」

「敷金ですって？」ヒラリーは問い返した。「それと、最初の一カ月分の家賃……」

「三百五十ドル足す六百ドルで――」

「九百五十ドルなんてお金、持っていないわ」ヒラリーの気持ちはどん底まで落ちこんだ。信託財産に手をつけることはできないし、かといって母に金の無心をするのは絶対にいやだ。

「そうなると問題が生じるな。そうだろ？」ショーンが不満げな声を出した。「金をとり戻すまでは、断じてここを動くつもりはないからね」

「そんなの理屈に合わないわ」ヒラリーは頭をもたげた不安を必死で抑えつけた。「あなたのお金を持っているのはグリーア夫妻であって、わたしじゃないのよ」

「金もないのに、どうやってほかに住まいを借りられるっていうんだ？」ショーンはいらだたしげに声

プターの操縦士だった男が熱処理業で役に立つとは思えなかった。

ショーンははじめて、はたして自分の下した決断は正しかったのだろうかと疑問を抱いた。母親は彼が物心つく前に亡くなり、父親は彼が五歳のときに再婚した。家族のなかにあって、ショーンはなぜか自分は余計者だと感じていた。

高校卒業と同時に陸軍に入隊し、この九年間はグリーンベレーに所属していた。そのうちの一年間はサウジアラビアで過ごした。今ではアラブ人といっても通用しそうなほど、アラビア語を流暢《りゅうちょう》に話すことができる。

午前十時近くになって、デイブから電話がかかってきた。ショーンはアパートメントの件で手違いがあったことを話さなかった。デイブに話したところで解決にはならない。これからどうなるのかは、だいたい予測がついていた。


ヒラリーはよそへ移りたくない。それは彼にしても同じだ。おまけに、どうやらヒラリーには九百五十ドルを捻出《ねんしゅつ》する手だてがないらしい。

となれば、ふたりがとるべき道はひとつしかない。

午前中、ヒラリーはめったにないほど気がめいっていた。こうして午後になった今も、気分はいっこうに晴れそうになかった。店主のミスター・マーフィーになにを期待されているのかようやく理解し始めたころ、ショーン・コクランがふらりと店内へ入ってきた。

まるで陶磁器店へ雄牛が迷いこんできたみたい！楽器店にいるのがこれほど場違いな男性も珍しい。

ミスター・マーフィーに新しい客の応対をするよう穏やかな笑みを向けられ、ヒラリーはいらだたしい気持ちを押し隠して、決然たる足どりでショーンのほうへ歩いていった。自分の運命に、腹が立ってならなかった。どうしても自由な身にはなれそうにない。最初は母、そして今度は……粗野《ランボー》な男。

「いらっしゃいませ。なにかお探しですか？」ヒラリーは落ち着いた口調で尋ねたが、目には怒りの炎が燃えていた。

「ぼくに払う九百五十ドルは用意できたかい？」ショーンがきいた。

ヒラリーはしばし目を閉じて、母親が根気よく身につけさせた冷静さを残らずかき集めようとした。

「持っていないことは、もう話したじゃないの」

「手に入れられる可能性はまったくないのか？」

そのことを、ヒラリーは午前中ほとんどずっと考え続けていた。勤めだしてまだ三時間にしかならないのに、給料の前借りを頼めるわけがない。

母親に無心しようかとも考えたが、それは問題外だという結論に至った。銀行にしたところで、州外に出て仕事に就いたばかりの彼女に金を貸してくれるとは思えない。

ヒラリーはどうしていいかわからなかった。

「どうだい？」ショーンが迫った。「金を用立てる方法があるのかないのか」

「こんなに急じゃ無理よ」彼女はしぶしぶ認めた。

「そうじゃないかと思ったんだ」

「いろいろ考えてみたんだけど」ヒラリーは声をひそめた。

「どうかしましたか？」ミスター・マーフィーが尋ねてきた。

「いえ、なんでもありません」ショーンが満足げな笑みを浮かべて店主に請けあった。

「わたしを首にさせようとしているの？」

「まさか。きみがぼくに千ドルの借りがあるというときに、そんなまねはしないよ」

「あなたに借りなんかないわ。あるのはグリーア夫妻でしょう」この人ったら、ますます聞き分けが悪くなっている。それに朝よりもっと居丈高な感じさえする。

「グリーア夫妻はここにいないじゃないか。だが、きみはいる」ショーンがさりげなく指摘した。

「お金を持っているんだったら、すぐにでも渡すわよ」無駄だとわかってはいたが、ヒラリーとしてはそう言うほかなかった。

「あのさ」ショーンが首の後ろをさすりながら言った。「一時的な解決策を思いついたんだ。今のところ、それがいちばんいい方法だと思う」

「いいわ、話して」この人がわたしには想像できないような名案を考えついたのならいいけれど。ヒラリーは打つ手がないと思っていた。彼女には金がなく、ショーンは金を手にするまで出ていかないつもりなのだから。

「あのアパートメントで一緒に暮らすんだ」ショーンが言った。「グリーア夫妻が帰ってくるまでのあいだだけ」

アパートメントで一緒に暮らす！　自由なひとり暮らしにはほど遠いじゃないの。結局は小難を逃れて大難に陥ったわけだ。「だけど、六週間もよ」ヒラリーは敗北感を味わいながら言った。

「グリーア夫妻がいつまで留守にするのか、ぼくだって知っているさ」ショーンが不機嫌に言い返した。「ぼくはきみの邪魔をしないようにするから、きみもぼくの邪魔をしないでくれ。ぼくは一日じゅう部屋でごろごろしていようなんて思っていない。ただ、まだ仕事に就いていないんだ。でなければ、ここまで金のことにこだわったりしない」

「わたしも忙しくしているわ」自分たちにはほかに選択肢がないのだから、厄介な状況のなかで最善をつくすしかない。ヒラリーにはそうわかっていた。

「じゃあ、あのアパートメントで一緒に暮らすことに同意するんだね？」

ヒラリーはためらった。事態は彼女の計画と違う方向へ進みつつある。

「どうだい？」ショーンが重ねてきいた。

ヒラリーは失望と惨めさを同時に味わいながらうなずいた。そして彼をにらんで言い添えた。「でも、ひとつだけ条件があるわ」

ショーンの顎がこわばった。「言ってみて」

ヒラリーは肩越しにちらりと視線を投げて、ミスター・マーフィーが聞いていないことを確かめた。

「なにがあろうと、絶対にあなたは電話に出ないで。母にこんなことを知られるのはまずいの……わかったわね？」

3

ヒラリーは手をたたくリズミカルな音で目が覚めた。あの人が今度はなにを始めたのか知らないけれど、どうせ不愉快なことに決まっている。わたしをいらいらさせようと、なにか特別なことを考えだしたんだわ。まったく、どうしてこんな取り決めに同意してしまったのかしら。

ヒラリーはのろのろとベッドを出てローブを羽織り、リビングルームへ歩いていった。スウェットスーツを着たショーンが床で腕立て伏せをしていた。体を勢いよく絨毯《じゅうたん》から離しては両手をぱんと打ちあわせ、体が床へぶつかる寸前に両手を突く。どんなにたくましい肉体をしているのか見せびらかしたいのだろう、と彼女は思った。

ヒラリーが口を開く前に、ショーンはちらりと彼女を振り返ってから、上半身がぼやけて見えるほどの速さで腕立て伏せを開始した。

「本当にそんなことをする必要があるの？」ヒラリーは尋ね、キッチンへ行ってカフェラテをつくり始めた。

ショーンに無視されたが、全然気にしなかった。昨日、ヒラリーはほとんど一日じゅう彼など存在しないようなふりをして過ごした。といって、それで事態が好転したわけではない。ショーンは彼女の邪魔をしないようにすると請けあった。ヒラリーは単純にもそれを〝互いにできるだけ顔を合わせないようにする〟という意味に解釈した。実際のところ、ふたりが一緒にいた時間はたいして長くなかった。だが、たったの三十分でさえ、彼女には我慢の限界を超えていた。同じ家のなかに彼がいるだけで、いらだたしい気分になってしまう。どうやらショーンのほうも同じように感じているらしかった。

「そういえば、またラジオをカントリーミュージックのチャンネルに合わせっぱなしにしておいたわね」ヒラリーは不快感を隠そうともせずに言った。「どうやら忘れてしまったようだから、もう一度はっきり断っておくけど、わたしはクラシック音楽が好きなの。わたしのラジオなんだから、聞き終わったら、面倒でも元のチャンネルに戻しておいてもらえないかしら」

「承知いたしました、妃殿下」

「その呼び方、やめてちょうだい」

ヒラリーはショーンにつけられたあだ名が大嫌いだった。彼は彼女を王族の名前で呼ぶのが楽しくてならないらしい。ときにそれはエリザベスであり、ダイアナであり、さもなければグレース王妃であったりする。そうした名前で呼ばれるのはいやだと言えば、かえって彼を喜ばせるのではないかと思い、ヒラリーはたいてい黙っていた。だが今は我慢できなかった。いちばん癪《しゃく》にさわるのは、母親がヒラリーにつけた愛称が〝プリンセス〟だったことだ。その愛称で呼ばれるのは、親からであれショーンからであれ、腹が立つことに変わりはない。しかし少なくとも母親がヒラリーを〝プリンセス〟と呼ぶときは、本物の愛情がこめられている。ところが、ショーンがそう呼ぶのはヒラリーをいらだたせるためだ。自分の空間を快適に保っておこうとしているだけの彼女に対し、気どった女だとほのめかしているのだ。

「わたしがあなたに頼んでいるのは、ただ……いえ、気にしないで」ショーンに意見するのは無駄としか思えなかった。

「きみはシャワールームにパンティストッキングを三つ、かけっぱなしにしておいたね」ショーンがそっけない口調で言った。「あんなナイロンの束が目の前にぶらさがっていたら、シャワーカーテンをどうやって閉めればいいんだ？」

「どかせばよかったじゃない」

「きみはたしか、きみの持ち物にはさわらないでくれと言っていた」

「あなたはわたしの夕食を食べたくせに」ヒラリーがショーンに腹を立てるのも無理はなかった。彼女が交響楽団の厳しい練習を三時間もこなし、空腹と疲労を覚えながら帰宅してみたら、ショーンにえびサラダを全部食べられていたのだ。彼はうっかり食べてしまっただけだと主張したが、ヒラリーは信じなかった。

なぜかヒラリーは、母が娘を苦しめるために、なんらかの手を使ってこの男性を送りこんだのではないかという気がしてならなかった。どう説得してもヒラリーを自宅へ呼び戻せないものだから、ランボーを雇って娘の生活を悲惨なものにしてやろうと考えたのではないだろうか。

「記憶力がすばらしくいいんだな」そう言うあいだもショーンが勢いよく腕立て伏せを続けているので、ヒラリーはますます腹立たしくなった。

「いいわ」ヒラリーは気持ちを静めようと深く息を吸い、つかのま目を閉じた。「とるべき道はふたつにひとつしかないと思うの。このまま午前中いっぱい侮辱しあうか、休戦協定を結ぶかよ。これまでわたしたちは相手を惨めな気持ちにさせることしかしてこなかったわ」

「まったくもって、きみの言うとおりだ」

ヒラリーは身震いした。それは単に彼から絶えず侮辱されているからでも、互いに礼儀正しく相手と接することができないからでもないのに気づいた。部屋が文字どおり寒いのだ。歯ががちがち鳴りだした。

ヒラリーは憤然たる足どりで自動温度調節装置のところへ歩いていき、敵意も新たに振り返ってショーンと相対した。「温度をさげたのね!」

「我慢できなかったんだ。きみは、ここで蘭《らん》の栽培ができるほど高く設定しておくもんだから」

「あなたの設定温度は低すぎて、リビングルームにアイスクリームを貯蔵できるほどだわ」ヒラリーは自制心を失って大声を張りあげた。ショーン・コクランと出会う前は、声を荒らげることなどめったになかった。それが一週間もたたないうちに、今ではすっかりがみがみ女だ。「今後、二度とこの温度調節装置にさわらないでちょうだい」彼がにらみつけるのもかまわず、ヒラリーは設定温度を高くした。これでは体が震えて当然だ。

ショーンは機敏に立ちあがって、彼女の背後から温度調節装置へ手をのばし、さっきの設定温度へ戻した。

ヒラリーは大声で叫びたかったけれど、そんなことをしても無駄だと思ってやめた。「こんなんじゃ、うまくやっていけっこないわ」彼女の目からは、今にも不満と怒りの涙があふれそうだった。ふたりとも努力はしたのだ。それぞれに最善をつくしはしたが、どうしても折りあえそうにない。

「まったくいやになるよ」ショーンが歯ぎしりをした。「今の暮らしは、薄氷の上を歩くみたいにひやひやものだ。国防総省《ペンタゴン》よりもっと規則ずくめなんだから。きみがもうちょっと道理をわきまえた人間なら、少しは仲よくやっていけるのに」

「わたしのせい？　断っておくけど、わたしみたいに穏やかで性格のいい女は、この世広しといえども、そうはいないわよ。少なくとも、あなたのように頑固でものわかりの悪い、運動大好き人間と会うまではそうだったわ」

「運動のことを持ちだすわけか。いいだろう」ショーンが怒鳴り、たくましい胸の前で腕組みをした。「こう言ってはなんだが、きみみたいな整頓《せいとん》魔には、これまで会ったことがない。雑誌を広げておくこともできやしない。きみが閉じてコーヒーテーブルの下へ片づけてしまうからな」

「わたしはただ、家のなかをきちんとしておきたいだけよ。それがそんなにいけないこと？」

「ああ、いけないね」ショーンが激しく言い返した。「それだけじゃない。きみは甘ったれたお母さんっ子だ。母親の機嫌を損ねるようなことは、怖くてなにひとつできない」

「母とわたしのことなんて、なんにも知らないくせに！」

「知っているさ。きみはぼくのことをお母さんに知られるのが怖くて仕方がないんだ。だからぼくは電話がかかってきても出られやしない」

「母を怖がってなどいないわ」

「さあ、どうだか。かわいい娘が男と同棲《どうせい》しているなんてことが、お母さんにばれないといいがね」ショーンの声が高くなって裏声になった。

「母のことはほうっておいてよ」ヒラリーはスリッパを履いた足を踏み鳴らして叫んだ。

「喜んでそうするよ。お母さんもきみのような人間だとしたら、知らずにいたほうがましってものだからな」

その言葉を聞いて寒気を覚え、ヒラリーは両腕を腹部に巻きつけた。この人の言うとおりだ。わたしは自立して、自分が選んだ人生を歩みたいと願っているけれど、いまだに親離れできずにいる。

事実、わたしはショーンのことを母に知られるのが怖くてならない。母がどう思おうとかまわないはずなのに、なぜこんなにも気になるのだろう。ショーンとわたしのあいだには、ロマンティックな感情などまったく存在しないのに。

それよりも気になるのは、ショーンがわたしに向かって言った〝整頓魔〟という言葉だ。母も整頓魔だった。小さいころから、母が後ろをついてきてはわたしの散らかしたものを拾いあげるのがいやで仕方がなかった。それなのに気がついたら、今ではわたしが同じことをやっている。まったく、なんてことだろう。

「きみが夜遅くまでフルートの練習をしているせいで、ぼくはちっとも眠れない。それなのに、ぼくがテレビをつけるとさっそく文句をつけるし」ショーンが続けた。

「わかったわよ、もうやめましょう」ヒラリーは強い口調で言った。空手チョップで空を切る仕草をあまりに怒りをこめてやったので、体の平衡を失いかけた。「わたしが引っ越すわ。喜んでそうする。わたしを追いだしたかったのなら、おめでとう、あなたは成功したのよ。敷金と払った分の家賃を、小切手で支払ってちょうだい。そうしたら、大喜びでほかのところと契約するから」

ショーンは黙りこんだ。彼は首にかけていたタオルをとって顔の汗をぬぐった。「そんな金は持っていない」

「持っていないですって?」そう言ったヒラリーの声は、自分でもぞっとするほどうわずっていた。

「だったら、わたしはこれからどうしたらいいわけ?」

「さあね」

「あなたのせいで、わたしはここに住んでいられないのよ」

「ぼくだってきみと一緒にいて、とても楽しいとは言えなかったよ」ショーンが不機嫌な声でやり返した。

「だけどわたしは、あなたのラジオのチャンネルを勝手に変えたりしなかったわ」

「ぼくはきみのかみそりで脚をそったりはしなかった」ショーンがぴしゃりと切り返した。

「わざとやったんじゃないのよ。わたしのかみそりだと思ったの」

「ぼくだって、レタスの葉っぱにのっているちっぽけなえび三匹が、きみの夕食全部だなんて知らなかったさ」ショーンの声から次第にいらだたしげな響きが薄らいでいった。「認めようじゃないか、どちらにも落度があったと。きみがさっき言ったことは賢明だと思う」

「わたしが引っ越すってこと?」

「いいや」ショーンが不本意そうに言った。「休戦協定を結ぼうってことさ。ぼくらはふたりとも大人なんだ。少なくとも、そう思いたいね」

「わたしだってそう思いたいわ」ヒラリーは小声で言ってから、自分の手が震えているのに気づいて驚いた。ショーンに知られたくなくて、慌てて手を背中へ隠した。

「ふたりとも一生懸命に努力したら、なんとか折りあっていけるんじゃないかな」ショーンが長々とため息をついたあとで言った。「もう一度努力してみる気はあるかい？」

ヒラリーはためらいがちにゆっくりとうなずいた。

「ええ、あるわ」

「よし、じゃあ、ぼくも努力するよ。それほど長いあいだのことじゃない。あと五週間ぐらい、なんとか耐えられるんじゃないか？」

「そうね、そのくらいならなんとか」ヒラリーは小声でささやいた。一時間以内に出勤しなければならないので、休戦協定とやらについて議論している暇はなかった。週に二日は、楽器店から交響楽団の練習へ直行することになっているのだ。そうした彼女のスケジュールを、ショーンがすでに知っているとは思えない。ドアを出ようとして、ヒラリーはためらった。

ショーンはテーブルについて、卵にトースト、果物にシリアルという大量の朝食を食べにかかっていた。彼は一食でヒラリーの一週間分以上の分量を平らげる。

「わたし……今夜は遅くなるわ」彼女は逃げを打っているように聞こえないといいけれどと思いながら言った。「仕事が終わったあと、交響楽団の人たちと練習をすることになっているの……。お互いに相手の予定を知っておいたほうがいいと思って」

「それもそうだ。じゃあ、きみの帰宅は遅くなるんだね？」

ヒラリーはうなずいた。「十一時ごろになるんじゃないかしら」

ショーンがうなずいた。「長い一日になりそうだね」

彼女はほほえんだ。「どうってことないわ。心から好きなことをしているんだもの」

ショーンはフォークを置いてナプキンで口もとをふいた。「きみはすごく上手だしね。音楽にはあまり詳しくないが、きみが夜中に練習していると、耳を傾けずにはいられなくなる。本当にきれいな音色だから」

ヒラリーは思わず笑みを浮かべた。「ほめているの、ショーン?」

彼は自分の言葉に自分で驚いているようだった。

「うん、まあね。きみは本物の音楽家だ」

「ありがとう。わたしが本物の音楽家なら、あなたは本物の……筋肉マンだわ」

ショーンは少年のようににやりとした。「つまり、なかなか仕事が見つからなかったら、いつでも用心棒に雇ってもらえるということさ」

ヒラリーは笑い声をあげた。「そうね、いっそのことそうしたらどう?」

ショーンが顔をほころばせてヒラリーの笑い声に応《こた》えたので、ヒラリーもほがらかに笑った。

「悪い考えじゃないね。そうだろう?」彼がやさしく尋ねた。

「ええ」ヒラリーはショーンが毎日なにをしているのかまったく知らなかった。それもあって、自分の仕事の予定を進んで話したのだ。今までショーンになにをしているのかときいたことはないし、彼のほうでも話してくれたことはない。もしふたりのあいだに信頼の橋が築かれることがあるとしたら、今がそのときではないだろうか。彼女は躊躇《ちゅうちょ》した。尋ねるのは気が進まないけれど、やはり知っておきたい。

「ぼくは午後一時に就職の面接があってね」ショーンがヒラリーの目を見つめて言った。「採用の見込みがありそうなんだ」

ヒラリーは胸から重荷がとり除かれたのを感じた。

この分なら、努力次第でふたりは友達になれるかもしれない。「うまくいくといいわね」

「ありがとう」

ヒラリーは出かけたくなかった。これは、この一週間でふたりが交わしたはじめての打ち解けた会話だ。記憶にある限り、今までにショーンがほほえみかけてくれたことは一度もない。彼はいい笑顔をしている。とてもいい笑顔を。ショーンのダークブラウンの目が輝いたとき、ヒラリーは暗雲を貫いて光る稲妻を見たような気がした。

彼女はそれほど悪くない。ヒラリーが出かけたあと、ショーンはそう思った。皮肉なことに、ヒラリーのなかのいちばん彼をいらだたせる部分が、同時にいちばん彼の興味をそそる部分でもある。たしかにヒラリーは深夜までフルートの練習をしているが、ひたすら音楽に打ちこんで厳しい練習をしていることに、彼は感心していた。そういうことができる人間になろうと、ショーン自身努力してきたので、彼女のような人を見ると敬服する。

ショーンははじめ、ヒラリーを気どり屋と見なしていた。だが、その考えは間違っていたのかもしれない。ショーンが覚えている限り、今朝の朝食のときまで、互いの欠点を指摘する以外の目的でふたりが会話を交わしたことはただの一度もなかった。

ヒラリーは態度にこそ表さなかったが、〝妃殿下〟と呼ばれてひどく憤慨したのが、ショーンにはわかった。怒りをこらえたあの態度には、賛嘆せずにいられない。彼女はめったに声を荒らげないし、動揺を顔に出すこともほとんどない。髪を耳の後ろへかきあげるあの仕草がなかったら、彼女の感情を読むのにそうとう苦労しただろう。今やショーンは考えを改めていた。彼女はもともときちんとした家の出なのだ。

ヒラリーはまた、とても繊細で愛らしい。傷つきやすい美女で、男が甘やかしたくなるような女性だ。ショーンはそういう女性に興味を引かれたことがなかった。どちらかというと、もう少し肉づきがよくて、あれほど要求の厳しくない女性が好みだ。

それにヒラリーのきれい好きには閉口する。ショーンは何年も、軍規に従って生きてきた。靴をリビングルームに置いておきたいと思えば、彼にはそうする権利がある。ヒラリーがショーンの汚れた靴下をトングでつまんで洗濯室へ持っていったときは、さすがにおもしろくなかった。まあ、少々臭いのは認めるが、それにしたってあれは過剰反応もいいところではないか。黴菌《ばいきん》がびっしりついている汚物じゃあるまいし。

ショーンはヒラリーに好意を持った。あるいは、はじめてそれに近い感情を抱いた。たしかにひとつ屋根の下で暮らしていくには、双方にそうとうな努力が要求されるだろう。だが、なんとかうまく折りあっていけるだろうし、こういう経験はできるときにしておいたほうがいいのかもしれない。

ヒラリー・ウォズワースと接していると、彼女に出会うまでまったく知らなかった女性というものについて、いろいろと勉強できる。愛する女性ではなく、なんの感情も抱いていない女性からそういうことを学べるなんて好都合だ。

いずれは自分のアパートメントを借りるつもりだが、できるものなら、ここを出ていくときはヒラリーと友好的な関係でありたい。彼女とそういう関係を築く機会がはじめて訪れたのだ。

願ってもない機会が。

ヒラリーは早く家へ帰ろうと気がせいていた。火曜日と木曜日はとりわけ忙しい。朝から楽器店で働いたあと、たいてい夕食をとらずにリハーサルへ駆けつけるので、アパートメントへ帰ってきたときには、とてもおなかがすいている。つまり、気分もまた山猫か山荒らしみたいにいらだっているということだ。

けれども今夜は少し時間をとって、スープと少量のサラダを食べてからミュージックホールへ駆けつけた。なぜこんなに早く帰りたいのか、彼女は自分でもよくわからなかった。

今朝はヒラリーとショーンにとって転機だった。ふたりともそう感じたはずだ。ずっとこんなふうにやっていけますようにと、彼女は願った。互いに礼儀正しい態度をとり続ければ、事態は大いに好転するだろう。

アパートメントの近くへ来たヒラリーは、表に車が何台かとめてあるのに気づいた。昨日届いたばかりのショーンのブレイザーもあるが、それ以外に見たことのない車が二台とまっている。

どうしたのだろうと首をひねりながら、ヒラリーは家のなかへ入った。ショーンが、同じくらいの年齢と思われる男性三人とキッチンテーブルを囲んでいる。彼らはトランプをしていた。栓を抜かれたビール瓶が数本と、不ぞろいに積まれた赤と青と白のポーカーチップがテーブルにのっている。

ヒラリーがいることに誰も気づかなかった。

「ショーン、ちょっと話があるんだけど」ヒラリーはキッチンのなかへ歩いていって穏やかに言った。心臓が早鐘のように打っていた。せっかく新しいスタートを切ろうと思っていたのに！　ふたりで腹を割った話しあいをしようと考えていたのに！　彼女は怒り心頭に発した。

トランプから目をあげたショーンの顔に愕然《がくぜん》とした表情が浮かんだ。「ヒラリー……ここでなにをしているんだ？」

「わたしはここに住んでいるのよ、忘れたの？」

彼女の言葉のあとに、二度の口笛とひやかしが続いた。「ここに住んでいるだって？」

「女と同棲していようと、それはショーンの勝手さ」

「それはそうだとも、全然悪くない」

「ショーン、ちょっと話ができないかしら……ふたりだけで」ヒラリーは彼の友人たちの言葉を無視して言った。

ショーンは彼女について洗濯室へ来た。「たしか、今夜は遅くなると言っていたんじゃなかったかな」

「このとおり遅いじゃない。あなたは気づいていないようだけど、もう十時近くになるのよ」

「しかし……友達と夕食を食べてくるんじゃなかったのか？」

「食事は練習の前にすませたの。あそこにいる人たちは誰？」ヒラリーはキッチンのほうを指さして強い語調で尋ねた。「ここでなにをしているの？」

「見ればわかるだろう。ポーカーをしているんだ。なあ、ちょっと、きみはずいぶん動揺しているけど――」

「わたしにまず相談すべきだったと思うわ。それが礼儀というものじゃないかしら」

ショーンは深く息を吸った。「たしかにそのとおりだが、きみがあと一時間は帰ってこないと思ったんだ」

「だから、わたしに知らせないで、他人をわたしのアパートメントへ引っ張りこんでもかまわないと考えたっていうの？」ヒラリーはとり澄ました口調できいた。

「ぼくのアパートメントでもある」

「わたしだったら、あなたに相談しないでこんな愚かなことをしたりしないわ」

「愚かなことか」ショーンはいきりたった。「ヒラリー、きみはまた過剰反応をしているよ」

「またですって？」

Tシャツ姿でビールを飲みながらトランプに興じているショーンの友人のひとりが、キッチンから呼んだ。「おい、ショーン、電話が鳴っているぞ。ぼくが出てやろうか？」

「だめだ」ショーンがあせって大声をあげた。

友人はヒラリーとショーンが制止する前に受話器をとった。「ジョーのマッサージ店です」彼はふざけて言った。「当店にはえりすぐりの若い女の子がそろっています」

ヒラリーは目を閉じて洗濯機に寄りかかった。

「ジョー」ショーンが怒鳴った。「受話器をこっちへよこせ」

「やめて」ヒラリーはわれに返って叫んだ。

ふたりのどちらも駆けつける前に、ジョーは受話器を戻していた。「どうってことないよ」彼は明るく笑った。「間違い電話だった。年配の女性がサンフランシスコからかけてきて、娘を出してくれだってさ。まさかきみの名前、ヒラリーというんじゃないだろう？」

4

「もしもし、お母さん」すぐにまた電話が鳴ったので、ヒラリーは受話器をとった。「突然電話をかけてくるんだもの、びっくりしちゃった。だって、もうこんな時刻よ」

「ついさっきこの番号にかけたら、若い男の人が出たわ。あれは誰だったの？」

「若い男の人って……ああ……ショーンのことね」ヒラリーは同居人をにらみつけて言った。母親にジョーの説明をするのは不可能に思われた。それに、どっちみちショーンが悪いのだ。当然ながら母はこの電話番号を短縮ダイヤルに設定しているから、さっきは違う番号へかけたんじゃないかと言いくるめることはできない。「彼は……お隣に住んでいる人なの」ヒラリーはショーンとその友人たちに背を向けた。男性たちが静かに持ち物を手にしてドアへこそこそ歩いていく音が聞こえた。彼らを先導しているのが、あの腹黒い同居人であるのは間違いない。

「そう、お隣に住んでいる人」母親がゆっくりとヒラリーの言葉を繰り返した。「その人、ハンサム？」

「お母さん、やめてよ。わたしたちが話をしていたときに電話が鳴ったので、ショーンに電話をとってくれるように頼んだの。彼、根っからのおどけ者なのよ」

「そうじゃないかと思った」母親の声がわずかに低くなった。「わたしね、あなたがポートランドへ引っ越したのはいいことだったんじゃないかと思い始めているの」

「そのとおりよ」ヒラリーは母親が逆心理を利用しようとしていることに気づいて、きつい口調になった。ポートランドへ移ったのはいい考えだったとヒラリーに言えば、かえって娘は気を変えて自宅へ戻ってくるのではないかと、ルイーズは考えているのだ。母がこれまでもしばしば用いてきた策略だった。

「あなたはわたしと離れて暮らしていても、全然寂しくないの？」ルイーズの口調が哀れっぽさを帯びた。

「もちろん寂しいわ、でも――」

「一緒に夜十一時のニュースを見ながらおしゃべりをした、あの楽しい時間を覚えているでしょう？あなたは小さなマシュマロを浮かべたホットチョコレートが大好きだったわね」

「そんなの、わたしが十歳のときの話じゃない！」

「わかっていますよ……ただね、今ひとりで十一時のニュースを見ていると、涙が出そうになって仕方がないの。たったひとりで暮らしているあなたが心配で心配で」

わたしがひとりで暮らしているのではないことを母が知ったらどうなるかしら。

「わたしたち、とても仲がよかったわね」ルイーズが続けた。

ヒラリーも母親と過ごした時間を懐かしく思ってはいるが、サンフランシスコへ戻りたくはなかった。わたしは新しい生活リズムに慣れつつある。男の人に慣れつつあるところなのだ！

「わたしはうまくやっているわ。だから、ちっとも心配しないでいいのよ」ヒラリーは母を安心させ、適当なところで会話を切りあげたかったので、そう言った。

「あなたが出ていってから、わたしが電話をしたのは一度だけよ。今日の午後、あなたの手紙を受けとったけど、手紙と電話はずいぶん違うものね」

「忙しかったのよ、お母さん。電話をする暇がなかったの」

「働きすぎなのよ、そうでしょう、プリンセス？食事だって充分にとっていないんじゃない？」

「お母さん」ヒラリーはいらいらして言った。「いい加減、わたしの世話を焼くのはやめてちょうだい」

「世話を焼くなと言われても」ルイーズは苦痛に満ちた低い声で言った。「そんなこと……できそうにないわ」

「わたしはもう子供じゃないの。一人前の大人なんだから、それにふさわしい扱いをしてもらえないかしら」実家を出てからしばらくたったおかげで、ヒラリーは大胆な口をきくことができた。

「そう、わかったわ」母の声がわずかに沈んだ。

ヒラリーは後悔のため息が出そうになるのをこらえた。これほどきつい言い方をするつもりはなかったのだが、わかってもらうにはこうするしかないように思えた。「もう毎晩寝かしつけてもらう必要はないんだから」

「わかっていますよ。ただ、あなたがいないと寂しくて」

ヒラリーは議論を続けることにうんざりしてきた。

「夜の十時過ぎに電話をしてきたってことは、きっとそれなりの理由があるんでしょうね」

「ええ、そうなの……ちょっと驚かせることがあるのよ。今度の母の日を一緒に過ごすために、ポートランドへ行こうと思っているの。といっても、あなたがかまわなければだけど」

「もちろんかまわないわ」ヒラリーはさっきとげとげしい言い方をしたことで、ますます気がとがめていた。

「あなたは交響楽団の演奏会があってこちらへ来られないだろうから、わたしのほうから出かけていこうと思ったの。実を言うと、もう飛行機の予約をしてあるんだけど、考えてみるとなんだか勝手なことをしたみたいで」

「ううん、ちっともそんなことない。お母さんがこちらへ来るのを今から心待ちにしているわ」

「そう、よかった」ルイーズが先を続けた。「今日の午後、手紙を受けとったとき、母の日を離れ離れで過ごすのはとても寂しい気がしたの。しばらくして、あなたがこちらへ来られないのなら、わたしがそっちへ行けばいいと気づいたのよ。それで飛行機の予約をして、夜、あなたが帰宅するころを見計らって電話をしたわけ」

「きっと楽しい日になるわ、お母さん」

「ええ、そうでしょうとも、プリンセス。あなたの住まいを見せてもらって、それからいつもしていたように、一緒にホットチョコレートを飲みましょう。考えただけで楽しくなるわ」

「ええ、そうよね、お母さん」ヒラリーは目をつぶり、額を壁に押しあてた。それからもうしばらく話をしたあとで、電話を切った。

背後はしんと静まり返っていた。ショーンは友人たちをアパートメントから追いだすのに成功したらしい。

「お母さんにかなりきつい言い方をしていたじゃないか」電話が終わったのを見て、ショーンが言った。

「なにが言いたいの？」

「あれほどむきにならなくてもよかったんじゃないかってことさ」

「むきになんか、なっていなかったわ」ヒラリーは図星を指されたことを認めたくなかったので、ぴしゃりと言った。「あなたにはわからないのよ」言い訳がましくつけ加えた。「母はわたしの生活を支配したがっているんだわ」

ショーンはポーカーチップを丸いケースにおさめ、キッチンテーブルの上を片づけ続けた。「たぶんきみの言うとおりなんだろう。ぼくの母は、ぼくが小さいときに亡くなった。母のことはほとんど覚えていないんだ」

「お父様は再婚なさったの?」

ショーンがうなずいた。「ぼくは継母とあまりうまくいかなかった」

「わたしは母の過剰な愛情を息苦しく感じるの」

ショーンはわずかに口もとを引きしめてうなずいただけだが、ヒラリーは非難されているのを感じた。この人にはわからないんだわ。わかりっこない。この二、三年、わたしがどんなに抑圧を感じながら生きてきたか、この人はまったく知らないんだもの。

彼はそろえたトランプをチップケースのなかへおさめた。「ポーカーの件だが――」

「そうね」ヒラリーは相手の言葉を遮り、両手を腰にあてた。「あなたが見ず知らずの人間をわたしの家へ連れこんだことについて話しましょう」

ショーンの顎の筋肉がこわばった。「言い争いを始めようというのかい、ヒラリー? きみがその気なら、喜んで受けて立つ」

ヒラリーは大きく息を吐いて、ゆっくりと首を横に振った。せっかく友好的な関係に向けて一歩踏みだしたのに、ぶち壊しにしたくはない。

ショーンがため息をついてかぶりを振った。「きみの言うとおりだ。ここへ勝手に友達を呼んだのはまずかった。ただ、それほどたいしたことではないと思ったんだ」

「そうね、たいしたことじゃないわ」ヒラリーはゆっくりと認めた。

今のは聞き違いだろうかとばかりに、彼は首をかしげた。「最初にきみの了解を得るべきだった」

「わたしのほうこそ、あんなに騒ぎたてるべきではなかったわ」ヒラリーは震える声でささやいた。彼女はくたびれきった体を引きずるようにして壁のカレンダーのところへ行き、ページをめくって翌月のところを出した。

「ヒラリー、なにかまずいことでも？」ショーンの口調はとてもやさしく、とても気づかわしげだった。

ヒラリーは振り返って、両手で困惑の仕草をした。

「すごく困ったことになったわ、ショーン。母がここへ来るのよ」

ショーンは眉根を寄せた。「いつ？」

「母の日に」

「だったら心配無用だ」ショーンは自信たっぷりの口調で言うと、ヒラリーの横を通ってカレンダーのところへ行き、問題の日までの日数を数えた。彼の人さし指が五月の第二日曜日のところでぴたりととまった。「グリーア夫妻はその次の週にならないと帰ってこない」彼は考えこむようにつぶやいた。

「ええ、わかっているわ」

「たいしたことではないさ。その週末、ぼくは荷物をまとめてホテルに泊まりに行く。二日ぐらいならクレイグのところに泊めてもらえるかもしれない。彼もぼくの友達なんだ。ほら、野球帽をかぶっていたやつがいただろう」

ヒラリーは、彼女もここに住んでいると言ったとき、二本指で口笛を吹いた男性がいたことを思いだした。「本当に、そうしてもらえるの？」ショーンが友人たちをアパートメントから追いだした手際のよさにも驚いたけれど、この申し出にはもっと驚いた。

「もちろん」

「わたし……なんて言ったらいいか」ショーンは単に週末をよそで過ごすと申しでているのではない。時間と労力をかけて、彼がこのアパートメントに住んでいる痕跡《こんせき》を残らず消し去ろうと申しでているのだ。ひと晩かふた晩、ただよそに泊まりに行くのと、ここに住んでいないようにするのとでは、まったく話が違う。

「お母さんには、ぼくがここにいるなんて絶対にわからないよ」ショーンが請けあった。

ヒラリーの胸に感謝の気持ちがわきあがった。彼女はありがとうと小声でつぶやき、ぶらぶらと自分の部屋へ歩いていった。そしてシャワーを浴び、服を着替えてからキッチンへ戻ってみると、ショーンが後片づけをしていた。食べ物はあらかた片づけられ、床もきれいに掃かれている。

「あの……お友達の前で、あなたにばつの悪い思いをさせたのでなければいいけど」ヒラリーは彼に非難の言葉を投げつけたことに罪悪感を覚えていた。

ショーンが肩をすくめた。「そんなの気にしなくていいよ」

「疲れて、いらいらしていたの」彼女は打ち明けた。いらいらしていたのは、ショーンに対してだけでなく、母に対してもだった。「あんなことを言うべきじゃなかったわ」

ショーンは空のビール瓶を両手につかんで振り向いた。「ぼくの聞き違いかな？　きみは本気で自分が間違っていたと認めるのかい？」

口もとに浮かんでいる笑みが、彼の本心を表していた。またもやヒラリーは彼の笑みにつられて顔をほころばせた。

「寝る前にコーヒーを一杯どう？」ショーンがきいた。

「コーヒーではなくマシュマロ入りのホットチョコレートにしてくれたら、飲んであげてもいいわ」

「ホットチョコレートだって？」

「からかっただけよ」ヒラリーは帰宅したときよりもずっと気分が軽くなっていた。「それよりもお茶にしましょう」彼女はポットに紅茶を注《つ》いでリビングルームへ運んだ。ふたりは気づまりな思いをしながら向かいあって腰をおろした。どちらも進んで口を開こうとはしなかった。

ショーンは両腕をのばしてだらりとソファに座り、右手にビール瓶を持ち、かかとを反対側の膝にのせている。

ヒラリーはふかふかの椅子に座って背筋をのばし、膝をぴったり閉じて、両手でカップとソーサーを持った。ふたりのあいだのコーヒーテーブルには、ティーポットと保温器が置かれていた。

ショーンがにやりとして視線をそらした。

「どうかしたの?」ヒラリーは尋ねた。なにかおかしなことをしたつもりもなければ、言ったつもりもない。

「いや、ただ……せっかくきれいな脚をしているのに、どうして脚を組まないのかと思ってさ」

ヒラリーは頬がほてってくるのを感じた。彼女は脚を体の下へ折り曲げた。

「そのほうがいい」ショーンはにっこりしてビールをぐいぐい飲んだ。飲み終えると、身を乗りだしてビール瓶を陶製のティーポットの横に置いた。「就職が決まったんだ」

「まあ、ショーン、おめでとう」ヒラリーは彼のために心底喜んだ。さっき友人たちが集まっていたのは、きっとそのお祝いの意味もあったのだ。「あなたのお友達って……いい人たちみたいね」ヒラリーは会話を始めるきっかけをつくろうとして言った。

ショーンがうなずいた。「ぼくがジョーやクレイグやデイブと出会ったのは、サウジアラビアだった。みんないいやつらだよ」

「あなたは戦争に行ったの?」

彼は大きく胸をふくらませた。「まあ、そんなところだ」

「よかったら話してくれない? 母もわたしも戦争のニュースにとても関心を持っていたの。昼も夜もテレビの前に座って何時間も過ごしたわ」

それからの一時間、ショーンはサウジアラビアでの任務や悲惨な脱出の経緯、軍におけるいろいろな冒険について話し、ヒラリーを魅了した。彼女はショーンの送ってきた人生にすっかり心を奪われて、いろいろと質問をした。彼は子供のころの話をあまりしようとしなかったが、それでも言葉の端々から、それほど幸せな少年時代ではなかったことがわかった。ショーンは母親のことと、彼女が亡くなってからのことを少しだけ話した。ヒラリーは父親が亡くなったことと、そのせいで彼女と母親の生活が根本から覆されたことを語った。いつもの彼女は男性相手に長々と話をするのが苦手なのだが、ショーンが相手だと平気だった。彼となら気楽に話ができ、しかも話していて楽しい。なぜもっと早く気づかなかったのかしらと、彼女は思った。

ヒラリーはショーンに興味をそそられた。彼は決してハンサムではない。しかし、強烈に人を引きつけるなにかを持っている。誠実さ、良識、厄介な状況を進んでなんとかしようとする思いやり。この分なら彼との同居もそれほど耐えられないものにはならないだろう。

翌朝、ヒラリーは遅くまで寝ていて、目を覚ましたのは十時十五分だった。水曜日は午後から出勤すればいいので、急いでベッドを出る必要はない。ショーンの気配は感じられなかった。きっともう出かけたのだろうとヒラリーは考えた。

ヒラリーはバスルームのドアの外で立ちどまった。そしてふと気になり、バスルームへ入ってラジオをつけた。驚いたことに、ロッシーニのオペラ《泥棒かささぎ》の序曲のやわらかな美しい旋律が流れた。彼女はうれしくなって思わずほほえんだ。ショーンは約束どおりチャンネルを戻しておいてくれたのだ。

ヒラリーはキッチンへぶらぶら歩いていって受話器をとり、母親に電話をかけた。昨夜のことを謝っておきたかった。母と話し終えて気分が晴れ晴れした彼女は、歯を磨こうとバスルームへ戻った。

「おっと、ごめん」ヒラリーが歯を磨き終えたとき、背後でショーンの声がした。「きみがここにいるとは思わなかったんだ」

「おはよう」ヒラリーはほほえんだ。どうやらショーンは車をいじっていたと見え、手が油で汚れていた。

「そんないやそうな目で見ないでくれ」ショーンはヒラリーの気持ちを見透かしたように笑った。「手を洗い終えたら、ちゃんとシンクをきれいにしておくよ」ショーンが彼女と場所を入れ替わろうとして言い添えた。

シンクとドアのあいだが狭いので、すれ違うときに彼女の胸がショーンの胸のかたい筋肉にふれた。ふたりの動きがとまる。ヒラリーははっとして視線をゆっくりとあげ、ショーンの目を見た。彼は息をつめているようだった。

「きみはいいことをした」ショーンがささやくような声で言った。

「なんのこと?」

「お母さんに謝ったことさ」

ヒラリーは目を伏せた。

「盗み聞きするつもりはなかったが、キッチンの窓が開いていたので聞こえてしまった。きみから電話をもらって、お母さんはすごくうれしかったんじゃないかな」

ヒラリーは肩をすくめた。

ふたりは申しあわせたように体を離した。「わたし……出勤の支度をしなくては」ヒラリーは震える声で言って、彼と場所を入れ替わった。

数時間後、楽器店に立っているヒラリーの脳裏に、今朝のショーンとの出来事がよみがえった。あのとき、ふたりはバスルームのなかに立って上半身を押しつけあったまま、そのことに気づいていないかのように会話を交わした。ヒラリーの胸は、ただ彼の胸に軽くふれたというだけではなかった。胸の先端が痛いほどかたくなり、それをショーンに気づかれてしまった。彼が気づかなかったはずはない。

ショーンがどう思ったのか、ヒラリーにはわからなかった。おそらく彼は女性と暮らすことに慣れているに違いない。恋人だって、これまでに何人もいただろう。そう思うと、ヒラリーの腹部の筋肉がこわばった。

それとは別の考えが浮かんで、彼女はいっそう狼《ろう》狽《ばい》した。ふたりは取り決めに従って共同生活をうまく続けていこうと懸命に努力をし、問題が生じないよう互いに礼儀正しく接しようとしてきた。ところが今になって新しい問題が生じようとしている。肉体的な問題が。

それについてふたりは話しあったこともなければ、なんら基本原則も定めなかった。だが、ふたりのあいだになにも起こってはならないというのが暗黙の了解事項になっていた。その一線を、今朝、ふたりは越えたのだ。

彼らはふれあった。胸がショーンの胸にふれ、腿がこすれあったとき、ヒラリーの肌は熱くほてった。今でもそのときの焼けるような感触を、まるで再び経験しているかのようにまざまざとよみがえらすことができる。

ヒラリーは深く息を吸って、ミスター・マーフィーがわたしに注意を払っていませんようにと願った。なにかこれまでと違うことがヒラリーに起ころうとしている。説明しがたい不可思議なことが。彼女はなぜかショーンを独占したいと思った。ばかげた欲望だ。おそらくショーンは、これまでに少なくとも十人以上の女性とつきあったに違いないからだ。

ショーンに対してそんな感情を抱く権利は、彼女にはない。これっぽっちも。それはばかげているだけでなく、あとあといろいろな問題を引き起こす可能性がある。

ヒラリーはある意味でふたりのあいだに絆《きずな》ができたのだと思った。ひとつ屋根の下で暮らしていれば、誰だってなんらかの影響を受けずにはいられない。これは、ふたりともが考えもしなかった事態だった。

ヒラリーが帰宅したとき、ショーンはアパートメントにいた。たちまち彼女の胸に喜びがわきあがったが、今朝の出来事を思いだしたとたんにしぼんだ。

「ただいま」ヒラリーはおずおずとなかに入って慎重に声をかけた。

ショーンはふきんをズボンのベルトに挟んでガスレンジの前に立っていた。木製のスプーンを口にあてているところを見ると、料理の味を確かめているのだろう。彼はヒラリーを見てにっこりし、自分の指先にキスをして、満足のいく出来栄えであることを示した。

「きみがおなかをすかせていたらいいけど」ショーンが言った。

「どうして？」今までふたりは食事をそれぞれ自分でこしらえてきた。

「ちょうど世にも名高いコクラン流スパゲティソースをつくったところなんだ。断っておくが、ポール・ニューマン印の瓶づめじゃないからな。たまたまレシピが同じというだけさ」

「それって、わたしにごちそうしてくれるってこと？」

「ヒラリー、きみを太らせようと思っているんだ。ちっぽけなえび三匹を夕食だなんて称している女性は、ぼくのスパゲティソースみたいにうまいものを味わったことなど、ないに決まっているからね」

ヒラリーは静かに笑った。「わたしは生まれてこのかた、ただで食べられる食事を断ったことがないの」

「ただだなんて誰が言った？」ショーンは意味ありげに眉をあげた。「ぼくが料理をしたんだ、きみには皿洗いをしてもらおう」

「取り引き成立ね」

ショーンの世にも名高いスパゲティソースは、さすがに自慢するだけあっておいしかった。ヒラリーは最後にこれほど楽しく食事をしたのはいつのことか思いだせなかった。語りあい、笑いあい、冗談を言いあっているうちに時間がたって、気づいたときには、驚いたことに練習開始の時刻を一時間も過ぎていた。

「ごちそうさま」ヒラリーはおなかに両手をあてて言った。「とてもおいしかったわ」

「きみには夕食の借りがあったからね。覚えているだろう？」

「そのことなら、お望みのときにいつでもわたしのえびサラダをどうぞ」立ちあがって食器洗い機に皿を入れたところで、ヒラリーは思いだした。「そうそう……今日、仕事をしているときに思いついて、ちょっとした贈り物を用意したの。たいしたものではないのよ」今になってみるとなんだかくだらない気がして、やめておけばよかったと思った。

「贈り物だって？」

「ええ、まあ。母が来るとき、よそへ移ると言ってくれたでしょう。それに対するお礼の気持ちよ」

「そんな必要はないのに」

「わかっているわ。ただ、なんらかの形でお礼がしたいの」ヒラリーはハンドバッグのなかをかきまわして小さな白い封筒をとりだした。

「なんだい、それ？」ショーンが尋ねた。

「母の日の演奏会のチケットよ」

しばしの沈黙があった。「ぼくに？　交響楽団の演奏会へ？」続いてショーンは大声で笑いだした。

「おいおい、冗談はやめてくれ、ヒラリー」

5

すぐにショーンは、ヒラリーの気持ちを傷つけたことに気づいた。彼には無神経なことを言うつもりも、友情のもろい絆《きずな》にひびを入れる気もなかった。

「笑うつもりはなかったんだ」ショーンはそう言いながら、もはや手後れであるのを悟った。笑った事実をとり消すことはできない。「これまでポップコーンやビールを買えない場所に入ろうなんて気を起こしたことがなかったものだから」

「ええ……そうでしょうね」ヒラリーが視線をそらしたまま小声で言った。「悪いけど失礼させてもらうわ。練習しなくてはならないの。迷惑にならないようにドアを閉めておくわね」

「待ってくれ、ヒラリー、本当にきみを傷つけるつもりはなかったんだ」

「ええ、わかっているわ」彼女は品のある穏やかな口調で応じた。

ヒラリーがキッチンから出ていってしまうと、ショーンは自分自身に腹を立ててふきんを床へ投げ捨てた。ぼくときたら、なんというばかだ。これではなにもかもぶち壊しではないか。それに謝り方の下手なこと。

ヒラリーと一緒にいるのが楽しいことに気づいたのは、ショーンにとってかなりの驚きだった。ヒラリーに会うまで上流社会のうぶな娘をひとりも知らなかった。そもそも彼の家族は上流社会の人間と近づきになったことがないのだ。ヒラリーは裕福な家庭の出であると一度も口にしたことはないが、それは誰の目にもはっきりしている。彼女からは教養がにじみでている。礼儀作法は非の打ちどころがないし、言葉づかいは金持ちの子女が通う私立学校で身につけたものだとわかる。

一緒に暮らし始めてからの一週間、ショーンは彼女の几帳面《きちょうめん》さにほとほと閉口した。とはいえ、問題はほとんど彼の側にあったことを、ショーンは進んで認めるつもりだった。彼はどこまで追いつめたらヒラリーが音をあげるのか知りたくて、わざと彼女をいらだたせるようなまねをした。彼女がまとっている堅固な礼儀正しさや並外れた上品さの衣を、なんとかしてはぎとってやろうと思ったのだ。しかしいくら意地悪をしても、ヒラリーは声を荒らげたり怒りをあらわにしたりしなかった。

ヒラリーは洗練された優雅さを常に保っている。ヒラリーと一緒にいるのが楽しいことにショーンがはじめて気づいたのは、彼女が冷静さを失ったときだ。そのときやっと彼女は、ショーンの目に人間らしく映った。しかし、ひとつ大きな問題がある。ヒラリーは母親に不満を抱いているということだ。母親の話になったとたん、ヒラリーはアリゾナのサボテンみたいにとげとげしくなる。

ヒラリーとのひとときをこんな形で終わらせるつもりではなかった。彼は一日じゅう、今朝のバスルームでの出来事について考えていた。ほんの短いあいだの肉体的接触がショーンの気持ちを乱したように、ヒラリーの気持ちをも乱したという確信が彼にはあった。

だからといって、ショーンにどうこうしようという気はなかった。彼は同居人に手を出すのは厳禁だと考えていた。ぼくもばかではない。厄介の種になりそうかどうかは、見ればわかる。ヒラリー・ウォズワースに手を出したりしたら、それこそ大きな厄介ごとを背負いこむことになるだろう。

ショーンがリビングルームへ行ってソファにどさりと腰をおろし、テレビのリモコンへ手をのばしたとき、フルートの最初の音が聞こえてきた。彼の指はリモコンのボタンの上でとまった。ヒラリーの奏でる音楽は、奏でている本人と同じように、うっとりするほど美しくて繊細だった。

いつしかショーンは、さっきの食事のことを考えていた。ヒラリーがナプキンを膝の上へきちんと広げたときの仕草や、フォークを口もとへ持っていくときの優雅な手つきが、彼は好きだった。夕食をこしらえるにあたってショーンがスパゲティを選んだのは、長いパスタをフォークでどんなふうに扱うのかを見たかったからだ。ヒラリーは難なくやってのけた。フォークとスプーンを扱うヒラリーの見事な手さばきに、ショーンは目を見張った。

そのあとで彼は愚かなことをしでかした。ヒラリーを笑ってしまったのだ。

ショーンは顔を手でこすった。くそっ、これではまるで、ヒラリーに恋をしてでもいるみたいじゃないか。こんなことを続けていては、とんでもない事態に陥ってしまう。ふたりのあいだには問題がごまんとあって、仮になにか起きるようなことがあれば、ぼくがその責任をとらなければならなくなるだろう。ヒラリーは純朴で世間知らずだから、ちょっとしたことで愛だとか甘い夢だとかで頭がいっぱいになってしまう可能性がある。彼女が特別な男性を見つけるとしたら、ぼくなんかよりはるかに教養豊かな男でなければならない。交響楽団の演奏会に喜んで出かける男、〝ポロ〟が単にシャツの種類を指す言葉ではないことを知っている男でなければ。

　そんなことをあれこれ考えながら、ショーンは今の気分にふさわしい番組はやっていないかとリモコンのボタンを押し続けた。そしてレスリングをしばらく見たあとでテレビを消した。

　ショーンはなにをするつもりなのか自分でもわからないうちに立ちあがっていた。廊下をヒラリーのベッドルームへ向かって歩いていく。閉じているドアの向こうから、愛撫《あいぶ》のようにやわらかな美しい旋律の、なにかの小曲が聞こえてくる。彼は手を拳《こぶし》に握り、ドアをノックしようとしてためらった。

「まったく、なんてことだ」ショーンは小声でつぶやいて、その場から立ち去った。ヒラリーと仲よくしようという努力には否定的側面がある。ふたりが文句をつけあったり喧嘩《けんか》をしたりしていたときは、それほど多くの問題はなかった。実際、ショーンは機知の応酬を楽しんでいた。だが彼が思うに、もはや友達のままではいられそうになかった。

　まいった、と彼は暗い気持ちで考えた。いちばんの問題は、ふたりがあまりに仲よくなりすぎているということだ。ぼくはいつにもまして頭をまともに保っておく必要がある。

　ヒラリーは食料品のつまった重たい袋をふたつ抱

え、急ぎ足でアパートメントへ入った。そして袋が腕から落ちる前に、かろうじてキッチンテーブルへたどり着いた。

後ろへさがって吐息をついたヒラリーの胸に、熱意がわきあがった。今夜は盛大にお祝いをしよう。今日は〈ハルファックス社〉に雇われたショーンの、初出勤の日だ。彼はヘリコプター操縦士として、一九八〇年の大噴火以降調査を続けている地質学者たちをセントヘレンズ山へ乗せていくと言っていた。だが、ヒラリーがディナーを用意して振る舞おうと考えたのには、ショーンの就職祝い以外にも理由があった。

ヒラリーが演奏会のチケットをプレゼントしてからというもの、ふたりのあいだの空気はずっと張りつめている。仕事が始まるので、今朝ショーンは緊張していた。彼女はふたりの関係をもう一度安定した状態へ戻すために、なにかをしたかった。

ヒラリーは演奏会の件を大いに後悔すると同時に、ショーンもまた後悔していることを知っていた。彼は交響楽団の演奏を楽しむような人間ではない。それをもっと早く悟るべきだったのだ。ショーンは笑ったことを悔やんでおり、彼女は彼女でショーンをそうした不愉快な立場へ追いこんだことを悔やんでいる。なるべく早くそんな状況を脱しなくてはならない。

ショーンは新しい仕事を始めるにあたって神経質になっていることを隠そうとしていた。だがヒラリーには彼の心理状態が読めた。今度の仕事は、ショーンにとってわくわくするもので、彼にうってつけと言える。

ショーンの操縦士としての能力に全幅の信頼を寄せていなかったなら、そんな飛行にヒラリーは不安を抱いたに違いない。だが、彼は何度も危険な任務で戦闘区域の上空を飛び、そのたびに無事生還したのだ。山へヘリコプターを飛ばすことなど、彼にとっては朝飯前だろう。

ヒラリーは午後の時間の多くを、客の相手をしながら、どんな料理をこしらえようかと考えて過ごした。それから車でポートランドじゅうを走りまわって必要な食材をかき集めた。ディナーをまずアスパラガスのハム巻きで始め、次に主菜である新鮮な鰈《かれい》を焼いたものにシャンパンソースを添えて出すつもりでいた。デザートは、一風変わったパン屋で見つけたナポリ風タルトだ。

六時半にはヒラリーの最高傑作が完成し、いつショーンが帰ってきてもいいようになっていた。彼女はテーブルの中央にピンクのカーネーションと三本の極細のろうそくを念入りに飾りつけた。目立つメタリックカラーで〝おめでとう〟と書かれた飾りリボンが、キッチンのアーチ形をした入口に張り渡してある。

ショーンの車のドアが閉まる音がしたので、ヒラリーはパーティ用のとんがり帽子をかぶった。そして彼が玄関のドアを開けると、紙笛を吹いて大声で言った。「じゃーん！」

ショーンはまるで地雷原へ足を踏み入れたかのように、その場に凍りついた。

「おめでとう」ヒラリーはそう声をかけて歩み寄り、彼の腕に自分の腕を絡めた。「あなたがおなかをすかせていればいいんだけど。腕によりをかけてごちそうをこしらえたの」

相変わらずショーンは突っ立ったままだ。「ヒラリー、そんなことしなくても……」

「驚いたでしょう？」

ショーンが悲しそうにゆっくりとうなずいた。ヒラリーが期待していたような興奮を、彼はまったく示さなかった。どちらかといえば痛ましいほど困惑しているように見える。ショーンの気分をどう解釈したらいいのかわからなかったので、ヒラリーはテーブルへ近づき、並んでいるごちそうを示した。

「ひとつ問題があるんだ」ショーンがとまどった声でためらいがちに言った。

「なに？」ヒラリーは振り返って彼を見た。

「友達が何人かで計画を立ててくれて……」

ヒラリーはたちどころに自分の愚かさを悟った。勝手にディナーの支度をする前に、まずショーンに予定を確認すべきだったのだ。彼女は無理にほほえんだ。「だったら、お友達と行かなくちゃ」

「しかし――」

「気をつかわなくていいのよ、ショーン」ヒラリーは相手を安心させるために懸命に笑顔をつくった。もちろん、ひどくがっかりしたけど、わたしが悪かったんだもの。

「向こうを断ることにしよう。とはいえ、車のなかで友達がふたり、ぼくを待っているんだ……。よし、ちょっと断りに――」

「とんでもない」ヒラリーは本気で言った。彼女は大きなナポリ風タルトのかたわらに立って両手を握りあわせた。ばかな自分が恥ずかしくて、穴があったら入りたかった。「お友達と行かなくてはだめ。わたしとのディナーは、日を改めてすればいいんだもの」

「これ、それまで持つかな？」

「もちろんよ」彼女は嘘《うそ》をついた。

「どれひとつとっても、すごくすてきだ」ショーンがテーブルを見まわしながら言った。

「たいして手間はかからなかったのよ」ヒラリーはまた真っ赤な嘘をついた。そしてごくりとつばをのみこみ、このまま笑顔を保ち続けられますようにと祈った。

「きみって、本当にかわいらしいことをするんだね、ヒラリー」ショーンがささやいた。

〝かわいらしい〟ショーンはまるで、彼に首ったけの十六歳の少女に話しているみたいだった。かわいらしい、まったくそのとおりだわ！　ヒラリーはなにか言おうとしたが、彼女が口を開く前にドアが開いて、この前鋭い口笛を吹いたショーンの友人が顔をのぞかせた。

「なにをぐずぐずしているんだ？　カーラを待たせたくないだろう？」

カーラ、とヒラリーは心のなかで繰り返した。彼女の自尊心にも我慢の限度というものがある。そして今、その限度に到達しかかっていた。

ショーンが、すまない、わかってくれ、という目つきで彼女を見た。

「行ってきてと言ってるじゃないの」ヒラリーは気力を振りしぼって快活な声を出した。「お友達を待たせたらいけないわ」

「きみだってぼくの友達だよ」

その言葉に、気落ちしていたヒラリーは大いに慰められた。「ええ、わかっているわ。あなただって、わたしにとって特別な人よ。でも、わたしがいけなかったの。お祝いはまたの夜にしましょう。いいわね？」

ショーンは申し訳なさそうにうなずいた。

「楽しんでくるといいわ。またあとでお話ししましょう」

彼の友人が再びドアからなかをのぞいた。「おい、一緒に来るのか、来ないのか？」

「今行く」ショーンが答えた。彼は部屋を横切ってヒラリーの両肩に手をかけると、頬にキスをした。

「ありがとう」

「気にしなくていいのよ」ヒラリーはショーンが出ていくのを待ってから、キッチンの椅子にぐったりと腰をおろした。膝が震えている。それが失望を隠すために全精力を使い果たしたせいなのか、ショーンに短いキスをされたせいなのか、彼女自身わからなかった。

置かれている状況からすると、ふたりの関係は厳密にプラトニックなものであり続けなければならない。ヒラリーは最初からそれを受け入れている。ふたりで話しあったことはないけれど、ショーンにしても同じだろう。彼に心を寄せるような危険は冒せない。だが、すでにそれ以上の段階に達している。ショーンに自尊心を傷つけられたのだ。彼はヒラリーを〝かわいらしい〟と言い、カーラという女性と夜を過ごしに出かけていった。

そんなことを気に病むのは筋違いだと思いながらも、ヒラリーは気に病まずにはいられなかった。

夜はだらだらと過ぎていった。ヒラリーは自分がつくったディナーを食べた。とてもおいしくできていたけれど、まったく食欲をそそられなかった。

キッチンを片づけたあと、フルートの練習を二時間した。それからあたたかい湯につかって、爪にやすりをかけてから、ベッドに入った。暗闇《くらやみ》のなかで仰向けに横たわり、じっと天井を見つめて、ショーンはアパートメントへ帰ってくるつもりかしら、それとも女友達とひと晩過ごすつもりかしらと考える。その考えは、まるでコンクリートの塊みたいにヒラリーの胸に重くのしかかった。呼吸をするのも苦しいほどで、もはや耐えられなくなった彼女は、懸命にその考えを頭から追いだした。

今夜はかつてないほど惨めな夜だった。ショーンはかたわらの金髪美人を見るたびに、ヒラリーを思いださずにはいられなかった。今まで見たこともないような笑みを浮かべ、両腕を広げて〝じゃーん!〟と叫んだヒラリーの姿を。

ショーンがクレイグとデイブについてきたのは、ふたりがトラックのなかで待っていたからだが、たちまちそれは間違いだったと悟った。ショーンは友人たちと夜を過ごしたくなかった。彼が一緒に過ごしたいのはヒラリーだった。

ヒラリーはすっかり落胆して、それを必死でショーンに悟られないようにしていた。彼女があんな行動に出るなんて、ショーンは夢にも思わなかった。演奏会のチケットの件でひともめしてからというもの、彼は薄氷の上を歩く思いでふたりの関係を修復しようと努めてきたが、その努力はまったく実を結ばなかった。ショーンがなにをしても、なにを言っても、雰囲気は張りつめたままなのだ。ふたりとも懸命に努力してきたのに、と彼は思った。そこへもってきて、今度はこれだ。

見あげたことに、ショーンは夜中の十二時まで友人たちにつきあってから、失礼させてもらうと言った。友人たち、とりわけクレイグは、ショーンがそんなに早く帰ることにびっくりしたようだった。

まだヒラリーが起きているのを期待して、ショーンは猛スピードで車を走らせた。彼女に説明をし、状況改善のためにあらゆる手をつくさなければならない。だが、アパートメントへ帰り着いてみると、ついているのはポーチの明かりだけだった。

ショーンは静まり返っている家のなかへ入って立ちどまった。リビングルームは暗くひっそりとしている。髪に手を走らせたショーンは、大波のような新たな落胆に襲われた。今すぐ話しあっておくことが、ふたりのどちらにとっても重要だというのに。といっても、気がとがめるからではない。気がとがめる理由などひとつもない。しかし、ヒラリーを安心させ、思いやりに礼を述べて、彼女の努力にどれほど感謝しているか話しておきたかった。

暗い廊下を歩いていったショーンは、ヒラリーのベッドルームのドアが半開きになっているのに気づいた。しばらくそこに立って、目が暗がりに慣れるのを待った。彼女はぐっすり眠っている。

世界がはたと動きをとめた。ショーンは心臓が激しく打つのを感じ、気がついたときには、ふらふらとヒラリーのベッドルームのなかへ入っていって、ベッドの端に腰をおろしていた。

すぐに彼はヒラリーが目覚めているのに気づいた。闇のなかでふたりの目が合った。

「ぼくはここへ来るべきではなかったんだ」そうささやいた彼の声には、かすかな怒りがこめられていた。こんなふうに彼女のところへ忍んできてはいけなかった。

「わたしのほうこそ、ディナーを計画する前に、あなたに確認しなくてはいけなかったわ」ヒラリーの声は蜂鳥《はちどり》の翼の音のようにかすかだった。

視線をヒラリーの口もとへ、彼女の甘くやわらかそうな唇へ移したとき、ショーンは自分を抑えきれそうにないのを悟った。うめき声をもらし、あらん限りの意志の力をかき集めて誘惑に抗《あらが》った。だが、ショーンが身を引き離す前に、ヒラリーが両腕を彼の首にまわし、彼の唇を自分の唇へ引き寄せた。

6

ヒラリーはショーンが体をこわばらせて抵抗するのを感じた。けれど、彼が誰と闘っているのかわからなかった。彼女とだろうか、それとも彼自身と？　ヒラリーはショーンと視線を絡ませたまま、互いの体まであと数センチというところまで身を傾けた。ショーンの目には疑念、後悔、それと彼女にはうかがい知ることのできない色が浮かんでいた。恐怖だろうか？　何度も死に直面してきたこの男性が、ペルシア湾における英雄的行為の話を聞いて身震いした彼女を笑い飛ばした人が、怖がっている？　そんなの、ばかげているわ。

でも、たしかにショーンは震えている。まるで自分自身と激しく闘っているかのように。

「キスして」ヒラリーはささやいたあとで、そんなにも大胆になれる自分にびっくりした。

「きみは自分がなにを言っているのかわかっていないんだ」ショーンは彼女の頼みを拒絶した。

「いいえ、わかっているわ」

「ああ、ヒラリー、なんてことだ。本当はこんなふうになってはいけないのに」ショーンはうめいて、彼女をぎゅっとつかんだ。

あたたかい唇で唇を覆われ、ヒラリーの心臓はいったんとまってから狂ったように打ちだした。ショーンの手が彼女の髪から腰のくびれのほうへゆっくりとおりていき、彼女を引き寄せる。ショーンが顔をあげたとき、彼の荒くあたたかい息がヒラリーの顔にかかった。

「どうしてきみでなくてはいけないんだろう？」

ヒラリーはまぶたを震わせながら目を開いた。

「カーラではなくて？」彼女はささやいた。

「ああ」ショーンがかすれた声を出した。「ああ」再びそう言った声は欲望でしわがれていた。彼は両手でヒラリーの顔を包むと飢えたように激しいキスをし、彼女も同じくらい激しいキスで応じた。ヒラリーにはショーンが、そして彼の質問が理解できなかった。けれど彼の腕に抱かれてさえいれば、そんなことはどうでもよかった。今の状態が続いてさえくれればそれでいい。

ショーンは舌でヒラリーの唇をなぞって彼女の反応を引きだし、ヒラリーがそれまで経験したことのないようなキスをした。彼はふたりの上半身がぴったりくっつくまでヒラリーを抱き寄せた。胸がふれあい、ヒラリーは胸の先端が欲望でうずくのを感じた。ショーンの両手は、まるで彼女にふれているのが信じられないかのように、彼女の背中をせわしなく上下していた。彼女が消えてしまうのを恐れているかのように。

「きみの味はきっとこんなふうだろうと、わかっていたよ」ショーンが唇を離して言った。「まるで天から舞いおりた、やさしい天使みたいだ」

ヒラリーはショーンが震えているのを感じとった。彼はヒラリーの頭に手を添えて、豆のできた親指で彼女の湿っている唇を軽く撫《な》でた。

「これ以上はだめだ」ショーンが言った。

「ショーン……」

だが、ヒラリーが引きとめる前にショーンは行ってしまった。彼女は静寂のなかでぽつねんと座り、彼が戻ってくることを願った。耳のなかにとどろく血流の音を聞きながら、指を唇にあて、今起こったことが事実なのか確かめようとした。

唇はほんの少しはれていた。そうでなかったら、彼のキスはばかげたロマンティックな夢にすぎなかったと思ったかもしれない。

翌朝、ショーンはまだ怒りに駆られていた。だが、誰に対してより激しい怒りを抱いているのかわからなかった。ヒラリーに対してだろうか。それとも自分自身に対して？　あんな愚かなことをしでかしたのだから、銃殺隊の前に引きずりだされても文句は言えない。ヒラリーのベッドルームへ入っていったのは、手榴弾《しゅりゅうだん》のピンを引き抜いたに等しい。それは最初からわかっていたはずなのに、自分を抑えきれなかった。ふたりの情熱はいつ解き放たれるかわからない状況にあり、その瞬間は刻一刻と迫っている。

ヒラリーにキスをしたことは、ショーンがこの十五年間に犯した最大の愚行と言えるだろう。軍で規律をたたきこまれた彼にとって、自制はお手のもののはずだ。彼は陸軍で厳しい訓練を受けた。何年も陸軍の精鋭部隊に所属し、グリーンベレーをかぶることに誇りを感じてきた。それからまだひと月もたっていないのに、ひとりのかわいらしい乙女によって、防壁は打ち壊された。ヒラリーに弱い自分に、ショーンはひどく腹が立った。

だが、ぼくだけの責任ではない。ヒラリーにだって責められるべき点はある。なんといっても、キスを求めてきたのは彼女のほうだ。ヒラリーは、男と女の親密な関係がどういうものかまるでわかっていない。彼女はそれを芳香とロマンティックな雰囲気に満ちたものだと思いこんでいるが、ぼくは真実を知っている。愛を交わすというのは、唇をふれあわせ、肉体を重ね、熱い欲望をほとばしらせることなのだ。ヒラリーは自分がなにを求めているのかわかっていない。そんな女性にセックスの手ほどきをするなんてごめんだ。そういうことは、ヒラリーの母親がいつか娘のために見つけてくる夫にとっておいてやろう。

ショーンが昼食の弁当を用意しているところへ、

やわらかそうなピンク色のローブを羽織ったヒラリーが入ってきた。彼は必死でヒラリーを無視してサンドイッチをつくり続けたが、戦闘中に危険を感じとるのと同じくらい強く、彼女の存在を意識せずにはいられなかった。いろいろな意味で、ヒラリーは危険な存在なのだ。

「おはよう」ヒラリーが穏やかに声をかけてきた。

ショーンはしわがれた不明瞭《ふめいりょう》な声で応じた。

「少し話せないかと思ったんだけど」

声の聞こえ方からして、彼女はほんの数十センチしか離れていないところにいるようだ。気づまりになるほど近くに。

「五分以内に出かけなくてはならないんだ」ショーンは振り返ってヒラリーを見ようとさえしなかった。もし彼女をひと目でも見たら、せっかくかためた決意が簡単に崩れてしまいそうで怖かった。

「ゆうべのことについてなの」ヒラリーはいつものようにとても上品な口調で言った。

ショーンはパンを力任せに重ねあわせたので、サンドイッチに手形が残った。

「なにもなかったふりをするつもりはないわ」ヒラリーが言葉を続けた。

「だったら忘れたほうがいい。あんなことは二度と起こらないんだから」ショーンはぞんざいにこしらえたサンドイッチをビニール袋につめて、カウンターの上にある小さな茶色の袋へほうりこんだ。

「どうしてそんなに確信が持てるの？」

「ぼくが二度と起こさせないからさ」ショーンはなにがあろうと断じて揺らぐことのない、かたい決意をこめて言った。

「ショーン？」

「オレンジはどこに行ってしまったんだろう？」彼は扉を開けたままにした冷蔵庫の前に立ってきいた。

「たしか、まだいくつか――」

「ショーン？」

「残っていたはずだが。昨日はまだあった」

ヒラリーは背後へ歩み寄り、ショーンの腰に両腕をまわした。「お願い、わたしの話を聞いてくれない？」

腹部のかたい筋肉にヒラリーの手がふれたとき、ショーンの心臓はものすごい勢いで打ちだした。彼女の手を振りほどくのは容易だっただろうが、ショーンにはそれができず、自分の弱さがうらめしかった。

「ヒラリー、やめるんだ」ショーンは部下に命令するときと同じ厳しい口調で言った。

ほかの人間なら、たちどころに命令に従っただろう。だが、このかわいらしい上流育ちのうぶな娘は従おうとしなかった。

ショーンは彼女がため息をつき、背中に頬を押しあててくるのを感じた。「わかった」彼はヒラリーの手をほどいて言った。そして体の向きを変え、彼女と向かいあった。「ゆうべのことについて話をしたいんだね。いいとも、ぼくが話すから、きみは聞いているんだ。わかったね？」

ヒラリーはうなずいて、ショーンにほほえみかけた。「あなたみたいなキスをしてくれた人は、今までひとりもいなかったわ」

「いいかい、ヒラリー、きみがちょっとした経験を求めているのなら、誰かほかの男を見つけてくれ。今のぼくには処女にセックスの手ほどきをしようなんて気はこれっぽっちもない。きみはかわいらしくて純真だが、正直なところ、性的魅力は感じないんだ。もう少し世慣れた女性のほうが好みでね」

ヒラリーは青ざめた顔であとずさった。ショーンが言葉を発するたびに、まるで平手打ちをくらっているかのようによろめいた。目を激しくしばたたいて懸命に涙をこらえる。ショーンはこれほど冷酷になれる自分に嫌悪を感じたが、この間違った状況に終止符を打つには、こういうやり方しか考えつかなかった。

誰かがヒラリーを現実の世界へ引き戻してやらなければならない。さもないと彼女は、一日じゅうはかない夢想にふけって過ごすはめになるだろう。一緒に暮らすことがふたりのどちらにとっても地獄になる前に、どちらかが責任ある行動をとる必要がある。

「あの……オレンジは冷蔵庫のいちばん下に入っているわ」ヒラリーが視線をそらして言った。「あなたのものを下へ移したの……わたしのものは上のほうにあるわ」

ショーンは顎の筋肉が引きつるのを感じながら、弁当の袋をつかんでドアへ向かった。

こんなにつらくて仕方がないのは、ショーンの言うとおりだからなんだわ、とヒラリーは出勤の支度をしながら思った。彼に対して二度もばかな振る舞いをしてしまったのが、とても恥ずかしかった。でも、それよりずっとつらいのは、彼に重大な事実を突きつけられたことだ。彼がわたしを求めていないという事実を。

ショーンに身を投げだし、首に腕をまわしてキスをしたことを思いだすと、恥ずかしくていたたまれなくなる。男の人に対してあれほど大胆に振る舞ったことは、生まれてから一度もなかった。ちょっとした経験を求めているだけだと彼が考えたのも無理はない。わたしがショーンを利用していると思いこませたのは、このわたしなのだ。

ショーンよりも若く、愚かで、世間知らずなわたしが、はじめてひとり暮らしをしたのだ。羽をのばしたくなった可能性も否定できない。どっちみち、そんなわたしにつけこもうとしなかった紳士的な彼に、むしろ感謝すべきではないかしら。

ふたりが一緒に暮らし始めて、すでに三週間近くになる。時のたつのはなんと早いことか。もうじき彼は別の住まいに移り、そうなったらふたりの世界が再び交わることは、まずないだろう。

ヒラリーは母親と話をしたいと思っていることに気づいて驚いた。手をのばして受話器をとりさえすれば、母に悲しい気持ちを残らず打ち明けることができる。そう思ったが、ヒラリーはその誘惑に屈しなかった。自分ひとりの力で生きていくと決めて、ここへ来たのだ。母に向かって、世話を焼くのはやめてほしいとまで言った。それなのに、ちょっと困ったことになりそうだからといって電話をかけたのでは、弱い人間と見なされても仕方がない。ヒラリーは壁にかけられた電話を名残惜しげに見やって、キッチンをあとにした。

ヒラリーは服を着替えながら、ショーンにはすばらしい長所があると思った。ショーンにはポートランドに友人が何人もいる。けれどもわたしは内気なため他人と親しくなるのが苦手だ。これからはもっと努力して友達をつくろう、とヒラリーは心に誓った。

その機会は、予想していたよりもずっと早く訪れた。ヴィオラ・ダ・ガンバの奏者、アーノルド・ウィルソンが、その晩、リハーサルが終わったらコーヒーを飲みに行こうとヒラリーに声をかけてきたのだ。アーノルドはひょろ長い体型の男性で、いかにも傲慢《ごうまん》そうな高い鼻をしているが、あたたかい笑顔の持ち主だった。アーノルドは紳士で、ヒラリーは彼を大いに尊敬していたけれど、言葉を交わしたことはほとんどなかった。

「コーヒーですか、いいですね」ヒラリーは誘ってもらえたのがうれしくて言った。

「練習が終わったあと、何人かで〈レニーズ〉へ行くことになっているんだ。角のコーヒーショップだよ。よかったらきみも来ないか？」

「ええ、喜んで」交響楽団にはヒラリーと年齢の近い団員が何人かいる。前にも一度、第四席のクラリネット奏者であるリータから一緒に来ないかと誘われたが、疲れていたので断った。けれども今のヒラリーは、昼間にパートタイムの仕事をこなしたあとで長時間のリハーサルに参加することに慣れていた。

その晩、ミュージックホールでのリハーサルが終わったあと、ヒラリー、アーノルド、リータ、それにビルの四人は、終夜営業のコーヒーショップへ行ってテーブルを囲んだ。ヒラリーの新しい友人はみな気さくな人たちで、彼女がのけ者にならないよう気をつかいながら、すぐにぺちゃくちゃとにぎやかなおしゃべりを始めた。ヒラリーは自分も仲間の一員だと感じて気分が浮きたった。

五歳の子供の母親であるリータが三つしか年上でないと知り、ヒラリーは驚いた。ヒラリーには母親になった自分が想像できなかった。幼い娘に最近起こった出来事についてリータが話すのを聞いているうちに、今朝サンフランシスコの母親と話がしたいと切実に思ったことがヒラリーの胸によみがえった。傷ついたヒラリーが本能的に助けを求めたのは、彼女を慰められる唯一の人物だった。

ショーンの言うとおりだ。わたしと母の関係は、わたしが考えるよりもはるかに複雑だ。母のことがこんなにも恋しくなるなんて、今まで思ってもみなかった。

ヒラリーは母親のことばかり考えていた。そして同じくらいショーンのことも考えている。ぶっきらぼうで、気が短くて、わたしのほうを見ようともしない彼のことを。彼は、キスしたことを後悔していると、はっきりわたしにわからせようとしていた。

問題は、わたしにはキスしたことを後悔する気が全然ないことだ。これまで何日もキスのことを考え、ショーンにふれられたらどんな感じだろうと思いをめぐらしていた。バスルームでの出来事があって、思いは余計に募った。

アーノルドがなにか言って、ほかの人たちが笑った。ヒラリーは彼のほうへ視線を向けた。アーノルドは思いやりがあって機知に富み、愉快な性格だ。ヒラリーを笑わせ、傷ついた心の痛みを忘れさせてくれるけれど、彼女は彼に魅力を感じなかった。アーノルドを見ていても、血が熱くたぎることはない。そうなったらいいのに、とヒラリーは強く思った。ショーンのことを考えるのをやめられたらいいのに。あの人はわたしを求めていないとはっきり口にした。彼は持ってまわった言い方をしたりしない。つまり、本当にそう思っているということだ。わたしみたいな女とかかわれば面倒なことになるから、避けて通ることにしたのだ。

ショーンが引っ越して、もう二度と会うことがなくても、いつまでも彼に感謝し続けるだろう。あの人はわたしがどんな人間であるかを教えてくれた。長いあいだ眠っていた、女の部分を目覚めさせてくれた。

わたしは生まれてはじめて、ルイーズ・ウォズワースの娘以上の存在になった。単なる才能豊かな演奏家以上の存在に。わたしは人を愛する心の準備が整った、ひとりの女だ。ショーンは、わたしにはなにひとつ悪いところがないことを証明してくれた。男性と女性が肉体的に愛しあうのが、どんなにすばらしいことになりうるか示してくれた。だとすれば、どうして感謝せずにいられるだろう。

ヒラリーがアパートメントへ帰り着いたのは、午前一時近くだった。ポーチの明かりがついていて、建物の前の空っぽの駐車場を照らしていた。

「ショーン?」

彼の表情は険しいままだ。「いったいどこへ行っていたんだ?」

ショーンは出かけたのだ。

ヒラリーの胸は不安にぎゅっと縮んだ。わたしに愛想をつかして、もうそばにいるのがいやになり、よそへ移ることにしたのかしら。ヒラリーは唇を噛《か》み、玄関の鍵《かぎ》を開けてアパートメントのなかへ入った。明かりがいくつかついていた。キッチン。廊下。ショーンのベッドルーム。

「ショーン?」ヒラリーはおずおずと呼びかけた。もしかしたら彼は車を人に貸したのかもしれない。廊下を歩いていった彼女は、ショーンのベッドルームのドアが大きく開いているのに気づいた。ベッドに人が寝ていた形跡はない。

ヒラリーがリビングルームへ引き返してきたとき、玄関のドアが開いた。そして、燃え盛る現場へ駆けつけた消防士のように、ショーンが勢いよくリビングルームに駆けこんできた。ヒラリーを見て、その目が細くなった。

7

「どこへ行っていたんだ、ですって？」ヒラリーは問い返した。ショーンがその答えを知らないことに驚いた。「リハーサルへ行っていたんじゃない、木曜日の夜はいつもそうしているように」

「午前一時までリハーサルをしていたっていうのか？」ショーンの怒鳴り声で窓ガラスががたがた鳴るのではないかと思われた。

ヒラリーはなぜ彼がそれほど怒っているのか理解できず、両手で当惑の仕草をした。「リハーサルが終わったあと、何人かのお友達とコーヒーを飲みに行ったのよ」

「三時間も？」

「ええ」相変わらずヒラリーは、ショーンの不可解な態度が理解できなかった。

「ぼくが心配するかもしれないとは、一度も考えなかったのかい？　きみが交通事故に遭ったんじゃないか、暴漢に襲われたんじゃないかと、気が気ではなかった。きみなら誘拐されるってことも充分にありうるしね」

「まあ、やめてよ、ショーン」ヒラリーは彼の心配を軽く受け流した。「子供じゃないのよ。それにいつも催涙ガスを持ち歩いているの。心配はいらないわ」

ショーンは両手で髪をかきむしったが、本当はその手でヒラリーの喉をしめあげてやりたそうだった。彼は気持ちを静めようとしてか目をぎゅっとつぶった。

「こんなことは言いたくないけど、あなたときたら、まるでわたしの母みたいな口振りになっているわ」

ヒラリーはぴしゃりと言った。

「お母さんが口うるさく言うのは、たぶんきみが心配でならないからだ。一度でもそんなふうに考えたことがあるのか?」ショーンが激しい口調できいた。「車で街を走ってきみを捜しているあいだ、ぼくがなにを考えていたかわかるか? どんな気持ちでいたか、少しでも想像できるかい?」

ヒラリーはたじろいでかぶりを振った。ショーンの怒鳴り声からは怒りがはっきり伝わってきた。にもかかわらず、ヒラリーは彼の言葉に気持ちを和ませずにはいられなかった。「それって、あなたもわたしを心配しているということ?」ショーンがなんと答えるか不安だったので、か細い声できいた。

「ああ、いまいましいが、そのとおりだ」ショーンは重苦しいため息をついて認めた。「もう二度とこんなばかなことをしてはいけない。リハーサルのあとで友人たちと出かけたいのなら、それはかまわないさ。だが、せめて出かける前に電話を入れて、ぼくに教えるくらいの分別は持ってほしい」

「わかったわ」ヒラリーは同意して、自分の部屋へ引きあげようとした。そして廊下へ続く角を曲がる寸前で足をとめた。「ショーン?」

「どうした?」彼が大声で言った。

「ごめんなさい」

ショーンは口もとを引きしめたきり、なにも言わなかった。

翌朝、ヒラリーが目を覚ましてベッドを出たとき、ショーンはすでに出勤したあとだった。彼はあまり眠る時間がなかったのではないかしらと思い、ヒラリーは気がとがめた。だが、まさかショーンがそれほどまでに心配してくれるとは思いもしなかったのだ。彼に連絡を入れることを思いつかなかったけれど、考えてみると、やはり知らせるべきだったかもしれない。

その日の夕方、ヒラリーが楽器店から早めに帰宅すると、ショーンはリビングルームに座って新聞を読んでいた。シャワーを浴びたばかりなのか、髪が湿っている。ヒラリーが入っていってもなにも反応を示さなかったが、彼女がそこに立っていることに気づいているのはたしかだった。

「ただいま」ヒラリーはできるだけ陽気な声でおずおずと言った。「今日はどうだった?」

「よかったよ」ショーンは新聞をおろそうとしなかったし、会話をしたい気分でもなさそうだった。ヒラリーには彼の気持ちが理解できた。わたしだってそういう日がある。ともかくヒラリーは自分にそう言い聞かせて気持ちを慰めた。

ヒラリーは服を着替えたあと、キッチンへ行って冷蔵庫から冷えた天然水のボトルを出した。

その音を聞きつけたショーンが、新聞を置いてキッチンへやってきた。彼はまずヒラリーをにらんでから口を開いた。「そろそろよく話しあって誤解を解くべきだと思う」

「そうね」ヒラリーは落ち着いた声で同意したが、心臓は激しく脈打っていた。

「誤った解釈をしないでもらいたいんだ」

「あなたがわたしにキスをしたことを言っているの?」ヒラリーはショーンの目から片時も視線をそらさずに冷たい水を飲んだ。

「違う」ショーンはそう言い、ぎこちなくほほえんだ。「ゆうべのことを言っているんだ」

「ああ……そのことなら、どう誤解のしようがあるっていうの?」彼女はからかうつもりではなく、ただ知りたくて尋ねた。「あなたは気が動転していたわ。無理もないと思う……実際、わたしは遅くなることをあなたに教えておくべきだったのよ」

「きみにはぼくに説明する義務はないとわかってい

る」ショーンが言った。相変わらずヒラリーをじっと見つめている。

「そうね。でも立場が逆で、あなたが夜中過ぎまで外出する予定だったら、わたしだって礼儀として教えておいてもらいたいもの」ヒラリーはまたボトル入りの水を飲んで、喉を冷たい水が通っていく心地よさを味わった。

彼女の反応に驚いたのか、ショーンはまた顔をしかめた。おそらくヒラリーが言い返すものと予想していたのだろう。

「ぼくは今夜、このあいだの友達とポーカーをすることになっている」

「ここで？」ヒラリーはこの前の惨憺《さんたん》たるありさまを思いだした。

「いや、今回はデイブのところで。彼の奥さんの父親が一緒にやりたいらしいんだ」ショーンは両手をポケットに突っこんで、ヒラリーをじっと見つめた。


あまりに唐突な動作だったので、こちらに手をのばしたいのをこらえるためにそうしたのではないかという印象を、ヒラリーは受けた。本当にそうだったらうれしいけれど、あまり深く考えないようにした。ショーンに抱きしめてもらいたいと強く思っているせいで、想像をふくらませてしまったのかもしれない。

「楽しんできて」ヒラリーは心から言った。

「そうするよ」

しばらくしてショーンが出かけると、ヒラリーの喜びも彼とともに去ってしまったように思われた。わたしと愛を交わすことにショーンがしりごみするのは当然だ。わたしだってためらいを感じているのだから。そもそも、こんなふうに男女が狭い空間を共有して暮らすこと自体危険なのだ。ふたりが一緒に暮らし始めてそれほどだっていないのに、早くもショーンのいない生活がどういうものか想像できなくなっている。でも、想像しておいたほうがいいんだわ。あと三週間もしたらグリーア夫妻が帰ってくる。そうすればショーンは引っ越してしまい、わたしはひとりになるのだから。

このところショーンはあまり眠れなかった。寝返りを打ち続けるうちに寝具がめちゃくちゃに乱れてしまう、そんな状態が三夜も続いている。不眠などはじめての経験で、軍隊生活から普通の生活になったせいということにした。だがすぐに、自分に嘘《うそ》をついても始まらないと思いなおした。眠れないのには、ちゃんとした理由がある。ヒラリー・ウォズワースだ。ヒラリーとのあいだにある緊張は時がたてばやわらぐだろうという考えは、間違っていた。ヒラリーにふれられるとつい弱気になり、もっと悪いことに、無防備になってしまう。何年も陸軍で厳しい訓練を受けて規律をたたきこまれてきたのに、彼女のことを頭から消し去れない。ぼくは彼女に夢中になっている。いちばん癪《しやく》にさわるのは、ヒラリー本人は自分がぼくになにをしているのかまったくわかっていないということだ。ぼくが勝手に、甘やかされた上流社会のうぶな娘に思いを寄せているだけなのだ。自分自身に、世界に、そして母親に、なにかを証明しようと決意している、うぶな娘に。

来る日も来る日もヒラリーのそばで暮らすことは、〝拷問〟という言葉に新たな意味を加えた。ショーンは、繊細でしとやかなヒラリーのそばへ行かずにはいられなかったし、彼女にふれたいと思わずにはいられなかった。たった一度の過ち、汚れのないキスによって、欲望のつまったパンドラの箱が開かれてしまった。解き放たれた欲望は、ヒラリーのそばにいるたびに、彼をあざ笑う。

必要に駆られて自ら選んだとはいえ、かつての生活は厳しく抑制されたものだった。今、とてもやさしく、とても傷つきやすい女性のそばにいるせいで、たがが外れたように抑制の歯どめがきかなくなっている。ヒラリーが無理やり心のなかへ押し入ってくるまで、ぼくは長いあいだやさしさとは無縁の世界に生きていた。

どうにも気に入らない。ぼくはあらゆる手をつくしてヒラリーに抗《あらが》い、その代償を払っている。なんとも腹立たしいのは、ぼくが完全に負けているということだ。負けるのは嫌いだ。敗北に慣れていないから、負けを素直に認められない。なにより、ひとりの女性にこうまで振りまわされるとは考えてもいなかった。本音を言えば、もっとも腹が立つのはそのことなのだ。

ショーンはごろりと横向きになると、照明つきの時計の文字盤に目を凝らし、時刻を見て歯をくいしばった。

眠れそうにない。目を閉じるたびにヒラリーの面影が浮かび、現実には起こりえない想像で頭がいっぱいになった。ヒラリーと愛を交わし、そのあと彼女を腕に抱いて将来の計画を話しあう。ショーンは無理やりその映像を頭から追いだし、目を閉じて眠ろうとした。

ところがショーンの思考はすぐにヒラリーへ舞い戻った。彼女と結婚し、子供が生まれるイメージが脳裏に浮かぶ。人生におけるこうしたことを、男は軽く考えたりしない。ショーンは、いつかは自分も結婚するだろうと思っていたが、これまでのところ彼をその気にさせる女性とは出会ったことがなかった。ヒラリーと出会うまでは。

こんな気持ちになるのは、ヒラリーと何日もずっと一緒にいるせいに違いない。ロマンティックな幻想にとらわれるようなばかげた事態には陥らないと思っていたが、今やそのとりこになっている。

残念ながら、ぼくは上流社会で育ったうぶな娘にふさわしい男ではない。ヒラリーは銀行の頭取か、あるいは彼女と同じくらい感受性が豊かで、教養のある男と結婚すべきなのだ。そう、ほかの演奏家あたりと。収入の少ないヘリコプター操縦士なんかと結婚したら、中流の暮らしだってできやしない。だいいち彼女の母親が認めないだろう。それでなくても、ヒラリーと母親のあいだには溝がある。ぼくは母と娘のあいだの新たな不和の原因になりたくはない。

地平線の上空が薄いピンクに染まり始めた夜明けに、ショーンはベッドを出た。少し前にヒラリーの起きだす音がした。今ごろ彼女はキッチンで、毎朝飲むのが日課になっているカフェラテをつくっているだろう。できれば彼女と顔を合わせたくなかったが、昼食の弁当をこしらえなければならなかった。

ヒラリーはローブを羽織ってカウンターに寄りかかり、頭を食器棚にもたせかけていた。彼女は目をつぶっていて、ショーンよりもっと寝不足に見えた。

「ヒラリー?」

「おはよう」ヒラリーは眠たげにささやいた。「月曜日って、どうしていつもこんなにつらいのかしら?」

「さあ、どうしてだろう」ショーンも同じように不思議に思って小声で応じた。

ああ、ヒラリーはなんて美しいのだろう。ダークブラウンの髪が少しだけ乱れて肩にかかっている。ショーンは息をのみ、彼女から目をそらそうとしたが、できなかった。ヒラリーはキスを誘っているかのようだ。とても抵抗できそうにない。

この前ヒラリーにふれてから、一週間近くたつ。ショーンは腕に抱いた彼女の感触を、もう一度味わいたくて仕方がなかった。

ショーンのキスにヒラリーは驚いたが、彼のほうがもっと驚いた。ついさっきまで弁当をつめてさっさと出かけようと考えていたのに、気がついたら彼女を腕に抱いて、欲望に促されるまま唇を重ねていたのだ。この前のキスよりも今のほうがはるかにすばらしく感じられる。驚嘆と欲望がまじりあい、ショーンの分別を押しつぶした。

ヒラリーは小さくあえぎ声をもらし、まるでふたりが昔からの恋人同士であるかのように、すんなりとショーンを受け入れた。彼女はショーンの首に両腕をまわして、ここそがわたしの居場所だと言わんばかりに、信頼しきって彼に身をゆだねている。なんの不安もなさそうに、すっかりくつろいで。

ショーンの手はヒラリーの豊かな髪の下へもぐり、彼女の後頭部に添えられていた。ふたりのキスはいっそう深く、長くなっていく。ここでやめなかったら、ショーンは我慢できなくなって彼女を裸にし、ベッドへ運んでいってしまいそうだった。

ふいにショーンは体を離した。「さてと」荒い息をつきながら言った。「今朝はいい天気だ」

それだけ言い残し、彼はキッチンをあとにした。

8

　今朝ショーンと交わしたキスが、ヒラリーに途方もない期待を抱かせた。この一週間というもの、ショーンはあらゆる手をつくしてヒラリーを避けていた。だが、ふとした瞬間に彼に見つめられているのに気づくことがある。そんなときは彼の目に紛れもない熱望の色が浮かんでいるのを見てとった。あの人はわたしを求めている。もしかしたら愛しているのかもしれない。だけどそうした感情に恐れを抱いているのだろう。ショーンはずっと愛情とは無縁の生活をしてきた。彼の欲求は、陸軍にいることですべて満たされていた。陸軍は彼の存在理由であり、誇りであったのだ。特殊部隊の隊員であった彼には、それ以外のなにも、あるいは誰をも、受け入れる余地がなかった。わたしと同じで、ショーンがひとり暮らしをするのはこれがはじめてなのだ。わたしたちは世界のなかに居場所を求めている、ふたつの迷える魂だ。どちらも傷つきやすく、どちらも未来に対して不安を抱いている。

　だが、ひとつだけたしかなことがある。ショーンは根っからの紳士なので、機会に乗じてわたしに手を出すようなまねはしない。今朝、彼の堅固な決意の防壁に穴が開いた。それこそ、わたしが待ち望んでいたこと、願っていたことだ。

　次に行動を起こすのはわたしだ。心の準備はできている。とうの昔に。

　その日の午後、ヒラリーが楽器店から帰宅してみると、ショーンがソファに寝そべってうたた寝をしていた。ヒラリーが帰ってきた音が聞こえなかったのだろう。だが、そのほうが彼女には好都合だった。

ヒラリーは眠っているショーンを眺め、くつろいで気持ちよさそうにしているその姿に見とれた。長いあいだなにもせずに、ただそこに立ってショーンを見ているうちに、自分の心臓と彼の心臓が一緒に鼓動しているような気がしてきた。彼のこうした寝姿はこれまでもよく目にし、そのたびに胸のときめきを覚えたものだ。こんなふうに眺められていたと知ったら、ショーンは快く思わないかもしれない。だから、静かにしていなくては。彼はびっくりするほど眠りが浅い。たぶん長年の訓練によるものだろう。しばしばヒラリーは、もしかしたらショーンは目が覚めているのに、わたしを避けるために眠ったふりをしているのではないかしら、と疑った。

遊びはもうおしまい。彼女は顔に髪がかからないようにかきあげると、ショーンの上に身をかがめて、彼の唇にそっと唇を重ねた。

あたたかな唇がふれたのを感じたとたん、ショーンが両腕をヒラリーの体にまわして抱き寄せた。ヒラリーは彼のたくましい体の上へ横たわった。

小さな悲鳴をあげたヒラリーは、ショーンがいたずらっぽい笑みを浮かべているのに気づいた。「最初から目が覚めていたのね」彼女はささやいた。

「そんなことはないけど、今はこのとおり目が覚めているよ、ぱっちりと」ショーンは探るように彼女の目を見た。「ところでヒラリー、いったいぼくたちはなにをしているんだい？」

「さ、さあ……なにがなんだかわからなくなってしまったわ」ヒラリーは小声で言って、再びショーンにキスをした。今度はさっきのように軽く唇をふれあわせるだけでなく、本格的なキスだ。彼の舌に唇を開けられ、彼女は夢中で応じた。ヒラリーは全身をショーンに押しつけていたが、もっと密着したかった。彼女は彼の上で腰を動かした。

「ヒラリー……ここでやめにしておかないと」ショ

ーンの手がヒラリーの背中から尻のほうへ移動し、彼女の動きをとめようとむなしい努力をした。「きみは自分がなにを求めているのかわかっていないんだ」

「わかっているわ」そうささやいたヒラリーは、今度はさっきよりもさらに濃密なキスをし、息が続かなくなるまでやめなかった。

ショーンは喉の奥で低くかすれた音を出し、ヒラリーの服の背中についたファスナーへ手をのばした。ああ、急いで。さもないとわたしは死んでしまうわ。肩から服を脱がせられているあいだも、ヒラリーはショーンの顔じゅうへキスを浴びせ、彼の気持ちを駆りたてた。

ヒラリーはショーンの手が背中を探って、ブラジャーの留め金を巧みに外すのを感じた。彼はヒラリーの肩からやさしくブラジャーをとり去り、彼女と一緒に体の向きを横へ変えたので、ふたりはソファの上で向きあった。

ショーンはヒラリーの目を見つめたままだったが、求めていたものは見つけたに違いなかった。彼女の裸の胸に両手を添えたショーンが、てのひらの下で先端がとがるのを感じてため息をついたからだ。

ヒラリーのあげた小さなあえぎが、いっそうショーンの欲望を燃えあがらせたようだった。彼のあたたかく湿った唇が胸のほうへ移動していき、そそり立つ頂を含んだ。ヒラリーはこれほど親密にふれられたことがなく、彼の口で強く吸われたときは、全身をめくるめくような感覚が走った。かすかに身を震わせて目を閉じ、ショーンが与えてくれるものへのお返しが自分にもできるのだと考えてわくわくした。

それはあまりにも心地よくてすばらしく、これまでに経験したどんなこととも違っていた。快感がうねりとなって体内を走り抜けたとき、ヒラリーはまたもやあえぎ声をもらした。

「ショーン……ああ、ショーン、こんなにすばらしいなんて、今まで誰も教えてくれなかったわ」ヒラリーは両手をショーンの髪のなかへ入れて、必死で体を動かした。彼のもたらした、心地よい脈打つ痛みが、ヒラリーの内部で次第に快感へと昇華する。もはや彼女は最後まで味わいつくさずにはいられなくなった。

最初、ヒラリーはそれがなんの音かわからなかった。繰り返し鳴っている、いらいらせずにはいられない耳ざわりな音。ショーンがうめいて動きをとめた。

「だめ」ヒラリーは彼にやめてもらいたくなくて懇願した。うるさい音がなんの音かは知らないけれど、ほうっておけば、そのうちに消えるだろう。

「ヒラリー……ちょっと待ってくれ」ショーンが大きく息を吐いた。「電話だ」

「そのままにしておきましょう」

「いや、出たほうがいい」彼が小さくうめいて言った。

音がやんで、静寂があたりを支配した。「誰だか知らないけど、またかけてくるわ」ヒラリーはささやいた。

「たぶんね。だが、なんとなくきみのお母さんからだという気がするんだ」

「母から」ヒラリーはゆっくりと繰り返した。彼女は慌ててソファから立ちあがろうとして体の平衡を失い、危うく倒れそうになった。ショーンが手をのばして支えてくれなかったら、実際に倒れていただろう。

再びやかましく鳴りだした電話の音にせかされて、ヒラリーは急いで体勢を立てなおしたが、なぜそんなに気があせるのか自分でもわからなかった。本当に母からだとしたら、とてもではないが、今は電話で話をする気になれない。

「もしもし」ヒラリーは後ろめたさを感じながら息を切らしつつ言った。

「ショーンをお願い」

ヒラリーは受話器をショーンに差しだした。「あなたへよ」彼は疑わしげに目を細めた。

ショーンが電話に出ているあいだに、ヒラリーは服を着た。きっとわたしの頰は消防自動車みたいに真っ赤だわ。そんなことに気をとられていたので、ショーンが電話でなにを話しているかは聞いていなかった。

しばらくしてからやっと、ヒラリーはショーンが電話を切ったあとも壁のほうを向いたままでいることに気づいた。

「ショーン?」彼がなかなかこちらを向かないので、ヒラリーは声をかけた。

「あんなことになってはいけなかったんだ」ショーンがぶっきらぼうに言った。「あれはまずかった。ぼくたちは火遊びをしている。どちらか一方でも頭をはっきりさせておかなければならなかった」

「でも……どうして?」ヒラリーは尋ねた。ショーンの体に腕をまわし、彼のあたたかさに身をゆだねたくてたまらなかった。彼の腕のなかにいないと、寒くて寂しくてたまらない。ショーンに抱かれてさえいれば、疑いも不安もみんな消えてしまう。たしかにふたりのあいだにはいろいろと違いが、それも大きな違いがあるけれど、ふたりが進んで解決しようとさえすれば、解決できないはずはないのだ。

「わたし……あなたを愛しているわ、ショーン」ヒラリーは彼の背後から小さな声で言った。

ショーンが疑わしげな低い声を出して、ヒラリーのほうを振り返った。彼の目は穏やかな光をたたえていたが、ヒラリーはひと目見て、ショーンが心を閉ざしたことを悟った。こうなってしまっては、なにを言ったところで無駄だろう。

「きみは今まで恋をしたことがあるのか、ヒラリー？」

「ええ。一度、大学一年生のときに。だから、まったくの未経験というわけではないのよ、あなたがそのことを気にしているのなら」

ショーンは短く笑ったが、少しもおかしそうではなかった。「きみはあまりに純粋で正直だから、うまく嘘《うそ》がつけないんだね。さっき邪魔が入らなかったら、ぼくたちはどうなっていたか、想像できるかい？」

「もちろんできるわ」ヒラリーはかっとなって答えた。「わたしたちはセックスをしていたでしょうね。はっきり言って、それこそがわたしの望んでいたことなのよ」

ヒラリーの考えに困惑したかのように、ショーンの目が暗く険しい表情になった。「そんなことになっていたら、間違いもいいところだ」

「そうは思わないわ。あなたを愛することは間違いなんかじゃない……あなたがなんと言おうと、その考えは変わらないわ。あなたは男らしくありたいと思うから、わたしに対する自分の気持ちを認めることができないのよ。でも――」

「ヒラリー、聞いてくれ」夢中になって話し続けるヒラリーを、ショーンが遮った。彼の声には、反論する気を起こさせない落ち着きと理性が感じられた。「あのあとどうなっていたか、きみには想像がつくかい？　ぼくらは愛を交わすようになり、互いの生活を密着させていくことになるんだよ」

「それがそんなにいけない？」

「ああ、いけないさ。きみにとっても、それからぼくにとっても」

「でも、なぜなの？」ヒラリーは次第にいらいらし、自暴自棄になった。

「きみが自分の生活を手に入れたのは、これがはじめてだからだ。一線を越えたら、おそらくぼくらは友達には戻れなくなるだろう。そしてますます深みへはまっていってしまう。気がついたときには、どちらも自分の生活というものがなくなっているんだ」

ヒラリーは口にすべき言葉が思い浮かばなかった。

「ぼくはこれまでずっと陸軍で過ごしてきた」ショーンが続けた。「これからも誰かと深いつながりを持つ気はない。それは、きみの望みではないはずだ。もしぼくらに共通点があるとすれば、ヒラリー、それはどちらも生まれてはじめてひとり暮らしをしているということだ。今のふたりの気持ちなど信用できたものじゃないのさ。まだ会ったばかりで、相手への気持ちが本物かどうかわからないんだからね」

ショーンの言うことは一理ある。ヒラリーははじめてひとり暮らしをし、はじめて仕事というものを持った。彼女は自分自身に対して、なによりも母親に対して、なにかを証明するために自活を始めた。そして、ちゃんとそれを証明した。少なくとも証明したと思いたい。

相手への愛など信じられたものではないというショーンの言葉は納得できる。たぶんわたしは自分が考えている以上に単純なのだ。疑問の余地なく、誰がなんと言おうと、ショーンを愛しているのだから。これほど早く恋に落ちるとは考えてもいなかったのはたしかだけれど、とにかくそうなってしまった。たとえ彼が喜んでいなくても、わたしはうれしくて仕方がない。

ショーンが話しあいたいというなら、ふたりが一緒にいるのが正しい理由をいくらでも並べたてることができる。でも、彼の気持ちを代弁することはできない。もしショーンがわたしを愛しているのなら――わたしはそう信じているが――彼はそのことに自分で気づくだろう。わたしと人生をともにしたいと願っているなら、彼のほうから求めてくるだろう。できることはすべてやった。間違っても自分から彼に圧力をかけたり、母がわたしにしたように彼を操ろうとしたりはしていない。あれこれ指図されることには、これまでずっと反発してきたのだ。もしショーンの愛を得ようとするなら、彼の心の準備ができるまで、わたしができることはほとんどない。

「いいわ」ヒラリーは疑念を懸命に押し殺し、考えこむようにゆっくりと言った。娘を束縛から解き放って外へ出してやるのが母にとっていかにつらかったか、はじめて理解できた。「これからどうなるのかしら?」ようやくまともに口がきけるようになって、ヒラリーは尋ねた。

「どうにもならないさ」ショーンがにべもなく言った。

その言葉にヒラリーは驚いた。まったくわけがわからないし、ひどく不健全な気がする。「つまりあなたは、わたしたちのあいだにあったことは忘れようと言っているの?」

「忘れるだって?」ショーンは急に笑いだした。「できるものなら忘れたいよ。そうじゃなくて、無視しようと言っているんだ。ふたりのあいだに起きたことはなかったふりをして、互いに冷静になるまで、できるだけ普通に生活を続けていこう」彼はヒラリーのそばを離れ、自分の部屋へ大股で歩いていった。彼女はあとをついていって戸口に立ち、彼がクローゼットを開けてシャツを脱ぐのを見守った。ショーンは出かけようとしていた。「二週間後には、ぼくはここを出ていく」彼はそっけなく言った。

「そうしたらどうなるの?」落胆を隠すのは、ひどく難しかった。

「ぼくらはどちらも、もとの生活に戻ることができる」

「そうね」ヒラリーはそっと言った。

あと二週間したら、ショーンはこのアパートメントから出ていってしまう。それは、ヒラリーの人生からも去っていくことを意味していた。

ヒラリーは暗いリビングルームに座って、時計の針が文字盤の上をゆっくりまわるのを見つめていた。彼女の帰りが遅くなったとき、ショーンは心配をかけるなとかんかんになって怒った。だが、自分が遅くなるのは全然かまわないのだ。彼はなにも言わずに出ていったきり、もう八時間近く帰ってこない。まだ夜の早い時刻に、ヒラリーは母親に電話をかけて楽しい会話を交わした。とり乱さずになんの屈託もなく母と話せたのは、ヒラリーが覚えている限り、はじめてだった。ルイーズはそれまでいつも、なにがヒラリーにとって最善であるか知っていると確信しているようだった。けれども今回、自分やショーンについて、そしてふたりの関係について、なにが正しいのか知っていると確信しているのはヒラリーだった。

ルイーズはなにかあったのだとたちどころに悟ったようだが、驚いたことに、無理やりききだそうとはしなかった。ヒラリーはそれがうれしかった。母親と話し終えたときには元気をもらった気がして、電話をかけてよかったと思った。

それからしばらく、ヒラリーは暗がりにひとり座っていた。考えを整理する時間がたっぷりあった。何時間も物思いにふけったあげく、ショーンをもっとも悩ませている問題が、ふたりのあいだで一度も話題にされなかったことに気づいた。ヒラリーの家柄と資産についてだ。

ヒラリーは、それらがショーンを悩ませているのを知っていた。というのも、前に同じ経験をしたことがあるからだ。十八歳のときに、ウィリアム・ドナヒューとのあいだで。ショーンは今まで恋をしたことがあるかと尋ねたが、詳しいことは知りたがらなかった。今になってヒラリーは、ショーンに話しておけばよかったと思った。

ヒラリーは十八歳のときに、同じ英文学の授業に出ていた若者ウィリアムに激しい恋をした。よくウィリアムと、古典文学における重層的な意味について何時間も語りあった。ヒラリーははじめての恋の相手であるウィリアムに、すっかりのぼせあがってしまった。ウィリアムがヒラリーではなく、いずれは彼女のものになる信託財産に引かれているのだと気がついたのは、彼が小額の金を無心してくるようになってからだ。母は最初からウィリアムが嫌いで、ふたりの仲を裂こうとあらゆる手をつくした。それに対してヒラリーは抵抗し、ルイーズが正しいことがはっきりしたあとでさえ、ウィリアムはそんな人ではないとかたくなに主張し続けた。けれども結局は、ヒラリーも自分の愚かさを認めざるをえなかった。

そうしたつらい経験をしてからというもの、ヒラリーは男性と関係を持つのをずっと避けてきた。かつて愛した男性とのあいだに障壁となって立ちはだかったのが、資産と家柄だったのだ。だから、今回がはじめてというわけではない。

ウィリアムは、ヒラリーが彼に与えてあげられるもの、つまり資産と家柄のために、彼女を求めていた。

ショーンは、資産と家柄のために、彼女を求めようとしない。

窓の外に明かりが見えた。ショーンが帰ってきたのだ。ヘッドライトが消え、しばらくして玄関のドアが開いた。彼はリビングルームの明かりをつけようともしないで、暗い部屋のなかを通り抜けた。そして廊下へ出たところでゆっくりと振り返った。

「ヒラリー？　そんなところでなにをしているんだ？」

「考えごとをしているの」ヒラリーは小声で言った。

「もう午前二時近いじゃないか」

「わかっているわ」

ショーンは戻ってきて、ヒラリーの前にひざまずいた。薔薇《ばら》と甘い香水のにおいが、平手打ちのように彼女の鼻を打った。ヒラリーは突然襲われた鋭い心の痛みに目をつぶり、それがやわらぐのを待った。

「カーラはどうだった？」ヒラリーは声に苦痛の色をにじませないよう必死にこらえ、平静な口調でいた。

「彼女と一緒だったと、どうしてわかるんだ？」

「香水のにおいがするわ」

ショーンは顔をしかめ、ヒラリーの顔を両手でやさしく包んだ。「彼女には指一本ふれなかったよ、ヒラリー。誓ってもいい、きみの腕のなかから彼女の腕のなかへ移るようなまねはしなかった」

「そんなこと、わざわざ言わなくてもいいのに。だって、もうわかっていたもの」

疑わしそうな深いしわが、彼の口の両端に刻まれた。「どうして？」

「それは」ヒラリーは自信に満ちた声で静かに言った。「あなたはそんなことのできる人ではないからよ。でも、本当はそうしたかったんでしょう？　あなたは自分になにかを証明したかったけれど、それができなかったんだわ」ショーンがその言葉を肯定なり否定なりするのを待ったが、彼はそのどちらもしなかった。

「起きて待っている必要はなかったのに」ショーンはヒラリーから手を離して、ぎこちない声で言った。「朝になったら、きみはまた仕事に出かけなくてはならないんだからね」

「お願い」ヒラリーは穏やかな声で言った。「わたしの言ったことに答えてちょうだい」

ショーンは答えなかった。答える代わりに、彼は体の向きを変えてヒラリーから歩み去った。まるで、グリーア夫妻が帰ってきたらすぐ、彼女の前から姿を消すつもりだと言わんばかりの態度だった。

9

「本当に大丈夫なんだろうね?」次の金曜日の午後、ショーンはヒラリーにそうきかずにはいられなかった。土曜日の朝早くには、彼女の母親が飛行機で到着する予定だ。ショーンは荷づくりをし、週末にアパートメントを空けるための必要な手配をすませた。

「もちろん、大丈夫よ」ヒラリーはあたたかな笑みを浮かべて言った。ほほえんだだけでショーンを納得させてしまうヒラリーに感心して、彼はヒラリーから視線をそらした。

「ぼくのことをお母さんに話してしまうんじゃないかと心配で仕方ないよ。断っておくが、打ち明けるなんてとてもばかげた行為だからね」話しているうちに自分の顔がしかめっ面になるのがわかったが、ショーンはどうすることもできなかった。最近、こういう表情ばかりしている。ヒラリーを深く愛していることに不安を感じているのが問題なのだ。彼女が一時の楽しみの対象でしかなかったなら、出会った最初の週にベッドへ誘いこんでいただろう。いや、違う、二週目には、だ。最初の一週間は、彼女の細い首をしめてやりたい気持ちのほうが強かった。しかし、ふたりが仲よくやっていけるようになると、彼はいつのまにか勝ち目のない困難な闘いを強いられていた。ヒラリーを愛しているからこそ、彼女を傷つけるかもしれないような関係を結ばせたくなかった。

それについて言えば、ヒラリーのショーンに対する気持ちを信じていいのかどうかもわからなかった。彼女はあまりにうぶで、愛というものがわかっていない。ヒラリーがショーンに心を奪われているのは間違いないが、ふたりには天と地ほどの違いがある。ショーンがいなくなれば、彼に対するヒラリーの関心は薄らぐかもしれない。ふたりが離れ離れになったとき、はじめてヒラリーは自分の気持ちを冷静に判断できるだろう。

ヒラリーと一緒にいると、どうしても彼女にふれたくなってしまう。ヒラリーは自分の望みをあからさまに態度に出したりはしないが、そんなことをしなくても、ショーンには彼女の心が読みとれた。ヒラリーはショーンを求めている。彼もまた、彼女を愛し、求めているせいで、事態はややこしくなっているのだ。彼女の気持ちがずっと変わらないと思えていたら、ショーンはふたりの欲望に屈していただろう。だが、ショーンが去って数週間もしないうちに、ヒラリーは彼のことなどすっかり忘れてしまうに決まっている。ショーンはそう確信していた。

「あなたがここに住んでいるなんて、母には絶対にわかりっこないわ」

ショーンは再びヒラリーをじっと見た。「ぼくのことはいっさい話さないね？」

「ええ」

ショーンは彼女をまじまじと見つめた。「誓ってくれ、ヒラリー」

彼女は小声で笑った。「ふたりが一緒に住んでいることは、絶対に母には話しません。ここに誓います」

それでもショーンはためらった。ヒラリーと彼女の母親の関係を、彼はほとんど知らない。知っているのは、母娘《おやこ》のあいだに軋轢《あつれき》がある一方で、深い愛情の絆《きずな》もあることぐらいだ。

「そんなに心配そうな顔をしないで」ヒラリーが穏やかにたしなめた。「母に話せるわけがないでしょう。話したりしたら、ほら見たことかと言われてしまうわ。わたしが家を出たら、なにか起きるんじゃないかと思っていたって。母の目から見ると、外の世界は大切な娘にとって、危険極まりない場所なの」

「お母さんは正しいよ」ショーンは激した口調で言った。

「まあ、ショーン、あなたまでそんなふうに」ヒラリーは深いため息をついた。「むしろ、あなたが一緒に住んでいたから、わたしは安全だったのよ。さあ、もう心配するのはやめて。母と週末を楽しく過ごすつもりでいるの」彼女の目が真剣みを帯びた。「わだかまりを解消しようと思っているの……。あなたとの関係について話している時間はないわ」

ショーンは思わず顔をしかめた。すでに彼は部屋から部屋へ三度はまわって、このアパートメントに暮らしている証拠を残らずとり除いておいた。だが、なにかを忘れているような気がしてならなかった。

「わたしがいないのを寂しく思う？」ヒラリーが大

きな目で彼を見あげ、そっと尋ねた。

ショーンは返事をしなかった。寂しく思うに決まっているからだ。早いもので、あと一週間もするとグリーア夫妻が帰ってくる。ショーンは週末にアパートメントを探すつもりでいた。その際の基準はひとつしかなかった。心の平穏のためにも、新しい住まいは、ここから車で十分以内のところでなければならない。近ければ近いほどいい。いまいましいことに、彼はヒラリーがいる生活に慣れてしまった。毎朝、キッチンに彼女がいて、夜は彼女と一緒に過ごす。それはショーンがいつも夢見ている生活だった。いつかはそうなればいいと。

「わたしは、あなたがいなくなったらすごく寂しいわ」ショーンがいつまでも黙っているので、ヒラリーは言った。

それでもショーンはなにも言わなかった。

ヒラリーは気が進まないといった感じで、のろのろと車のところまでついてきた。「幸運のキスをしてちょうだいと頼んだら、いけない？」

ショーンはすっかり忘れていた。母の日は、ヒラリーがはじめて交響楽団の一員として演奏する日でもあるのだ。ルイーズ・ウォズワースが訪ねてくるのは、そのためだというのに。

ショーンはヒラリーの頼みを拒めなかった。腕のなかへ抱き寄せた彼女が顔をこちらへ向けたとき、心臓が激しく打った。唇がふれあう前から、喉の奥からうめき声がせりあがってきた。ヒラリーの小さな喜びの叫びに、ショーンのうめき声が重なった。ふたりの交わしたキスが幸運を願うキスなら、どちらかひとりは確実に幸運を勝ちとりそうだった。

目を閉じたまま唇を離したふたりは、胸を大きく上下させ、余韻に体を震わせていた。

ショーンはなんとか気持ちを抑え、ヒラリーから身を離した。「日曜日の夜には戻ってくるよ」弱々しい声で言った。

ヒラリーが、悲しみに満ちた大きな目でうなずいた。

いつまでもぐずぐずとどまっていたら、ショーンはまた彼女を腕に抱いてしまいそうだった。

ヒラリーはピンクの薔薇《ばら》の小さな花束を持って搭乗ブリッジの脇《わき》に立ち、母が飛行機からおりてくるのを待った。

ヒラリーは誓いを守ってショーンと一緒に住んでいることを秘密にしておくつもりだった。だが、彼とはまったく別の理由からだった。

「お母さん」ルイーズが飛行機からおりてくるのを見て、ヒラリーは目を輝かせた。

「ヒラリー、久しぶりね」

母と娘はすぐにかたく抱きあった。母と抱きあうのは、ヒラリーが考えていたよりもずっと心地いいものだった。

ルイーズのスーツケースを回収するのに、たいして時間はかからなかった。ヒラリーがアパートメントへ車を走らせるあいだ、ふたりは天候やら古い友人やらについてたわいのない会話を交わした。住んでいる場所へ近づくにつれてルイーズの顔が曇ったが、母が難癖をつける気なら、ヒラリーも反論するつもりだった。ここは彼女の家、彼女の生活の場なのだ。黙って母親の非難を受け入れる気はない。

「ここがわたしのアパートメントよ」ヒラリーはリビングルームへ入ったところで言った。彼女は両手で母のスーツケースを運んでいた。「自分の家だから、とても気に入っているの」言い訳がましくつけ加える。

ルイーズは穏やかにほほえんで室内を見まわした。

「とてもいいところじゃない」

「お母さん、わたし、幸せなの。重要なのはそこでしょう？　このアパートメントはお母さんのクローゼットより狭いかもしれないけど、わたしのものなんだもの」

ルイーズがうなずいた。「わかっているわ。あなたの声を聞いていると、実家を離れた生活にすっかり慣れたことが伝わってくるもの」

「大事なことだわ。そうでしょ、お母さん？」ヒラリーはこんなに早くその問題を論じあうつもりではなかったけれど、結局はよかったのかもしれないと思った。「子供はみな、いつか家を出て自分の生活を始めなければならないのよ」

母は唇をぎゅっと結んで体の向きを変えると、キッチンのなかへ入った。「だとしても、ポートランドへ越す必要はなかったのに」ルイーズはまたヒラリーのほうを向き、もみ手をして言った。

「そうする必要はあったわ」ヒラリーは言い返した。「正当な理由がいくつもあったのよ。第一に、ここで就職先を見つけたから。第二に、ここならお母さんから離れていられるから」

「ヒラリー！」

「意地悪で言っているんじゃないのよ。わたしはお母さんに感謝したことが一度もなかった。こんなことは言いたくないけど、いつもお母さんに批判的だったわ。あと一日でもサンフランシスコにいたら、お母さんの愛情が重すぎて窒息してしまうと思ったの。逃げださなければならなかったし、そうしてよかったと思っている。お母さんだって喜ぶべきだわ」

ヒラリーは母の手が震えているのに気づいた。

「この数週間で、自分についていろいろなことを発見したわ。あのままサンフランシスコで暮らしていたら、絶対に発見できなかったようなことを」

「わたしもいくつか発見したことがあるの」ルイーズはヒラリーのほうへ手を差しのべて言った。「いちばんの発見は、あなたをとても誇りに思っているということ。わたしに反抗するなんて、なかなか度胸があるじゃない。なにが正しいのかを、わたしが常に知っているわけではないわ……。ただ知っていると思いこんでいるだけよ」

ふたりは目に涙を浮かべて笑いあい、再びかたく抱きあった。さっきよりもお互いをずっと深く理解していた。

冷静さをとり戻したところで、ヒラリーはルイーズをショーンのベッドルームへ案内した。「ここで寝てちょうだい」

母は明るい室内を見まわして眉をひそめた。そして鼻をひくつかせた。

「どうかしたの？」ヒラリーは尋ねた。

「いいえ……ただ、アフターシェーブローションのにおいをかいだような気がしただけ」

「前にこの家を借りていたのが男の人だったの」ショーンの名前が口から出かかったが、ヒラリーは思いとどまった。恋していることを打ち明けて母にショックを与えるのは早すぎる。

ヒラリーの説明に納得したらしく、ルイーズはうなずいた。

「カフェラテを飲まない？」ヒラリーはきいた。

「ええ、いただくわ」母はそう答えて、ヒラリーについて狭いキッチンに入った。ヒラリーがカフェラテをつくっているあいだに、母は牛乳パックを出そうと冷蔵庫を開けた。彼女は牛乳パックをカウンターに置いて、ためらいがちに言った。

「なかに六本入りのビールがあることは知っている？」

「ビールが？」ヒラリーはおうむ返しに言ったあとで、唇を嚙《か》みしめた。ショーンが友人たちとポーカーをしたときの残りに違いない。何週間も入れっぱなしになっていたのだ。彼女は完全に忘れていたし、ショーンも忘れていたと見える。「ああ……そうそう、思いだした。友達のためにわたしが買ったの。すっかり忘れていたわ」

「お友達」ルイーズはゆっくりと繰り返した。「交響楽団の方?」

「いいえ」ヒラリーは母親に背を向けたまま目をぎゅっとつぶり、知恵をしぼった。ルイーズがこの建物に入って、まだそれほどたっていない。なにげない口調でショーンの話を持ちだしたほうが、大ごとにならずにすむのではないだろうか。ふたりの生活の取り決めが今と違うものだったら、ヒラリーはためらわずにそうしただろう。

「そのお友達というのは、どういう方?」

ヒラリーは嘘《うそ》をつくのが上手ではない。苦境に陥る前に真実を話すしかなかった。

「それ、ショーンのものなの」

「ああ、そうだったの」母親が言った。「お隣に住んでいる人ね。前に聞いたことがあったわ。わたしの娘の冷蔵庫にビールをしまっておくなんて、その男性にぜひともお会いしたいものね」

「週末はよそへ行っているのよ」ヒラリーは慌てて言ったあとで、すぐに後悔した。

「ご自分のお母さんのところへ?」

「ううん」ヒラリーはカフェラテの入っている背の高いマグをふたつ、ルイーズが座っているテーブルへ運んだ。「お母様は彼が幼いころに亡くなったんですって。ほとんど記憶にないそうよ」

「彼のこと、やけに詳しいのね」

ヒラリーは母親の向かい側に座って、厚い陶製のマグを両手で持った。「それは……親しくなったんですもの。実を言うと、わたしがお母さんのことを前より理解できるようになったのは、ショーンのおかげなの」

「あら?」

ヒラリーは目をそらしてそっと笑った。「彼に整《せい》頓《とん》魔だと言われて、やっとお母さんとわたしがそっくりなことに気づいたわ。バスルーム用のタオルをわたしがいちいちきれいにたたむものだから、あの人ったら頭にきちゃって。それって、お母さんがわたしにしていたことと同じだと気づいたの」

ルイーズはしばらく黙ったままだった。「その……お隣の男性は、あなたのバスタオルを使っているの？」

ヒラリーは狼《ろう》狽《ばい》してぱっと母親に目をやった。言うべき言葉が浮かばなかった。嘘で言い逃れることもできただろうが、それはいやだ。なにもかも正直に打ち明けるのがもっとも筋の通ったやり方に思えた。母が先に口を開かなかったら、実際にすべて打ち明けていたかもしれない。

「交響楽団での仕事や新しくできたお友達のことを話してちょうだい」

ヒラリーは母の求めに応じて話し始めたが、気がついてみると、誰よりもショーンの話をしていた。

「彼はわたしにとてもよくしてくれるの」

「少し前に陸軍を除隊したんですって？」

ヒラリーはうなずいた。「特殊部隊では下級准尉だったそうよ。わたしたち、同じころにここへ越してきて……それから親しくなったの」

母親はそれについてなにも言わなかった。「今度は交響楽団で知りあった、若い男性たちについて話してくれない？」

ヒラリーはいきりたった。「お母さんはショーンと会ったこともないくせに、もう彼のことなんかどうでもいいのね」

ルイーズは娘の興奮した口調に驚いたようだった。ヒラリー自身も自分の振る舞いに驚いていた。

「彼は元兵士なんでしょう、ヒラリー。人を殺す訓練を受けて――」

「あの人と一緒だと、ほかの誰といるよりも安心できるのよ。体が大きくて頑丈だし、粗野な印象を受けるけど、彼ほどやさしい男性には会ったことがないわ」

ルイーズはしばらく黙りこんでいたあとで、ようやく言った。「そうなの」

「わたしね、ほかにも男性の友達ができたのよ……交響楽団の同僚なんだけど」ヒラリーは言い添えた。「名前はアーノルド。お母さんも明日の演奏会で彼に会えるかもしれないわ」

「母の日の最高のプレゼントになりそうね、ヒラリー」

「なにが、お母さん？」

「聴衆にまじってあなたの演奏を聴くことができるんですもの。お父さんが生きていたら、きっとすごく誇りに思うでしょうね」

ヒラリーはうなずいたものの、心は沈んでいた。

母が、一度も会わないうちにショーンをきっぱりと退けてしまったのが悲しかった。

午後になって母と一緒に買い物へ出かけたが、心ここにあらずだった。ヒラリーは母が新しい服をひとそろい買うのに義理でつきあった。演奏会に向けての最後のリハーサルへ出かけるために母と別れたときは、なんだかほっとした。

ショーンは最後にネクタイをしてスーツを着たのがいつのことだったか思いだせなかった。今回はきちんとした格好をしなければならない気がした。交響楽団の演奏会は上流社会のためのものだ。ヒラリーが演奏するのでなかったら、興味を持たなかっただろう。

この前、ヒラリーからチケットをもらった。そのときはそれを使う気はなかったし、今だってこんなに強く好奇心をそそられなかったら、演奏会にのこのこ出かけていったりはしない。ショーンは、ヒラリーが楽団の一員としてはじめて参加する演奏会が見たかった。それに彼女の母親をじっくり見るいい機会でもある。そうすれば、娘が彼のようなとるに足りない男とつきあうのを認めてくれる人物かどうかわかるかもしれない。

案内係に連れていかれたのが列の端の席だったので、ショーンはほっとした。これなら窮屈な思いをしないですみそうだ。

ショーンはプログラムに目を通し始めて、すっかり途方に暮れた。自分を知的だと思っていたが、それぞれの作曲家の横に並んでいる文字や数字を見ても、ちんぷんかんぷんなのだ。こんなプログラムがあったところで、なんの役にも立ちはしない。

「すみません」彼は隣の席の魅力的な女性に声をかけた。「もしよかったら、これを説明していただけませんか?」

「喜んで」女性はあたたかな口調で言った。

彼女が説明を終えると、ショーンはほほえんで礼を言い、きつい襟を指でゆるめた。首がしめつけられて窒息しそうだ。彼は女性に見つめられていることに気づいた。「実はこういう演奏会に来るのは、これがはじめてなんです。とんでもなく場違いなところへ来てしまった気がしますよ」

女性はそっと笑った。彼女がこちらを向いたときにはじめて、最初に思ったほど若くないことに、ショーンは気づいた。二十代後半だろうと踏んでいたが、よく見ると四十に手が届きそうだ。

「ぼくの友達が楽団の一員として演奏するんです」ヒラリーの才能を誇りに思いながら説明した。いつものショーンは見ず知らずの人間に話しかけたりしないが、奇妙なことに今日はなぜか口がよくまわった。「彼女は第三席のフルート奏者でしてね」

「まあ」女性が小さな声で言った。「親しいお友達ですの?」

「ええ、とても」気分がくつろいできたショーンは長い脚を組み、ぐるりと聴衆を見まわした。「どこかに彼女のお母さんがいるはずなんです」

「お母様にお会いしたいと考えていらっしゃるのかしら?」

「いいえ、別に」ショーンは笑いだしたいのをこらえて言った。「お母さんがぼくをひと目見たら、ヒラリーとの関係はおしまいになるでしょう」

「どうしてそんなことをおっしゃるの?」

「ヒラリーの家族は大金持ちなんです、ものすごく」

「それが、なにか問題でも?」

「そういうわけではないんですが、お母さんがぼくみたいな男を認めてくれるとは思えません。といって、お母さんを責めているんじゃありませんよ。ヒラリーが自分の娘だったら、ぼくだって最高の相手とつきあってほしいと思うでしょう」

「あなたは最高の相手ではないと?」

ショーンが意図したよりも会話が少々個人的なものになり始めていた。「いえ、ある意味、ぼくは最高の相手です。ただ、彼女の家族がそう考えてくれるとは思えない」

「すると、あなたは彼女を愛していて、その気持ちは彼女がお金持ちであろうとなかろうと、変わらないとおっしゃるのね?」

ヒラリーにではなくて、初対面の人間に気持ちを打ち明けようとしている自分に驚き、ショーンは目をそらした。「ぼくは彼女を愛しています」

「そう。あなたは彼女と結婚するつもりでいるのかしら?」

ショーンはじっくり考えてから答えた。「いいえ、たぶん結婚はしないでしょう。彼女は同じ上流階層の人間と結婚すべきなんです。たとえば同僚の演奏家あたりと。彼の名前はたしかアーノルドで、ヒラリーの話によれば、すごくいい男らしいですよ。彼女は二度ばかりその男からデートに誘われたのに、なんだかんだと理由をつけて断ってしまったんです。ぼくが家を出さえすれば、彼女はデートの誘いに応じるんじゃないかな。ヒラリーとの関係について、成り行きを見守ろうと考えています。結婚の話を持ちだす前に、彼女に自分の気持ちを見定める時間を与えてやりたいんです」

「家を出さえすれば？」女性が問い返した。「あなた方は一緒に住んでいらっしゃるの？」

「あなたが考えているような関係ではありませんよ」ショーンはさりげなく聞こえるよう願いながら、急いで説明した。「ちょっとした手違いがあって、同じアパートメントを借りてしまったんです。家主夫妻はしばらく遠くへ旅行に行っているので、彼らが帰ってきて敷金と最初の一カ月分の家賃を返してくれるまで、一緒に暮らさざるをえなくなったんです」彼は女性の緊張がほぐれていくのを感じた。

「彼女のお母さんがそのことを知ったらどう思うか、想像できますか？」

「できますとも、わたしにも娘がひとりいますから。娘は二十代なんです」

この女性にそんなに大きな子供がいるとはとても信じられなかったので、ショーンは思ったままを口にした。

「まあ、うれしいことをおっしゃるのね。でも本当なの。だから、その……母親の気持ちはよくわかります」

「だったら、おわかりになるでしょう。ヒラリーのお母さんはぼくのことを知らないでいるほうが、誰にとってもいい」

女性は顔をしかめた。「その考えには同意できないわ。もしその若い女性……名前はなんといったかしら？」

「ヒラリーです」

「そうそう。そのヒラリーのお母様があなた方ふたりのことを知ったら、どうなると考えていらっしゃるの？」

「たしかなのは、お母さんはヒラリーに対してすごく腹を立てるということです。今だってふたりの関係はかなりこじれているというのに。ヒラリーは自分が一人前だということをお母さんに証明しようと躍起になっているんです。とにかくヒラリーは頑固な性格でしてね。本人はその性格を母親から受け継いだと主張しているんですが」

「そうなの」女性は軽く笑って言った。「ご存じかしら、母親業というのは見かけほど簡単なものではないのよ」

「そうでしょうね。ぼくには母の記憶がないので、母親との関係についてヒラリーに助言してやりたくてもできないんです」

女性はすっかりくつろいでいた。「母親であるというのは、単におしめを替えたり学校の父母会に出席したりすることではないの。もっとずっと大変なことなのよ。わたしたち母親は子供を慈しみ、導いて、愛情を注いだあと、巣立ちさせてやらなくてはならないんだもの」

「そんなふうに考えたことはなかったな」ショーンは言った。

女性はそっとほほえんでため息をついた。

なぜはじめて会ったこの女性にこうも腹を割って話ができるのか、ショーンはまったくわからなかった。おそらく、この問題があまりにも重く彼の心にのしかかっていたからだろう。

「母親の仕事にはリズムがあるのよ……おかしな言い方に聞こえるでしょうけど、本当なの」女性はわずかに感情的になって続けた。「子供を育てることはなによりも大変だったわ。自信をなくしたり、根拠のない不安に駆られたりで、やきもきしどおし。あれこれ口やかましく言うのを娘がいやがっているのは知っているし、そのことで娘を責めることはできないでしょう」女性が大きく息を吐いた。彼女もショーンと同じように打ち明け話をすることにきまり悪さを感じているのがわかった。

「リズム、か」ショーンは彼女の言葉を繰り返した。

「ええ……。こんな個人的な話を聞かされて、気を悪くされていないといいけれど」

「ぼくだって打ち明け話をお聞かせしたんです」会ったばかりの他人とのあいだに芽生えた絆を不思議に思いながら、ショーンは言った。

「感謝しているわ。おかげで自分の気持ちがはっきりしました。不思議ね、はじめてお会いした方と話をして、こんなにも自分自身のことがわかるなんて」

ショーンも同じ気持ちだったので、うなずいた。

「娘がひとりっ子であることも問題を難しくしているの。残念ながら、わたしは一般の母親よりも娘にしがみついているみたい。なにしろ娘はわたしのすべてだから。あの子がはじめて自転車に乗ったときは大変だったわ。落ちて怪我《けが》をするんじゃないかと心配のしどおしで。でも、そんなのは序の口でしかなかったのよ。やがて娘は大学へ進んで家から遠ざかり、ひとり残されたわたしは大きな孤独感を味わった。そして大学一年生のときに恋をしてひどく傷つき、中退したいと言いだしたけど、わたしは許さなかったわ。でも、あのときほど娘の近くにいて守ってやりたいと思ったことはなかったわね」

「あなたは正しいことをなさったんです」

女性は静かにほほえんだ。「とてもつらかったけれど、最近になってまた同じようなことが起こったの」

「最近になって？」

「ええ、娘は二度目の恋をしているのよ。彼と結婚する気でいるんじゃないかしら。相手が娘の気持ちに気づいているのかどうか知らないけれど、それを言うなら、あの子がどんなに頑固か彼は知らないものね」

「あなたはその男性を認めないんですか？」

「娘はまだ若いのよ。もっともわたしはあの年ですでに結婚して一年がたち、娘を身ごもっていたけれど。実は……娘の選んだ男性をよく知らないのよ。まだ会ったばかりだから。ただ、わたしの受けた印象では、彼は娘の立派な夫になる気がするの。でもそれがなにを意味するのか、あなたにはおわかりね？ わたしはまた娘を手放さなくてはならないの」

「彼女はいつだってあなたの娘さんですよ」

「ええ、わかっているわ。それもまた、寄せては返す人生の波のひとつにすぎないのよね。しがみついているのは簡単だけど、手放すのはとても難しいことだわ」

そのとき厚いカーテンが左右に開き、聴衆が拍手をした。ショーンは見ず知らずの他人と真剣な会話を始めるきっかけになったプログラムに目をやった。ふたりともが心情を吐露しあっていた。

「どうもありがとうございました」ショーンは女性の目を見て言った。

「いいえ」女性が黒い目に真剣な表情をたたえて応じた。「こちらこそありがとう」

ひとしきり拍手が続いたあとで演奏が始まった。ショーンはひどく退屈するだろうと考えていた。交響楽団の演奏会などこれまで一度も来たことがないし、今回だってヒラリーが演奏するのでなかったら、ここにいなかっただろう。

だがプログラムの半ばまで進んだとき、ショーンは聴いているのが楽しいことを認めざるをえなかった。といっても、友人たちを連れてこられるようなものではない。うまく説明できないが、これには今まで経験したことのない楽しさがある。

演奏会の第二部に入ったときには、ショーンはすっかりリラックスし、外界をしめだして音楽を味わっていた。目を閉じて聴いていると、音楽が直接心へ訴えかけてくる。まるで嵐《あらし》の海にもまれる小さないかだに乗っているような感じだ。彼は音楽が揺り起こした感情の大きさに驚いて、座席のへりをぎゅっとつかんだ。うねり、押し寄せる感情の大波ははじめて経験するものだった。

演奏が終わると、ショーンはぱっと立ちあがって力いっぱい拍手をした。すぐにほかの聴衆も立ちあがって拍手を送った。隣の女性も立ちあがっている。彼と同じく大いに感動したと見えて、レースの縁どりのあるハンカチでしきりに目もとをぬぐっていた。

「本当にすばらしかったわね？」彼女は拍手に負けないくらい大きな声で言った。

「最高でした！」

「だったら、そのことをあなたのガールフレンドに教えてあげないと」

ショーンはためらった。

「さあ、行って教えてあげなさいな」女性が促した。「今の音楽にとても感動したことを、伝えるべきだわ」

彼女の言うとおりだと、ショーンは思った。聴衆が出口へ向かい始めたのを機に、彼はステージへ向かって歩きだした。隣の女性がショーンのすぐ後ろをついてくる。

ショーンの姿を見て、ヒラリーは喜びに目を見開いた。「ショーン」彼女はほかの奏者のあいだを縫って、彼のほうへゆっくりと進んできた。目がうれしそうにきらきら輝いている。「来てくれたのねんでいる方よ」

ショーンはみぞおちに一撃をくらったような気がした。隣の席に座っていた女性がルイーズ・ウォズワースだったのだ。


……本当に来てくれたのね」

「信じられないくらいすばらしかったよ」ショーンはヒラリーの頬にキスをした。彼はヒラリーを抱きしめて、音楽を聴いているあいだに経験したことをすべて話したかったが、とても言葉では言い表せそうになかった。

「母と会ってもらいたいの」ヒラリーがそう言ってショーンの手をとり、ぎゅっと握りしめた。

ステージまで来たからには会わないわけにいかないし、どうせ会うなら今がいちばんいいとショーンは考えた。それに例の女性が、母親の心情というものをたっぷり教えてくれた。ヒラリーから母親の話を聞いて以来、はじめてショーンは彼女の母親に会いたいと思った。

「ショーン」ヒラリーが彼の腰に腕をまわして言った。「こちらが母のルイーズ・ウォズワース。お母さん、こちらがショーン……前に話した、お隣に住

10

「ぼくたちはもう会ったよ」ショーンがぎこちなく言った。「そうですよね、ミセス・ウォズワース？」

ヒラリーは彼が緊張するのを感じたが、その理由はわからなかった。

「ええ、お会いしたわ」ルイーズがやさしくヒラリーにほほえみかけた。「わたしはこの方のおかげで複雑な問題を解決できたの。実を言うと、わたしは自分の娘に関して深刻な疑惑を抱き始めていたのよ」

「どんな疑惑、お母さん？」

「あのアパートメントはどこか変だと感じたの。きっかけは、アフターシェーブローションのにおいだったわ。それから冷蔵庫にしまってあったビール」

「ぼくが入れておいたビールだ」ショーンが小声でつぶやいた。その口調から、彼が自分に腹を立てているのがわかった。

「でも、いちばんの決め手はラジオよ。つけたら、楽しげな鼻声でロデオ・クラウンの歌を歌っている男性歌手の声が流れてきたわ。娘がカントリーミュージックを聴くはずないのは知っていますからね」

ショーンはまるで罠《わな》にしっぽを挟まれた鼠《ねずみ》のようだった。

「みんなでディナーを食べに行くのはどうかしら。リッツ・ホテルに席を予約しておいたの」

「ぼくは遠慮しますので、どうぞおふたりで出かけてください」ショーンが辞退した。

「ばかなことをおっしゃらないで」ルイーズが反論した。「わたしはあなたに胸の内をなにもかも打ち明けたのよ。あなただって打ち明けてくださったんじゃないかしら。わたしはあの会話で、ヒラリーから聞くより何倍もあなたのことがよくわかったわ」

「会話ですって?」ヒラリーは尋ねた。「どんな会話をしたっていうの?」

「正直におっしゃい、ヒラリー」ルイーズが明るくほほえんで言った。「あなたはわざとわたしたちの席が隣りあうように仕組んだんじゃないの?」

「お母さんたちの席……それじゃあ……」ヒラリーは視線を母親からショーンへ移し、また母親へ戻した。「いいえ、まさかそんなこと……。ショーンが来るとは思っていなかったし。来ればいいとは思っていたけど……」彼女は言葉を濁した。

「ぼくも同じことを考えていたんです」ショーンがルイーズに言った。「うまく仕組んだものですね」

「でも、本当にしてないの。仕組めばよかったとは思うけれど、そんな考えは一度だって頭に浮かばなかったわ」

「心配しないでいいわ、信じてあげますよ」

「彼が気に入ったでしょう、お母さん?」ヒラリーは母に腕を絡ませて尋ねた。そしてショーンを見あげた。「母はあなたが考えていたのと違って、全然怖くないでしょう?」彼女は空いているほうの腕をショーンの腕に絡ませた。

ルイーズが穏やかな笑い声をあげた。「こう言ってはなんだけど、ヒラリー、あなたは見事にひとり立ちしたわね」

「あの」ショーンが口を挟んだ。「今日は母の日です。ぼくはお邪魔なのでは」

「とんでもないわ」

「そのうちわかるでしょうけど」ヒラリーはショーンにほほえみかけて言った。「母はノーという答えを絶対に受け入れないの。頑固なうえに意志がかたいのよ」

「ばかなことを言わないで。頑固で意志がかたいのはあなたのほうでしょう。娘はその性格を父親から受け継いだの」ルイーズがショーンに向かって断言した。「断じてわたしからではないのよ」

三人が街の最高級レストランで食事をしているあいだ、ショーンは自分の気持ちをどう解釈したらいいのかわからなかった。驚いているのはたしかだが、かなりほっとしているのも否定できない。

できればショーンは、ヒラリーと一緒に住んでいる事実をこれほど早く彼女の母親に知られたくなかった。ふたりが恋人同士ではなく単なる同居人だと、ルイーズは信じているのだろうか？　彼自身、どう思っているのかわからなかった。

ルイーズ・ウォズワースにはびっくりさせられた。ミュージックホールで出会った驚くほど魅力的な女性が、まさかヒラリーの母親だったとは。彼はもっと年のいった、威圧的な女性を思い描いていた。ところが実際に会ってみるとそうではなかった。彼女は母親の役割を果たすために奮闘し、すべてをなげうってでも可能な限り立派な母親になろうと努力している女性だった。

それ以上にショーンが驚いたのは、彼がルイーズを好きになったことだ。ショーンは心からルイーズを好きになったが、考えてみれば当然かもしれない。彼はヒラリーに首ったけなのだから、そのヒラリーを育てた女性を好きになるのは無理もない。そのことになぜもっと早く気づかなかったのだろうと、彼は不思議に思った。

問題は、これからどうすべきかだ。ルイーズは、ふたりの将来をどうするかはあなた方自身で決めなさいとはっきり言った。ショーンは感謝したものの、彼には彼なりに気がかりな点がいくつもあった。

ディナーは楽しかったが、ショーンは気持ちが落ち着かなかった。母と子のための特別な日を邪魔している気がした。彼は折を見て失礼させてもらうと断り、席を立った。レストランを出るまでヒラリーの視線が追いかけてくるのを感じたけれど、彼女を安心させる言葉をかけてやることはできなかった。ヒラリーを愛している。しかし、愛しているだけではどうにもならないのだ。

「ショーン」月曜日の早朝にショーンがアパートメントへ入っていくと、ヒラリーが目を輝かせて叫んだ。「いったいどこへ行っていたの？　昨日のうちには帰ってくるとばかり思っていたのよ」責めている口調ではなく、声には安堵《あんど》感と喜びがこもっていた。彼女はショーンの腰に両腕をまわして抱きついてきた。

ショーンはヒラリーを抱きしめたい衝動に逆らったあとで、そんなことをしても無駄だと悟り、彼女の腰に両腕をまわした。そして目をつぶり、ヒラリーのにおいとぬくもりを思う存分味わった。

「あなたはとてもすてきな男性だと、母が言っていたわ。わたしたち、とことん話しあったのよ。あなたが母になにを話したのか知らないけど、それですべてが変わったんだわ」

ショーンは顔をしかめた。「ぼくはなにも話さなかったよ」

「母はそうは言わなかったわ。あなたと話したおかげで、娘はもう自分のことは自分で決められる大人なのだと気づかされたんですって。わたしを巣立たせる時期なのだと」

「きみのお母さんはすばらしい女性だ、ヒラリー。それはきみも同じだよ」

「ふたりでとても楽しく過ごしたわ。母があれほど身近に感じられたのははじめてだった」

「それはよかった」ショーンには自分の声が不自然なほどこわばって聞こえた。

ヒラリーが少し体を離して彼の顔を見あげた。

「どうかしたの？」

ヒラリーはなんて美しいのだろう、とショーンは思った。指で彼女の頬を撫《な》で、気持ちを奮いたたせて言った。「ぼくはこの週末にアパートメントを見つけておいたんだ、ヒラリー。もうそっちへ荷物を運んでおいた」

「でも……グリーア夫妻に渡してある敷金と一カ月分の家賃はどうするの？」

「あとで返してもらいに来るよ」

「だけど、余分なお金はないと言っていたでしょう。それでよそへは移れないと――」

「たしかに以前はそうだった。しかし、先週の金曜日に最初の給料が出たんだ」

ヒラリーの目から太陽のような輝きが消えた。

「じゃあ、ここを出ていくのね」彼女は完全にショーンから体を離し、指の関節が白くなるほどきつく両手の指を組みあわせた。

「時間を置きたいんだ、ヒラリー。お互いにしばらく距離をとって、ふたりの気持ちが本物かどうかを確かめたいんだよ」

「もちろん本物に決まっているじゃない。どうしてあなたは疑えるの？これ以上に本物の気持ちなんてありえないわ」

「ぼくらは一緒に暮らしているから、こういう気持ちになるのかもしれない。ふたりの人間がひとつ屋根の下で暮らしていたら、どうしたって――」

「本気でそんなふうに考えているんじゃないでしょう？」

ショーンはため息をついた。ヒラリーを納得させるのは難しいだろうとわかっていたが、これほどとは思わなかった。「いいや、考えているよ」

「でも、そんなの――」

「これからほかの男たちとデートをするって、今ここで約束してくれないか」

ヒラリーは長いあいだ黙りこんでいた。悲嘆を悟られないように、彼女がショーンに対して防壁を築いたのがわかった。「それがあなたの望みなの？」彼女は苦悩のこもった抑揚のない声できいた。

望んではいなかったが、ショーンはそれがすべての問題を解決する最高の方法だと考えていた。「そうだよ」

「あなたはどうなの……ほかの女性たちとデートをするつもり？」

「ああ」

ヒラリーの目に涙があふれた。「そう」彼女は懸命に快活な態度を装った。「いいわ、あなたの言うとおりにする。何日か日を置きましょう……せいぜい一週間ね。そのあと――」

「一週間では短すぎる」

「じゃあ、二週間？」

「いや、二カ月だ。二カ月後にリッツで会って食事をしよう」ショーンは壁へ歩み寄ってカレンダーをめくり、日にちを確認した。「七時に」彼は言った。

「二カ月……。本当に、そんなに長く待つべきだと考えているの？」ヒラリーが不満そうに言った。

ショーンは二カ月が最低条件だと思ってうなずいた。「自分の気持ちに少しも疑念を抱きたくないんだ。そうだろう？」

長い沈黙のあとで、ヒラリーはしぶしぶうなずいた。


ヒラリーにとって時間がこれほど早く過ぎたのははじめてだった。目がまわるほど忙しかったせいもある。ヒラリーはショーンの言葉を真に受けて何度かデートをした。まず最初にアーノルドと、次に楽器店の店主ミスター・マーフィーに紹介された男性と。どちらもすてきな青年だったが、相手がショーンのときと違い、ヒラリーはときめきも欲望も感じなかった。

ヒラリーはショーンが恋しくて仕方がなかった。毎日彼のことばかり考えて過ごした。

「昔からよく言うでしょう」毎週電話で話すたびに、母親は繰り返し娘に言って聞かせた。「自由にしてあげた人が戻ってきたら、ふたりは結ばれる運命にあるって」

「戻ってこなかったら、相手を追いつめて人生を惨めにしてやれとも言うわ」ヒラリーは応じた。

ルイーズは笑った。「ショーンが好きで好きでしようがないのね？」

「死ぬほど好きよ」

「彼がほかの女性を好きになったら、どうするつもりなの？」

そんなことは考えたくないとばかりに、ヒラリーは唇を噛《か》んだ。「そんなことにはならないわ」

「あなたが傷つくのを見たくないのよ」

「わたしだって傷つくのなんてごめんだわ」この二カ月間、ヒラリーはかつてないほど母親に親しみを感じた。それはひとえにショーンのおかげだと思えたので、今度彼に会ったら礼を言おうと考えた。

「なにが起ころうと、わたしがいつでもついていますからね」

「ええ、お母さん、わかっているわ。わたしたちは支えあって生きているんですもの」

ショーンと会うことになっている日の夕方、空はきれいに晴れ渡っていた。先に来て歩道を行ったり来たりしながら待っていたショーンは、ヒラリーが覚えているより何倍もハンサムに見えた。ヒラリーは胸をどきどきさせて近づいていった。手をのばして彼にふれたくなるのを抑えるために、両手を体の脇《わき》でかたく握りしめていたが、そうしていなくても彼にふれる勇気はなかった。

「おなかはあまりすいていないの」ヒラリーはレストランの入口を見やって言った。「よかったら散歩に行かない?」

「ああ、そうしよう」

彼女は半ブロックほど歩いたところで言った。

「あなたは……約束どおりほかの女性とデートをしたの?」

ショーンがうなずいた。「大勢としたよ。きみは?」

ヒラリーはうなずいた。「ふたりとしたわ」

「アーノルドのほかに誰と?」彼はぶっきらぼうにきいたあとで謝った。

「カーラのほかに誰と?」彼女は言い返した。

ショーンは笑い声をあげて両手をポケットへ突っこんだ。

「それで」ヒラリーはついに我慢できなくなって切りだした。「あなたはどう思っているの?」

「ぼくは交響曲を聴くのに慣れることができたと思う」

「第三席のフルート奏者には慣れることができたのかしら?」ヒラリーは穏やかに尋ねた。

「ヒラリー、なぜそうなったのかはわからないが、きみはぼくの一部になってしまった。どうしたらいいのかぼく自身、見当がつかないよ」

それこそヒラリーが待ち望んでいた言葉だった。彼女はためらいもせずにショーンの腕のなかへ飛びこんだ。「ばかね、することはひとつしかないじゃない。わたしと結婚するのよ」

ショーンは太い腕をヒラリーの腰にまわして彼女を歩道から抱えあげた。「どうやらそうする以外になさそうだね。ぼくはきみに夢中だ、ヒラリー」

ヒラリーは笑うのと同時に涙をこらえながら、ショーンの顔へキスを浴びせた。「母に電話してもいいかしら？　母は電話のそばに座って、かかってくるのを今か今かと待っているはずだわ」

「本当に？」

「もちろんよ。なにしろわたしの母ですもの」


五カ月後の十二月、ヒラリーとショーンは結婚した。教会はおびただしい数の赤と白のポインセチアで飾られた。いよいよ娘を花婿に託す段になると、ルイーズ・ウォズワースは立ちあがって目に幸せの涙をたたえ、小声でささやいた。「娘を頼みますよ」

母親なら誰しもが経験しなくてはいけない一歩。ルイーズはその一歩を、ついに踏みだしたのだった。

ウエディング・ストーリー　2001年9月刊（W-4）
ウエディング・ストーリー　2005年9月刊（W-8）
ウエディング・ストーリー　2005年9月刊（W-8）

愛される花嫁に
2012年6月20日発行

著　者　ペニー・ジョーダン　他
訳　者　寺尾なつ子（てらお　なつこ）　他

発行人　立山昭彦
発行所　株式会社ハーレクイン
東京都千代田区外神田3-16-8
電話 03-5295-8091(営業)
03-5309-8260(読者ｻｰﾋﾞｽ係)

印刷・製本　大日本印刷株式会社
東京都新宿区市谷加賀町1-1-1

ISBN978-4-596-74262-9 C0297

超人気作家リン・グレアムのシークとの愛なき結婚

ある日ルビーを訪ねてきた目を見張るほどハンサムなラジャ。彼の国の平和が彼女と自分の結婚にかかっていると説明されるが、ルビーは拒絶する。

『プラトニックな結婚』

●ロマンス
R-2751
7月5日発売

シャロン・ケンドリックが描く元恋人との再会

6年前ヴェリティから去っていったベネディクトが、彼女の働く病院に外科医として着任した！ 彼との娘を一人で育てていることを隠していたヴェリティは…。

『甘美な賭け』

●ロマンス
R-2752
7月5日発売

伝説の作家シャーロット・ラム、初邦訳作品！

年上の夫につらく当たられ離婚したクリスティは、息子と二人暮らし。
ある日、元夫ローガンが現れ、「息子を取り戻す」と言い出し…。

『恋はほのかな幻』

●イマージュ
I-2233
7月5日発売

一途で切ない恋心を描く超人気作家ダイアナ・パーマー

「ふたりが結婚しなければ牧場を競売にかける」と遺言を残されたセオドアとジリアン。セオドアは何度もプロポーズをするが、彼女はある事情で断り続け…。

『花嫁になれる日』

●ディザイア
D-1522
7月5日発売

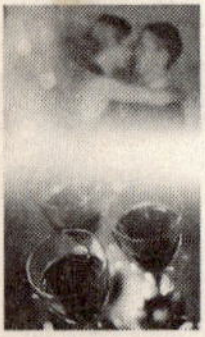

マイアミが舞台のミニシリーズ3部作〈大富豪の甘い罠〉最終話！

激しく愛し合い、愛を告げた瞬間にベッカを冷ややかに拒んだカム。それから2年後二人は再会したが、彼女にはカムに言えない秘密があった。

キャサリン・ガーベラ作
〈大富豪の甘い罠 III〉『償いはベッドで』

●ディザイア
D-1521
7月5日発売

何もない私にできるのは、この結婚を受け入れることだけ。

一目ぼれの相手が領主の地位を約束された未来の夫と知り…。

『捧げられた乙女』

●ヒストリカル・スペシャル
PHS-42
7月5日発売